[세현아.]
선배의 고운 목소리가 싸구려 스피커를 통해 흘러나왔다.

이유를 알 수 없는 폭력이 강성훈을 덮친다!!

뭐야, 이 녀석. 귀여워.
집에 데려갈래.

선전포고

제3부 나와 호랑이님 결(結)

카넬 지음
영인 일러스트

목차

쉬어 가는 세현의 이야기

전요협이라는 온라인 게임 길드 같은 웃기지도 않는 놈들의 시위 현장을 직접 본 뒤, 집에 돌아오니 황당하게도 우편함에 DVD 케이스가 있었다.

'D.V.D! D.V.D!'라고 외치고 싶어지는 그 DVD 말이야.

무슨 소리냐고?

왜, 있잖아.

그렇고 그런 거.

성에 무지한 어린아이를 일깨워 주는 선악과 말이다.

아, 이런 말을 하면 보통 빨간 라벨을 떠올리는 경우가 많은데 말이야.

그건 정말 아무것도 모르는 순진한 녀석들이지.

진정한 H-ERO는 지금 내 앞에 있는 DVD처럼 어떤 라벨도 붙어 있지 않은 물건을 먼저 떠올린다고.

후후후.

자, 그럼 이 안에 어떤 영상이 들어가 있는지부터 봐 볼까?

"아, DVD 플레이어 없지."

시대는 변했고, DVD는 이미 가정집에서 은퇴한 지 오래다.

요즘에 누가 DVD를 쓰냐? 화질도 음질도 좋은 BD(Blu-ray Disc)를 쓰지.

조금 아쉽지만, 어쩔 수 없지.

어차피 **내 예상대로라면** 이거 하나만으로 끝날 리도 없으니까.

나는 아주 약간의 아쉬움을 뒤로하고 DVD를 쓰레기통에 버렸다.

* * *

다음 날.

에로 게임을 하기 위해 바지를 키고 컴퓨터를 내리던 내 앞으로 택배가 왔다.

USB가.

마치, 이제부터 행복한 시간을 보내려고 하는 나를 대우주의 기운이 방해하는 듯한 타이밍에 맞춰서 말이야.

……농담은 여기까지 하고.

"또 무슨 생각인지."

우리 집 주소를 알면서 이런 물건을 이틀 연속으로 보낼 사람은 세상에 단 한 명밖에 없다.

누구긴 누구겠냐.

하나 선배.

날 닭 쫓던 개 신세로 만든 선배 말이다.

그 사람, 의외로 이런저런 장난치는 걸 좋아하니까.

나한테만.

나한테만 말이야.

하하하!

지금 우쭐거리고 있습니다!

아시겠습니까?!

저는 지금 우쭐거리고 있습니다!

눈물까지 흘리면서 한 일생일대의 고백을 뒤, 성대하게 차인 녀석이 특별 취급당한다고 혼자 우쭐거리고 있다고요!

시발!

이게 어장 관리지, 다른 게 어장 관리냐?!

"……뭐, 그래도 이번에는 한번 보자. 나는 일등급 흑우니까 말이야."

나는 어느새 웹소설 주인공처럼 습관이 돼 버린 혼잣말을 하며 USB를 들고 내 방으로 향했다.

자.

"안녕하세요, 여러분? 저는 지금부터 요즘 유행하고 있는 USB를 이용해 즐거운 시간을 보내는 방법에 대해 자세히 알아보려고 합니다! 아! 구독과 즐찾 부탁드려요!"

나는 혼자 실실거리며 컴퓨터에 USB를 꽂았다.

64기가바이트를 사용할 수 있는 USB 안에는 겨우 150MB

정도의 영상 파일이 세 개 들어 있었고, 두근거리는 내 심장은 멈출 생각을 하지 않았……

"멈추면 죽어요!"

스스로 딴죽을 걸고서, 나는 001.mp4라는 파일을 재생시켰다.

이런 건 순서대로 봐야 하는 거 아니겠습니까?

그리고 영상에선.

[안녕?]

이쪽을 바라보고 있는 선배가 나왔다.

정확히 말하면 촬영하고 있는 카메라를 보고 있는 거지.

그런데 말이야.

나는 일단 정지 버튼을 누르고 두 눈을 지그시 누르고 다시 떠 봤다.

그래도 달라지는 건 없었다.

당연하지.

이미 찍힌 영상이 눈 한 번 누른다고 달라질 리가 없잖아?

아니지. 채워지지 않은 성욕이 자기 멋대로 현실을 왜곡한 걸지도 몰라.

그래서 나는 다시 한번 눈을 감았다 떠 봤다.

압니다.

이번 주에도 꽝인 복권 번호를 다시 한번 확인해 보는 것과 마찬가지라는 것은요.

그래도 해 보고 싶었다.

"시발, 미친."

그만큼 화면 속의 장면은 야한 만화에서나 많이 봤지, 현실에서 일어나는 경우가 거의 없는…….

거의 없지? 실제로도 이런 막장인 경우는 거의 없는 거 맞지?

요즘 세상이 미쳐 돌아가니 확신을 가질 수가 없네.

봐, 지금도 내 앞에 미쳐 버린 현실이 놓여 있잖아.

선배는 침대 위에 앉아 있었다.

혼자가 아니다.

양쪽에 털이 덥수룩한 배가 불룩 나온 외국인이 함께 앉아 있었다.

그들은 선배의 작은 어깨에 손을 올리고 음흉한 미소를 짓고 있다.

그게 싫지 않다는 듯 야릇한 미소를 짓고 있는 선배가 입고 있는 것은, 어려 보이는 체형과 어울리지 않게 노출도가 높은 그런 옷이었다.

그러니까, 음, 정확히 말하면 상의는 퍽킹 아메리카의 해변에서나 입을 수 있을 법한 비키니 수영복이고 하의는 엉덩이가 훤히 보일 것 같은 짧은 핫팬츠다.

야레야레, 센빠이.

지금 모습이 라이트노벨의 삽화로 나온다면 수위 문제 때문에 양 옆의 아저씨가 곰 인형으로 변해 버릴 정도로 위험한

꼴이라고?

"……."

4차원의 벽을 넘나들며 현실을 도피한다고 해서 눈앞에 보이는 게 달라질 리가 없기에, 나는 마음의 각오를 하고 재생 버튼을 눌렀다.

그리고.

[세현아.]

선배의 고운 목소리가 싸구려 스피커를 통해 들려 나왔다.

그와 동시에.

뭔가 영어로 말하기 시작했고, 양옆에 앉아 있던 건장한 외국인들은 인상을 찌푸리며 영어로 대답했다.

유창한 현지인의 발음에 살짝 당황했지만, 나는 그게 무슨 내용이었는지 얼추 이해할 수 있었다.

나도 그동안 놀면서 지낸 건 아니니까.

물론, 선배가 두 손을 모아 용서를 비는 것과 외국인들이 손을 내두르며 영상 밖으로 사라진 것. 그리고 문이 닫히는 소리가 들리는 것.

그리고.

[니도 알고 있겠지만, 지금 내가 한 말은 이 정도면 됐다는 거고, 아저씨들이 한 말은 다시는 이런 장난에 어울려 주지 않겠다는 내용이었어.]

선배의 설명이 있었으니까 못 알아들어도 문제없었겠지만.

화면 속의 선배가 나를 보며 웃었다.

[놀랐어?]

나는 정지 버튼을 누르고, 두 눈을 지그시 감았다 뜬 뒤, 의자에서 일어나 방을 나섰다.

부엌에 들어간 나는 겨울이라는 이유로 냉장고에 물을 보관하지 않아 왔던 자신을 저주를 한 뒤, 있는 힘껏 물을 들이켰다.

후, 이제 좀 진정이…… 되겠냐!

"아무리 그래도 이런 질 나쁜 장난은 치면 안 된다고요, 선배!!"

그나마 정신 수양이 깊어졌으니까 소리를 지르는 정도로 끝났지.

옛날 같았으면 자기와의 약속을 깨고 내 쪽에서 먼저 선배에게 연락을 하게 됐을 거야.

그렇게 잠시 분노를 가라앉힌 뒤, 나는 방으로 들어가 다시 영상을 재생시켰다.

선배가 이쪽을 향해 눈웃음을 지으며 말했다.

[예전에 네 컴퓨터에서 이런 내용의 야한 만화를 본 적이 있었거든. 그래서 나도 한번 해 봤어.]

나는 선배가 내 컴퓨터를 쓰도록 놔둔 적이 없다.

통신 보안?! 통신 보안?! 저희 집 방화벽 괜찮은 겁니까?! 이렇게 쉽게 뚫려도 되는 겁니까?!

저, 백신 쓰고 있는데 말이죠?!

무료지만!

[어때? 잘 어울렸어?]

찡긋, 하고 윙크를 하는 선배를 보며 나는 차마 누구한테도 말할 수 없는 욕설을 내뱉었다.

문제는, 참으로 잘 어울렸다는 거다.

선배의 표정 연기부터, 분위기라든가.

심지어 침대를 제외하고는 아무것도 없는 허름한 곳이라는 것. 그리고 주변에 널려 있는 물건들이라든가.

아주 이를 갈고 준비하셨습니다, 선배?

[그래도 말이야.]

선배가 두 손을 훤히 드러난 허벅지 위에 올려놓고서 이쪽을 바라보며 말했다.

[나도 그동안 화 엄청 났는걸.]

그야 그러시겠죠.

선배는 여름에 한국을 떠났다.

그리고 나는 지금까지 선배의 연락을 **제대로** 받은 적이 없다.

흔히 말하는 읽씹.

메시지가 온 걸 읽은 뒤 답장을 하지 않았다는 거지.

전화요?

당연히 받지 않았습니다!

지금까지!

그래요!

제가 나쁜 놈입니다!

제가 병신이죠!

그럼에도 내게 계속 연락해 준 천사 같은 선배가 말했다.

[그래서 충격 좀 받으라고 장난을 쳐 봤어.]

그러면서 데헷, 하고 귀엽게 혀를 내밀며 머리를 콩 하고 찍었다.

이, 이 얄팍한!

만화나 애니메이션 좀 봤다고 그런 짓을 따라하다니!

그런 게 용납되는 건 여동생 캐릭터뿐이다!

당신은 내 선배라고! 나보다 나이가 많은!

……라고 말하기에는 선배가 너무 귀여웠다.

어쩔 수 없지.

인정해 주자.

선배는 선배이면서 회장이고, 동시에 여동생 캐릭터라는 사실을.

[그런데 내가 보낸 DVD는 버렸지?]

"당연하죠."

나도 모르게 대답을 했는데, 화면 속의 선배가 어깨를 추욱 늘어뜨리고서는 안타깝다는 목소리로 말했다.

[아깝네. 너한테 보여 주기 위해서 나름 열심히 찍었는데.]

그래 봤자, 지금 보낸 영상의 내용하고 비슷한 거겠지.

그렇게 생각하며 코웃음을 치고 있었을 때.

[내 그라비아 비디오.]

나는 정지 버튼을 누르고 의자를 박차고 일어나 쓰레기통을…….

잠깐만.

야.

어디 갔어.

내 딸…… 같이 소중한 보물 상자.

분명 어제까지만 해도 여기 있었는데, 없어졌습니다.

아니, 아니.

쓰레기통은 있는데 안의 내용물이 깨끗하게 비어 있었다.

왜? 어째서?

당황한 나는 다시 영상을 재생시켰고.

[아, 그리고 이미 버렸으면 다시 찾을 수 없을 거야.]

"왜요?!"

[아는 분한테 만약에 네가 DVD를 버리면 몰래 회수해 달라고 부탁했거든.]

"어떻게?!"

[여기 와서 사이가 좋아진 분들이 꽤 능력이 좋거든.]

범죄 조직이라도 들어가셨습니까, 선배?!

한국은 위험해서 미국 간 거 아니었어요?!

아니지! 선배라면 그동안 FBI나 CIA 쪽하고 연줄을 만들어도 이상하지 않으니까!

평범한 가정집을 터는 것 정도야 일도 아니겠지!

"그보다 어떻게 대화가 이어지는 거야?!"

[네가 어떻게 생각하고 말할지는 짐작할 수 있으니까.]

"그게 말이 됩니까?!"

[나, 천재니까.]

무섭구만, 천재.

두렵구만, 천재.

[그래서, 아쉽지? 내 그라비아 비디오.]

아니.

나는 그저 선배의 음란한 영상이 만에 하나라도 세간에 퍼져 나가는 걸 막기 위해서 DVD를 찾았을 뿐이다.

찾았으면 어떻게든 DVD 플레이어를 구한 다음에 영상을 휴대폰으로 촬영한 뒤, DVD는 박살 낸 다음에 불로 태웠을 거야.

왜 촬영은 해놓냐고?

그야 당연히, 나중에 선배를 협박하는 데 써먹을 수 있기 때문이 아니겠냐고!

진짜다?

봐 봐, 저렇게 나올 곳 안 나오고 들어갈 곳만 들어간 선배의 빈약한 몸을 보고 욕정을……

욕정을… 할…… 리가………

영상 속의 선배는 아무 말도 하지 않고 이쪽을 바라보며 눈웃음만 짓고 있었고, 방 안에서는 내 목젖을 타고 침 넘어가는 소리만 크게 울렸다.

그때.

[그런 너한테 약간의 서비스.]

선배가 살짝 몸을 앞으로 숙였다.

아앗, 안 돼요!

가슴이라고는 72라는 수식어에서 벗어날 수 없는 아이돌보다 작은 선배가 그런 비키니를 입고서 몸을 앞으로 숙이면 정말로 보이게 되니까요!

……반창고가.

[어때?]

하지만 화면 속의 선배는 얼굴을 붉힌 채 이것도 자신에게는 정말 큰 도전이었다는 듯 말하고 있었다.

이해한다.

선배한테는 정말 부끄러운 일이었겠지.

하지만 19세 이상 관람가 영상과 도서를 통해 단련된 내가 고작 이 정도로 흥분할 것 같습니까?

예.

흥분했습니다.

불끈불끈하다고요?

내가 사랑하는 선배니까요.

"……."

결국 나는 결국 영상을 다시 정지시키고.

쥐었다.

휴대폰을.

……지금 뭔가 다른 걸 쥘 거라고 생각한 사람은 정말 나를

잘 알고 있는 거다.

하지만 지금은 자신의 욕망을 채우는 것보다 더 중요한 게 있으니까!

참을 수밖에요!

걱정되는 건 시차지만, 이런 장난을 치고서 나한테 전화가 오지 않을 거라고 생각할 만한 사람이 아니니까.

만약에 선배가 성장기였다면 또 모르겠지만 말이야!

하하하!

……이런 생각을 하고 있는 동안에도 선배는 전화를 받을 생각을 하지 않았다.

반 년 만에 내가 직접 건 전화를.

설마, 진짜 자나?

꿈나라로 떠나서 쭉쭉빵빵한 자신을 꿈꾸며 행복의 눈물을 흘리고 있나?

그것이 헛된 꿈이라 해도 타인인 내가 방해할 수는 없는 일.

나는 통화를 끊고 다시 재생 버튼을 눌렀다.

[아, 전화 걸어도 자고 있어서 못 받을 거야. 요즘 요력에 대해 연구하느라 많이 피곤하거든.]

내 방에 몰래 설치한 CCTV를 보면서 실시간으로 영상을 보내고 있다 해도 믿을 정도네.

[사생활은 지켜 주고 있으니까 걱정할 거 없어.]

"아, 예."

컴퓨터 안에 있던 여러 가지 영상들이 나도 모르게 지워졌던 일을 떠올려 보면 믿음이 안 가지만, 지금은 그러려니 하고 넘어갈 수밖에.

선배가 이런 영상을 아무 이유 없이…….

아니, 단순히 내가 그동안 자기를 무시했던 거에 대한 복수를 위해 보냈을 거라고는 생각할 수 없으니까.

[그러면.]

내 예상대로, 어느새 흰색 가운을 걸친 선배가 지금까지의 장난스러운 모습은 한 순간에 지워 버리고서.

[세현아, 너한테 부탁할 게 있어.]

진지하고 간곡한 표정으로 내게 말했다.

[우리 둘의 미래를 위해서.]

시작하는 이야기

염라가 말하길.

나는 편견 없이 사람을 대한다 했다.

다른 사람의 이야기나 소문 같은 것에 신경 쓰지 않고, 직접 보고 대화를 나눈 뒤에 그 사람이 어떤 사람인지 판단을 내린다는 이야기였지.

"후우."

그렇기에 나는, 깊게 숨을 들이마셨다.

한겨울의 차가운 공기가 폐부를 가득 채우고, 한여름의 불타는 태양빛에 달궈진 모래밭처럼 뜨거워진 감정이 자연스레 차갑게 식어 갔다.

이런 걸 뭐라고 하더라?

그래, 담금질이라고 했었지.

나는 감정의 담금질을 마친 뒤, 이성을 앞세워 말했다.

"누구세요?"

어깨에 걸친 양산이 살짝 흔들린 걸 보니, 흡혈귀는 살짝 당황한 것 같다.

하지만 흡혈귀는 내 안의 누님이라는 단어가 가진 환상을 지켜 주었다.

"아-. 얼굴을 마주한 건 처음인 겐가?"

이내 냉정을 되찾았으니까.

흡혈귀는 양산을 곱게 접고는 드레스 한쪽을 손으로 잡고서 고상한 서양식 인사를 했다.

"이 늙은이는 알리사르라 샤키 르비야라하네, 요괴의 왕."

왜, 프랑스의 베르사유 궁전이 나올 것 같은 영화에서 자주 나오는 인사 있잖아.

영화와 현실이 다른 게 있다면 드레스의 디자인이 다르다는 것 정도가 되겠다.

거기서 나오는 드레스는 품이 넓다고 해야 하나, 한복 치마처럼 펑퍼짐한 느낌이잖아?

흡혈귀가 입고 있는 한쪽 허벅지가 거의 다 드러나면서 몸에 달라붙은 듯한, 차이나 드레스가 연상되는 옷이 아니라.

덕분에 나는 그녀의 새하얀 허벅지 대부분이 드러나면서 그 안에 보이지 않고 있던 어른스러운 디자인의 속옷의 일부분, 정확하게 말하면 리본으로 묶인 끈을 두 눈으로 영접할 수 있는 영광을 맞이했다.

그럼에도 그 모습이 조금도 음란하거나 천박하게 보이지 않았던 것은 성의 누나의 알몸을 처음으로 봤을 때처럼 그녀의 모습이 하나의 예술처럼 너무나 완벽하고 아름다웠기 때문이다.

"……."

그런 이유로 잠시 할 말을 잃었던 거니까 뒤통수에 구멍 날 정도로 매서운 시선은 보내지 마라, 강세희!

"나는 강성훈. 너도 알다시피 요괴의 왕이다."

흡혈귀가 입가에 여린 미소를 지으며 내게 말했다.

"만나서 반가우이."

만나서 반갑다라.

나는 별로 반갑진 않은데.

뭐랄까, 뒤로 미뤄 둔 귀찮은 일이 제 발로 앞당겨진 것 같아서 말이야.

"너하고 내가 그럴 사이는 아닌 것 같은데."

그런 이유로 내 대꾸가 조금 쌀쌀 맞아진 건 이해해 줬으면 좋겠다.

나는 반인반선이지 성인군자가 아니니까.

그렇게 생각했을 때, 등 뒤에서 세희가 작은 목소리로 투덜거리는 소리가 들려왔다.

"애도 아니고 말이죠."

애 맞아!

17살이면 애 맞다고!

흡혈귀, 알리사르라 새끼 나빌레라…….

알리사르라가 없었다면 그렇게 딴죽을 걸었을 거다.

"요괴의 왕은 아직 어리지 않나."

그녀가 대신 내가 하고 싶은 말을 해 줬지만.

……나는 왜 흡혈귀에게 이해받고 있는 건가.

그 사실이 내 성질을 살짝 건드렸지만, 나는 표정 관리를 하며 알리사르라에게 말했다.

"이런 것도 아직 어린 요괴의 왕의 귀여운 면이 아니겠는가?"

그 전에 먼저 알리사르라가 말했지만.

그보다 뭐냐.

지금 나 완전 애 취급받고 있네.

그것도 TV에서 봤던 것과는 달리, 어르신 같은 말투를 쓰는 이상한 녀석에게.

물론 내게도 상냥한 누님에게 어린아이 취급받으며 어리광 부리고 싶은 욕망이 저 마음속 깊은 곳 어딘가에 있긴 하다.

하지만 그건 어디까지나 성의 누나처럼 내 가족에 한했을 때의 이야기.

눈앞의 그녀에게는 통용되지 않는다.

"나를……."

그게 불쾌하다는 것을 말하려고 할 때.

"알리사르라 샤키 르비야 님."

세희가 앞으로 나오며 자연스럽게 내 입을 막았다.

"제가 모시는 주인님께서 비록 인간들 기준으로 보있을 때도 아직 어리디 어린 분이시며, 쓸 만한 구석은 겨울날 화려하게 핀 장미처럼 찾아보기 힘들고, 그에 비해 돼먹지 못한 구석은 그늘진 골목길의 빙판처럼 찾아보기 쉬운, 그야말로 쓸모없는 인간의 표본 같은 분이시긴 하지만, **그럼에도 하늘의 인정을 받은 분**이십니다. 그러니······."

사람을 한겨울에 따뜻한 동물의 털 사이로 숨어든 벼룩 취급한 녀석이 말을 이었다.

"우리들의 왕을 알현하는 자리에 합당한 예를 갖춰라, 알리사르라 샤키 르비야."

한겨울의 칼바람이 따스하다 느껴질 법한 목소리로.

뒤통수만 보고 있는데도 왠지 모르게 세희가 지금 어떤 표정을 짓고 있을지 예상이 가는군.

하지만.

"뭐-."

흡혈귀는 그 섬뜩한 경고를 가볍게 받아넘기며 전혀 달라지지 않은 안색과 목소리로 말했다.

"기분 나빴다면 사과하지, 요괴의 왕. 그리고 강세희. 변명으로 들리겠지만, 이 늙은이는 원래 성격이 이래서 그렇다네."

"원래, 라는 말로 책임을 회피하고 자신의 잘못을 인정하지 않으시려는 겁니까."

"그런 건 아니야. 암, 그런 건 아니고말고."

"그렇다면 그 태도는 무엇입니까."

"뭐-. 그게 말이네."

흡혈귀가 내 쪽으로 시선을 돌리며 말했다.

"요괴의 왕님이 원하신다면 지금이라도 밤에 핀 꽃처럼 교태를 부리며 대해 드릴 수 있지만요."

그렇게 말하는 흡혈귀는 조금 전과는 완전히 다른 요괴였다.

목소리에 짙은 꽃향기가 묻어 나오는 것 같다고 할까? 나를 바라보는 시선도 무언가 끈적끈적하게 변했지만, 그게 또 기분 나쁘지 않다는 게 신기할 지경이다.

그것뿐일까.

살짝 몸을 모아 과하지 않을 정도로 자신의 매력 부위를 과시한다. 마치, 내가 말 한마디만 하면 자신은 한낱 왕의 진상품으로 전락할 수 있다고 알리는 듯이.

하지만.

나는 두 손으로 팔을 끌어안고서 과장되게 몸을 부르르 떨었다.

기분 나쁘다는 거죠.

한눈에 봐도 지어낸 교태, 꾸며 낸 모습이라는 걸 알 수 있으니까.

"보다시피 요괴의 왕께선 이 늙은이가 그러는 걸 원치 않으시는 것 같지 않나?"

응.

나는 그런 거 싫어.

그게 내가 가희를 떨떠름하게 생각하는 이유 중 하나고.

그런 녀석이 한 명 더 늘어나면 신경성 위염에 걸릴 것 같다는 생각이 들기에, 나는 손사래를 치며 세희의 앞으로 나섰다.

"됐고."

나는 나를 위해 화를 내 준…….

화내 준 거 맞지? 내가 잘못 안 거 아니지?

나를 위해 목소리를 내 준 세희에게 조금 미안하지만 이 화제를 끝내기로 했다.

왜냐고?

"나한테 하고 싶은 이야기가 있으면 일단 자리부터 옮기자."

추우니까.

집 밖에 나온 지 시간이 좀 됐고, 가만히 서 있다 보니까 발끝이 시려 오기 시작했어.

이대로 이야기가 길어지면, 나 혼자만 길거리에서 탭 댄스를 추는 꼴사나운 광경을 연출하게 될 것 같다.

……살색으로 찬란한 드레스 차림으로도 추위에 떨지 않는 알리사르라를 보고 있자면 뭔가 현실이라는 건 상당히 불합리하고 불공평하다는 생각이 들지만, 나는 선술도 못 쓰는 반편이니까 어쩔 수 없지.

"너희들도 괜찮지?"

확인 차 던진 말에 알리사르라는 살짝 눈웃음을 지으며 말했다.

"그렇게 하도록 하게나."

"어찌 천한 몸종인 제가 주인님의 의견을 거스를 수 있겠습니까. 주인님께서 원하시는 대로 하시지요."

……삐쳤나?

슬쩍 고개를 돌려 눈치를 살펴봤는데, 평소보다 두 배는 두꺼운 무표정의 가면을 쓴 세희와 눈이 마주쳤다.

응.

살짝 화났네.

나중에 고맙다고 말하자.

지금은 알리사르라 앞인데다가 내가 탭 댄스 추기 3분 전이니까 넘어가고.

"그러면……"

어디로 가서 대화를 나누느냐가 문제인데.

……집으로 돌아갈까.

아버지가 아직 집에 계시면, 놀러 나간다고 말한 다음에 깜빡 잊고 나간 물건을 다시 가지러 들어갔을 때의 어색한 느낌이 몇 배는 강해진 상황이 기다리겠지만 말이야.

그래도 그쪽이 훨씬 나을 거다.

마음속으로 이야기 나눌 장소를 정했을 때.

"아―. 괜찮다면 행선지는 이 늙은이가 정하고 싶네. 옛날부터 관심이 있던 곳이 있었으니까."

날이 추우니까 그냥 근처에 있는 우리 집으로 가자고 말하려고 알리사르라를 바라봤을 때.

나는 목구멍에서 올라온 말을 속으로 삼켰다.

그건 단순히 알리사르라의 다른 모든 것을 내려다보는 듯한 태도 때문이 아니었다.

그런 부류는 세희와 냥이 덕분에 충분히 내성이 생겼으니까.

하지만 이건 조금 달랐다.

내가 TV에서 알리사르라의 기자 회견을 처음 봤을 때 느꼈던 그 알 수 없는 괴리감.

어딘가 속이 텅 비어 있는 것 같음에도, 뭔가가 중심을 잡아 주고 있는 듯한 느낌.

그런 이율배반적인 것을 그녀의 눈빛에서 느꼈기 때문이다.

그렇기에 나는 호기심을 이기지 못하고 알리사르라의 제안을 일단 들어 보기로 했다.

"어딘데?"

알리사르라가 말했다.

"다방, 아니, 카페라네."

*   *   *

요괴의 존재가 세상에 알려진 이후.

나는 최대한 시내나 인근 마을 쪽의 외출을 자제해 왔다.

그건 단순히 내가 집구석에서 지내는 걸 좋아하거나, 집 근처에서 아이들과 놀 시간도 부족하기 때문이 아니다.

내가 한 번 움직이면 주변에 상당한 민폐를 끼치게 된다는 것을 알고 있기 때문이었다.

예를 들어.

룸으로 나뉜 카페라면 요괴의 왕과 세계 최강 호랑이의 창
귀, 정체를 알 수 없는 흡혈귀라는 막장 구성으로도 들어갈
때만 제외하면 조용히 이야기 나눌 수 있을 거라 생각한 나
를 비웃기라도 하듯, 전 세계적으로 유명한 프랜차이즈 카페
를 통째로 빌린다거나.

그와 동시에 어디선가 나타난 검은 양복을 입은 덩치 좋은
아저씨들이 기존에 있던 손님 분들께 사정을 설명하고 자리
를 비워 주셨으면 좋겠다고 부탁이란 이름의 강요를 하거나.

카페에 들어오려던 손님 분들이 입구를 지키고 있는 무서
운 아저씨들의 매서운 눈빛에 발걸음을 돌려야 한다거나.

보이지 않게 나를 호위하고 있던 곰의 일족 누님 중에 바리
스타 자격증이 있는 누나가 원래 계셨던 직원 분들의 정신 건
강을 위해 카운터에서 대신 주문을 받는다거나.

뭐, 그런 것들 말이다.

하지만.

"밴티 5펌프 모카 3펌프 헤이즐넛 4스쿱 자바칩 반반 에스
프레소 휩 엑스트라 모카드리즐 자바칩 프라푸치노."

"……죄송합니다만, 다시 말씀해 주시겠어요?"

"밴티 5펌프 모카 3펌프 헤이즐넛 4스쿱 자바칩 반반 에스
프레소 휩 엑스트라 모카드리즐 사바칩 프라푸치노라고 했습
니다. 다시 말씀드립니까? 밴티 5펌프 모카 3펌프 헤이즐넛 4
스쿱 자바칩 반반 에스프레소 휩 엑스트라 모카드리즐 자바
칩 프라푸치노입니다. 이 정도라면 아무리 뇌로 갈 영양분이

흉부로 향해서 두뇌 회전이 둔해 빠진 곰의 일족이라 한들 기억할 수 있을 거라 믿습니다."

"…………알겠습니다."

세희는 카페 분위기 따위 신경 쓰지 않고 당당하게 꼬장, 아니, 주문을 했다. 내게는 주문(注文)이 아니라 주문(呪文)처럼 들렸지만.

너는 커피의 요괴라도 부를 생각이냐.

"……요괴의 왕께서는요?"

세희의 심술에 많이 곤란해 보이는 곰의 일족 누나의 말에 나는 쓴웃음을 지으며 말했다.

"죄송해요."

세희의 성격과 곰의 일족에 대한 적대감을 아는 나로서는 이 정도면 옛날에 비해 많이 나아진 거라고 생각하지만, 그건 어디까지나 내가 봤을 때의 일이고.

곰의 일족 누님한테는 음습한 괴롭힘으로밖에 느껴지지 않겠지.

"괜찮아요. 화해의 선물이라며 폭탄을 건네던 옛날과 비교하면 이 정도는 아무것도 아니니까요."

하지만 눈앞의 어여쁘신 누님도 곰의 일족.

세희가 어떤 녀석인지 나보다 먼저 몸으로 체험하셨다는 이야기다.

정작 세희는 눈살을 찌푸렸지만.

"고객에 대한 험담을 눈앞에서 하다니. 지금 당장 곰의 일족 수장에게 고객 접대에 대한 클레임을 넣어야겠습니다."

넌 여기서 집안싸움 벌일 생각이냐.

"관둬라."

나는 끔찍한 일을 막은 뒤 곰의 일족 누님에게 말했다.

"전 핫초코로 주세요."

"알겠습니다."

그렇게 대답한 곰의 일족 누님의 시선이 나와 세희의 뒤쪽으로 향했다.

나는 세희의 손목을 잡고서 살짝 옆으로 비켜섰다.

"남들이 보는 앞에서 애정 표현은 삼가 주시기 바랍니다, 주인님."

"어떻게 하면 그런 식으로 해석될 수 있는지는 넘어가고."

세희의 농담과 장난을 가볍게 넘긴 나는 지금껏 아무 말도 하지 않고 뒤에서 고개를 꺾은 채 메뉴판을 뚫어져라 바라보고 있는 녀석에게 말했다.

"주문은?"

그제야 고개를 아래로 내린 알리사르라가 말했다.

"뭘 시켜야 할지 모르겠구만."

아, 그건 좀 이해된다.

나도 카페에 처음 왔을 때는 너무나 다양한 메뉴에 말 그대로 압도당했으니까.

……설마, 알리사르라도 카페에 처음 온 건가?

으음~

아무래도 내 생각이 맞겠지?

그러지 않으면 카페에 가 보고 싶다는 이야기도 안 했을 테니까.

지금은 카페 경험자의 입장에서 느긋하게 기다려 주기로 할까.

"대충 아무거나 시키시지요."

물론, 그건 제 생각일 뿐입니다.

차가운 세희의 목소리에 알리사르라는 살짝 고개를 갸웃거리며 말했다.

"그래도 고민되는 걸 어찌하면 좋겠나?"

"그럴 때는 토마토 주스라도 드시면 됩니다."

"그거, 이 늙은이가 흡혈귀라서 하는 말인 게지?"

알리사르라가 과장되게 어깨를 으쓱하며 말을 이었다.

"대중 매체가 이래서 무섭다고 하는 거구만. 으음, 이래서 TV를 바보상자라 하는 거였어."

······뭐랄까.

아까도 지나가듯 말하긴 했는데 말이야.

이 녀석, TV에서 본 이미지와 실제 모습이 너무 많이 다르다.

기자 회견에서는 일부러 딱딱한 말투를 쓴 걸까?

"뭐-. 아무래도 상관없네만."

내가 하고 싶은 말을 대신 한 알리사르라는 메뉴판을 계속해서 올려다보았다.

"주문하신 밴티 5펌프 모카 3펌프 헤이즐넛 4스쿱 자바칩 반반 에스프레소 휩 엑스트라 모카드리즐 자바칩 프라푸치노와 핫초코 나왔습니다. 주문하신 음료가 밴티 5펌프 모카 3펌프 헤이즐넛 4스쿱 자바칩 반반 에스프레소 휩 엑스트라 모카드리즐 자바칩 프라푸치노와 핫초코가 맞는지 확인해 주시겠어요?"

세희와 내가 시킨 음료가 나올 때까지.

……그보다 곰의 일족 누님.

은근히 세희가 한 말을 마음에 두고 있었던 게 틀림없어. 보통은 주문하신 음료 나왔다고 할 텐데 말이야.

"곰도 구르는 재주가 있다고, 틀리지 않았습니다."

세희는 뭔가 괴물 같은 음료를 받아 들었다.

그리고 알리사르라는 아직까지 주문을 정하지 못했고.

결국 기다리지 못한 세희가 인상을 찌푸리며 차가운 목소리로 말했다.

"원하신다면 지금 당장 처녀, 아니, 동정의 피라 할지라도 준비할 수 있으니 빨리 말씀하시죠."

어디서? 어떻게?

설마 현지 공급은 아니지?

나, 일단 반인반선이라 요괴인 흡혈귀 입맛에는 안 맞을 것 같은데?

만약을 위해 카페에 들어와서 벗은 목도리를 다시 둘러야 할까 고민하고 있자니, 알리사르라가 쓰게 웃으며 말했다.

"마음 씀씀이는 고맙지만, 괜찮네. 이 늙은이는 피를 마시지 않은 지 꽤 오래되어서 말이야."

"흡혈귀가 피를 마시지 않는다니, 차라리 팔리지도 않는 글을 쓰는 작가가 술을 끊었다고 하는 걸 믿겠습니다."

아버지의 업이 느껴지는 말을 한 세희에게 알리사르라가 대답했다.

"자네라면 알고 있지 않나."

어딘가 처연하게 들리는 알리사르라의 목소리에도 세희는 눈 하나 깜빡하지 않고 말했다.

"댁의 사정 따위를 제가 어떻게 알겠습니까."

"허허, 그것도 그런가?"

세희의 거짓말에 알리사르라는 당연하다는 듯이 고개를 끄덕인 뒤, 주문을 기다리고 있던 곰의 일족 누님에게 말했다.

"아메리카노, 라는 거로 부탁하네."

그것은 긴 시간 메뉴판을 바라본 것치고는 너무나 간단한 주문이었다.

웬만해서는 실패하지 않는 선택이면서, 가장 무난한 게 아메리카노니까.

참고로, 저는 나래와 처음 카페에 왔을 때 멋도 모르고 에스프레소를 시켰다가 나래의 아포카토, 그러니까 아이스크림에 커피를 쏟아서 먹는 달콤한 메뉴에 커피를 추가해서 같이 먹은 적이 있습니다.

……커피를 좋아하는 나래이니만큼, 내가 못 마실 거라 예상하고 아포카토를 주문한 거겠지.

어쨌든, 알리사르라도 주문을 했으니 이제 이야기를 할 자리를 찾아볼까.

하하하, 이것 참.

손님이 없으니까 아무 데나 앉아도 되겠어!

"미안하네, 요괴의 왕. 이제 와서 하는 이야기지만 자리에서 기다렸어도 됐을 텐데 말이야."

"어차피 주문 나온 거 받아 가려면 다시 일어나야 했으니까 상관없어."

내 말에 알리사르라가 살짝 놀란 눈치였다.

"시키면 되지 않나?"

"누구한테?"

일단, 갑자기 바리스타 일까지 해야 했던 곰의 일족 누님은 당연히 제외고.

세희한테 부탁하느니 반팔과 반바지 차림으로 바깥에 나가서 한 시간 동안 가만히 서 있는 편이 낫다.

그런 생각을 하고 있는 내게, 맞은편에 앉은 알리사르라가 몸을 앞으로 숙여 가린 것보다 드러난 부분이 더 많아 보이는 가슴을 테이블 위에 올리고서 말했다.

"흐음~ 요괴의 왕은 꽤 상냥하구먼. 그래, 그래. 좋은 성품으로 자랐어."

하지만 내가 누구냐!

정미 누나와 나래의 축복받고 찬양하기에 합당한 가슴으로 내성을 기른 강성훈이다!

나는 아주 잠깐, 정말 아주 잠깐 동안만 가슴이 모인 덕분

에 더욱 깊어진 알리사르라의 가슴골과 뭔가 살짝 보인 분홍
빛에 정신이 팔린 뒤.

"주인님께서 제정신을 차리는 데 5초가 걸렸습니다."

나만 이해할 수 있기를 바라는 세희의 딴죽을 한 귀로 흘려
들으며 말했다.

"그러는 너야말로 TV로 봤을 때하고는 많이 다른 것 같은데."

나를 대하는 태도와 말투가.

그렇게 말을 덧붙이자 알리사르라가 은근한 미소를 지으며
말했다.

"어쩔 수 없지 않나? 그 자리에선 아이들이 적어 준 대본을
그대로 읽어야 했으니까 말이지."

그건 대본이었냐!

그것도 남이 적어 준거야?!

생각도 못한 사실에 깜짝 놀라고 있을 때 알리사르라가 말
을 이었다.

"무엇보다 이 정도 나이가 되면 때와 장소 정도는 가릴 줄
알게 되는 법이라네."

"그런 말씀치고는 요괴의 왕을 알현하는 데 있어, 적절한
복장은 아니라고 생각합니다만."

흠?

조금 이상한걸?

세희가 사람을 가리지 않고 독설을 내뱉는 건 다 알 거다.
이런 걸 인터넷에서 모두 까기 인형이라고 하지?

그런데 아까부터 이상하게 계속 나를 편들면서 알리사르라만 공격하고 있는 기분이 든단 말이지?

으음~

이건 단순히 알리사르라가 나를 대하는 태도가 마음에 안 들기 때문이 아니라 뭔가 다른 이유가 있다고 보는 게…….

찌릿.

나는 사람 하나 죽이는 건 손가락 튕기는 것보다 쉽다고 말하는 듯한 세희의 매서운 눈길을 받고 생각하는 것을 그만두었다.

그 이유는 다들 알아서 생각해 주세요.

나는 알리사르라의 **가슴**에, 아니, 대답에 귀 기울일 테니까.

"이해해 주게나. 나이 먹고 주책이라 생각할 수 있겠지만, 그래도 정말 오랜만의 바깥나들이인데 조금이라도 예뻐 보이고 싶어서 말이야."

"뒷방 늙은이면 늙은이답게 성안에 틀어박혀 지내시지 왜 나오신 겁니까?"

나이야 어쨌든 외관은 어린아이니 도련님은 로리콘이라고 말했던 자신의 과거를 정면으로 부정한 세희에게 알리사르라가 대답했다.

"나라고 그러고 싶지 않았겠나."

그건 또 무슨 뜻이냐고 물어보려고 할 때.

"주문하신 아메리카노 나왔습니다."

곰의 일족 누님이 커피가 가득 담긴 머그컵을 가지고 와서 테이블 위에 내려놓았다.

"맛있게 드세요."

……고맙습니다만, 뭔가 다시 물어보기 어색한 분위기가 돼 버렸습니다.

"음~"

알리사르라는 기품 있는 손짓으로 머그컵을 들고 향을 음미한 뒤 한 모금 마셨다.

"풉!!"

바로 뿜었지만.

바로 앞에 앉아 있는 나를 향해.

"……무슨 짓입니까."

다행인 건 옆에 앉아 있던 세희가 빠르게 반응해서 내 앞에 투명한 막을 펼쳤다는 거다.

커피가 얼굴에 튀고 옷을 더럽힐 뻔했다는 것에 신경 쓰기보다, 나는 당황스러운 감정이 앞섰다.

아니, 그렇게 성인 여성의 여유로운 모습을 보이면서 마신 녀석이 갑자기 왜 이래?

내 의혹을 풀어 줄 열쇠를 가진 알리사르라는 한 손을 들어 잠깐 기다려 달라는 제스처를 보인 뒤, 다른 한 손으로 냅킨으로 입을 가리고 격한 기침을 내뱉었다.

"콜록, 콜록!"

세희가 손짓으로 막과 함께 튀어 버린 커피를 치우는 사이.

알리사르라가 살짝 붉어진 얼굴로 말했다.

"쓰구먼! 써! 이건 너무 쓰지 않나!"

그럼 커피가 쓰지 달겠냐.

"도대체 이런 걸 무슨 맛으로 먹는 건가? 이잉~! 도저히 이
해를 못하겠네."

그러게요.

저도 알고 싶습니다.

그리고 우리 집의 커피 애호가 2호는 알리사르라의 말에 눈
살을 찌푸리며 말했다.

"프랜차이즈 카페의 커피가 사람에 따라 입맛에 맞지 않을
수도 있습니다만, 그래도 지금하신 말씀은 도가 지나치신 것
같습니다."

"그래서 말인데, 요괴의 왕."

이 녀석, 세희의 말을 가볍게 무시했다!

테이블 밑으로 내린 세희의 손에 어느새 말뚝과 망치가 들
려 있는 게 신경 쓰여!

그러거나 말거나, 알리사르라는 살짝 몸을 앞으로 기울이며
조금 전만 해도 내뿜은 커피와 함께 사라졌던 성인 여성의 여
유로움과 매력을 뽐내며 말했다.

"자네 거와 내 거, 바꾸지 않겠나? 내가 쓴 것은 정말 못 먹
어서 말이네. 응? 부탁이네."

만약에 이런 말을 한 게 우리 집 아이들이었다면 나는 쓴

물을 삼킬 각오를 하고 바꿔 줬을 거다.

"싫다."

그럴 만한 이유가 없다는 거지.

나와 알리사르라의 관계가 차갑게 식은 몸을 덥혀 줄 핫초코를 기꺼이 양보할 만큼 좋지는 않잖아?

무엇보다 나도 커피를 못 마신다고!

"아ー. 치사하네, 치사해. 젊은이가 너무한 거 아닌가."

알리사르라는 두 번 부탁할 생각은 없었는지 몸을 뒤로 젖혀 의자에 등을 기댔다.

자연스럽게 몸의 움직임에 따라 위아래로 출렁이는 가슴이 내 시선을 다시 한번 잡아…….

젠장.

나도 어찌할 수 없는 본능이 싫다!

"빌려 드리겠습니다."

나는 슬쩍 내 손에 쥐어진 말뚝과 망치를 세희의 소매 속으로 집어넣으며 알리사르라에게 말했다.

"버리고 다른 거 시키든가."

어차피 돈도 안 받는 것 같고, 만약 받는다 해도 그 정도는 내 줄 수 있다.

랑이와 만난 뒤 생활비를 쓴 적이 없었으니까.

하지만 알리사르라는 고민이 가득한 눈으로 눈앞의 커피를 내려다보다가 이내 고개를 저었다.

"음식을 어찌 먹지 않고 버리겠나. 그럴 수는 없네."

"그러냐."

그러고서 알리사르라는 다시 한번 커피를 마셨고, 다행이 세희가 나서야 할 일은 없었다.

"으~"

알리사르라는 인상을 찡그렸지만.

……모르는 사람이 보면 무슨 독한 술이라도 마시는 줄 알겠다.

그러거나 말거나 나는 따듯하고 달콤한 핫초코의 맛을 음미했다.

아주 잠깐 동안.

"그래서."

나는 전요협의 회장과 잡담이나 나누러 이곳에 온 게 아니니까.

"슬슬 이야기해도 괜찮을까?"

다리를 꼰 덕분에 드레스가 흘러내려 훤히 드러난 허벅지와 속옷의 끈을 감출 생각도 하지 않으며 알리사르라가 대답했다.

"지금까지 한 건 뭐라고 생각하는감?"

안 되겠군.

도저히 안 되겠어.

"그건 그렇고."

나는 탁자에 이마를 박으며 외쳤다.

"일단 좀 가려!"

젠장! 이야기에 집중을 못하겠네!

처음 만났을 때만 해도 내 안에 있는 그녀에 대한 적개심 덕분에 어느 정도는 대처가 가능했지만, 지금은 아니다.

대화를 나누는 사이에 나도 모르게 마음의 빗장이 풀려 버렸어.

그 이유는, 다 아실 거라 생각합니다.

······가슴 때문이 아니야!

허벅지 때문도 아니고!

그건, 자신은 남이 써 준 대본을 기자 회견에서 읽었다는 말 때문이다.

세희가 부정하지 않은 걸 보니 거짓말도 아니겠지.

두 번째 이유라고 한다면, 나를 대하는 태도 자체에 적개심이 보이지 않는 것.

내가 그렇게까지 나쁜 성격은 아니라서 말이죠. 크게 잘못한 것도 없고, 적의도 보이지 않는 상대에게 마음의 벽을 세우고 유지하는 건 꽤나 힘든 일이다.

즉, 나는 알리사르라에 대한 적개심을 꽤나 많이 내려놔 버리시, 그녀의 유혹이라고 할지 미인계라고 할지, 그것도 아니라면 단순한 노출에 상당히 취약해진 상태라는 말이다.

"아하하."

그리고 알리사르라는 내 지적에 소리 내 웃었다.

"일부러 그런 건 아니지만, 이 늙은 몸이 요괴의 왕의 마음을 흔들었다니 남들에게 자랑할 만한 일이 생긴 것 같아 기쁘구면."

도대체 어디가 늙은 몸이라는 거냐아아아아아!!

아무리 높게 쳐줘도 20대 누님으로밖에 안 보이는데!

"그러실 것 없습니다. 한창때인 주인님께서는 떨어지는 낙엽에도 흥분하곤 하시니까요."

그리고 넌 유언비어 퍼트리지 말고!

중학생 때, 세현과 함께 동네를 돌아다니며 언덕 같은 게 두 개 솟아 있는 교통 표지판에 가슴이라고 낙서한 적은 있지만 낙엽으로는 흥분한 적 없어!

"그런가? 젊음이란 좋구면. 그래, 그래. 정말 좋아."

왜 넌 흐뭇한 눈으로 나를 바라보냐.

나는 분위기를 환기시키기 위해 핫초코를 한 모금 마신 뒤.

"잡담은 그 정도로 하고."

세희에게 손을 내밀었다.

"뭡니까."

……평소에는 남의 속을 훤히 들여다보는 녀석이 이러니까 조금 열 받네.

"무릎 담요."

세희는 내 말에 대답 대신 고개를 돌려 어딘가를 바라보았다.

나는 세희가 바라보는 쪽으로 시선을 돌렸고, '마음껏 사용하세요.'라고 적힌 팻말 아래에 쌓여 있는 무릎 담요를 볼 수 있었다.

아, 예.

나는 아무 말 없이 자리에서 일어나 무릎 담요를 가지고 와서 빤히 나를 바라보고 있는 알리사르라에게 건네며 말했다.

"덮어."

"신경 써 줘서 고맙지만 나는 괜찮다네."

"말했지만, 내가 안 괜찮아서 그렇다. 나하고 제대로 이야기할 생각이면 덮어."

"그러면 어쩔 수 없구만."

그렇게 찬란하게 빛나던 알리사르라의 허벅지를 담요로 덮고 나서야 우리는 본격적인 이야기에 들어갈 수 있었다.

"가장 먼저 묻고 싶은 게 있는데."

나는 알리사르라에게 말했다.

"전요협은 도대체 무슨 생각을 하고 있는 거야?"

나는 알리사르라가 전요협을 대표해 기자 회견에서 말했던, 인간과 요괴가 예전과 같이 격리된 삶을 살고 싶다는 것은 어디까지나 대외적인 명분이라 생각한다.

"설마 진짜로 인간과 격리된 삶을 원하는 건 아니잖아?"

요괴들만 살고 있는 마을은 지금도 몇 군데나 있으니까. 힘 없는 요괴들도 그렇게 살 수 있는데 힘 있는 요괴들이 사람들의 눈 정도를 못 속일까.

그렇다는 건 기자 회견에서 발표한 건 눈속임이고, 달리 그들이 바라는 다른 게 있다는 이야기다.

그 점을 캐묻자, 알리사르라는 얼굴을 잔뜩 찌푸리고서 커피를 한 모금 마신 뒤 힘겹게 대답했다.

"회장의 자리에 있는 이 늙은이가 답해 줘서는 안 될 질문인 것 같지만, 어차피 자네 곁에는 세상 이치에 통달한 자가 있으니 이 정도는 상관없겠지."

아니.

네가 말해 주지 않으면 세희는 나보고 알아서 정답을 찾아내라고 시켰을걸?

머리 아픈 일을 줄여 준 알리사르라가 말했다.

"전요협…… 이 늙은이가 보기에도 참 웃기지도 않는 이름이네만. 그 아이들은 이이제이를 노리고 있다네."

조금 전에 한 말은 취소해야겠군.

"잠깐만."

나는 휴대폰을 꺼내서 이이제이라는 사자성어를 검색해 봤다.

이이제이 : 오랑캐로 오랑캐를 제압한다.

"아, 이젠 괜찮아. 계속 말해 줘."

하지만 세희와 알리사르라는 아무 말 없이 그저 측은한 눈빛으로 나를 바라볼 뿐이었다.

시선에 담긴 뜻을 깨달은 나는 살짝 얼굴이 뜨거워지는 것을 느끼며 재빨리 변명 아닌 변명을 꺼냈다.

"아니, 나도 이이제이가 대충 이독제독하고 비슷한 뜻일 것 같았는데, 중요한 이야기니까 확실하게 해 두기 위해서 찾아본 거야! 그러니까 그런 눈으로 보지 마! 내가 공부를 안 하긴 했지만 그 정도 상식은 있다고!"

알리사르라가 눈에 빤히 보이는 거짓말을 한 귀여운 손자에게나 향할 법한 시선으로 나를 보며 말했다.

"그런가? 자네가 그렇다면 그런 거로 하겠네."

"주인님께서 애정 결핍 환자라는 것은 알고 있었습니다만 지식 결핍증까지 앓고 계신 줄은 몰랐습니다."

넌 입에 침이나 바르고 거짓말하고.

"……말을 말자."

나는 잠깐 따뜻한 핫초코의 당분에 의지하며 알리사르라가 말한 이이제이가 어떤 의미인지 생각해 보았다.

"다시 돌아와서."

사실, 깊게 생각해 볼 것도 없는 문제지만.

"전요협은 사람, 아니, 인간들을 이용해서 나를 압박하려고 한다는 거야?"

알리사르라가 살짝 미소 지으며 고개를 끄덕였다.

"잘 알고 있구만."

그런 속셈이었구나.

전에도 이야기했지만, 사람들 중에서도 요괴의 존재가 드러나지 않은 과거를 그리워하는 자들이 많다.

혼란스러운 나날보다는 평온한 일상을 사랑하는 게 사람이고, 그건 당연한 거니까.

전요협이 그들의 마음을 움직여 내게 대항하려 든다면 나는 꽤나 곤란한 입장이 될 수밖에 없다.

될 수밖에 없지만…….

뭐, 그건 아버지가 어떻게든 하겠지!

사람들 사이의 일은 정부 쪽에 부탁했으니까!

무엇보다 저는 요괴의 왕이지, 대통령이 아니니까요!

인간과 인간 사이의 일은 인간들끼리 풀어 나가야 하는 거 아니겠습니까?

저는 반인반선이잖아요!

……그렇게 나는 반쯤 현실 도피를 하며 알리사르라에게 말했다.

"괜히 귀찮은 일 벌이지 말고 대화로 풀어 나갈 생각 없냐? 평화롭게 말이야."

그래도 내가 할 수 있는 일은 해야 할 테니까.

아버지를 믿고 아무것도 안 한다는 건, 며칠 동안 폭설이 내린다는데 지붕 위의 눈을 내버려 두는 거나 다름없는 일이니까.

"대화 말인감?"

알리사르라는 뭔가 실망한, 그러면서 살짝 질린 표정을 지으며 내게 말했다.

"이런, 이런, 요괴의 왕. 알고 보니 잔혹하기가 그지없구먼. 설마 불쌍한 아이들에게 마지막 저항조차 꿈꾸지 말라 할 줄은 이 늙은이도 몰랐다네."

"응?"

나는 알리사르라의 반응과 예상하지 못한 대답에 당황하고 말았다.

"잠깐만, 알리사르라. 왜 지금 마지막이라는 말이 나오냐?"

"왜, 무슨 문제라도 있는감?"

그럼 없을까.

나는 냥이를 제외하면 나를 싫어하는 대요괴들과 만난 적도 없고, 그 녀석들이 일으킨 큰 사건과 마주한 적도 없다.

그저 눈앞에 닥친 크고 작은 일들을 마주했을 뿐이지.

그런데 마지막이라는 말이 왜 벌써 나와?

그것도 대요괴들이 가진 힘을 생각하면 정말 평화적인 방식으로 시위를 벌이고 있으면서.

난 앞으로도 끔찍한, 하지만 가족들과 함께라면 어떻게든 헤쳐나갈 수 있는 문제들이 30년 정도는 계속될 거라고 생각하고 있었는데?

"쿠큿, 요괴의 왕은 그렇게 생각하고 있었구만?"

하지만 내 말을 들은 알리사르라는 소리 죽여 웃었다. 나는 참지 못하고 고개를 돌렸고, 세희는 깊은 한숨과 함께 입을 열었다.

"주인님께서는, 그렇게 생각하시겠지요."

"……너?"

잠깐, 야. 너 혹시 내가 모르는 사이에 사고 치고 다닌 건 아니지?

그런 짓을 저지르고도 남을 세희를 의심에 가득 찬 시선으로 바라보자, 남을 속이고 일 벌이기가 세상에서 으뜸인 녀석이 말했다.

"주인님께서는 가끔 자신이 걸어온 길을 우습게 생각하시는 경향이 있으십니다. 주인님께서 안주인님의 마음을 완벽하게 사로잡고, 안주인님을 인질로 삼아 냥이 님을 협박하여 측근으로 둔 뒤, 하늘의 인정까지 받는 데 걸린 시간이 채 반년도 안 되었다는 걸 기억하시지요."

어, 그, 그래.

지난 반년 동안 참 많은 일이 있긴 했지.

체감 상으로는 한 10년은 넘은 것 같은데 말이다.

"그렇기에 아무리 주인님께 반감을 가지고 있는 대요괴들이라 하더라도 하루가 다르게 변화하는 주인님의 입장과 주변 상황, 그리고 냥이 님과 저, 곰의 일족의 존재 때문에 쉽사리 움직일 수 없었습니다. 조금 더 자세하게 말씀드린다면, 처음에는 주인님을 장독에 백 년 동안 가둬 그 뼈조차 모두 삭힌 뒤 한 때는 인간이었던 무언가를 뒷간에 뿌려도 화가 풀리지 않으셨을 냥이 님께서 모든 것을 주도해 일을 행사하시는 것을 존중하는 의미로 지켜봐야 했기 때문이고, 나중에는 그 냥이 님께서 안주인님의 눈물 어린 설득으로 인해 마음을 돌려 주인님의 곁에 서기로 결심하셨기에 손을 쓰는 데 주의해야 할 자가 두 명으로 늘었기 때문이며, 마지막으로는 주인님께서 스스로 무겁디무거운 하늘의 엉덩이까지 움직이셨기 때문입니다."

속사포처럼 말을 쏘아 낸 세희는 핫초코도 한순간에 초코 슬러시로 바꿀 수 있을 법한 시선으로 나를 노려보며 말했다.

"그런데 주인님께서는 저를 의심하는 것도 모자라, 제가 모시는 분들 몰래 사고나 치고 다니고도 남을, 세상에서 그 누구보다 간악한 녀석이라고 말씀하셔도 되는 겁니까?"

아니, 야!

"내가 언제 그렇게 말했냐?! 아니, 말한 적도 없잖아!"

비슷한 생각만 했지!

"……."

"……미안."

"……."

"진짜 미안."

하지만 저는 싸늘한 세희의 시선에 고개를 숙일 수밖에 없었습니다.

"이런, 이런."

내가 고개를 들 수 있었던 건 앞에 앉아 있는 알리사르라가 듣고 넘길 수 없는 소리를 했기 때문이다.

"사랑싸움은 거기까지 해 주면 안 되겠나? 이 외로운 늙은이로서는 옆구리가 시릴 지경이니 말이네."

내 말 맞지?

다른 건 몰라도 이 녀석의 머릿속이 꽃밭인 건 확실하게 알겠다. 지금 이걸 사랑싸움이라고 생각하는 걸 보니까.

나하고 같은 생각인 세희가 무표정의 가면을 쓰고서 말했다.

"눈이 어두침침해지신 걸 보니 정말 죽을 날이 멀지 않으신 것 같습니다, 알리사르라 샤키 르비야 님."

"그래, 그래. 그 말이 맞아. 그 말이 맞고말고."

세희와 알리사르라의 눈싸움이 계속 되다가는 무슨 일이 일어날지 모르니, 나는 화제를 돌리기로 했다.

"그런데 말이야."

그 마지막 저항이라는 화제로.

"조금 이상하지 않아?"

"무엇이 말인감?"

나는 핫초코를 마셔 머리에 당분을 보충한 뒤 말했다.

"마지막 저항이라는 것치고는 하는 일들이 너무 평화로운 게."

만약, 알리사르라의 말대로 요괴들만의 세상을 열고 싶어하는 자들이 마지막 저항을 한다면.

지금보다 더 과격한 방식을 선택하는 게 자연스럽지 않을까?

궁지에 몰린 쥐도 고양이를 무는데, 요괴면 어떻겠어?

하지만 그들은 협회를 만들어 평화적인 시위를 벌이며, 기자 회견을 열어 자신들의 입장을 세상에 알렸을 뿐이다.

앞뒤가 맞지 않잖아?

그렇게 말한 내게, 알리사르라가 쓴웃음을 지으며 말했다.

"분명 그런 목소리도 있었지."

"그러면, 왜?"

"그분께서 허락하지 않으셨다네."

그분이라는 이야기에 떠오르는 녀석이 있었다.

바로 어제 그 녀석에게 직접 자신이 곰의 일족과 세희의 눈을 피해 요괴들이 세력을 모을 수 있게 도와줬다는 이야기를 들었으니까.

"밤하늘?"

알리사르라가 고개를 끄덕였다.

아, 그렇군.

나와 목적이 같은 그 녀석이라면 폭력적인 방식을 구경만 하지 않았을 거고, 요괴들의 입장에서는 밤하늘의 눈 밖에 나는 일은 할 수 없었겠지.

밤하늘의 비호가 사라지면 무시무시한 세희와 곰의 일족이 움직일 테니까.

즉, 마음에 들지 않더라도 불만을 속으로 삼킬 수밖에 없다는 이야기다.

"후우……"

갑작스럽게 입에서 한숨이 나왔다.

분명, 내게 나쁜 이야기는 아니다. 오히려 좋은 이야기겠지. 하지만 내 마음 속에는 뭔가 무거운 것이 자리 잡았다.

왜냐하면, 나는 쌓이고 쌓인 불만이 어떤 결과를 가져오는지 몇 번이나 경험을 해봤으니까.

이건…… 아닌 것 같은데.

이러다가는 분명…….

"그렇기에 나름대로 오래 산 아이들은 눈치를 챌 수밖에 없었다네."

알리사르라에게서 가볍게 흘려들을 수 없는 이야기가 나와서 생각을 접어야 했지만.

"눈치를 채다니?"

"그분께서 진정으로 우리를 위해 움직이신 게 아니라는 것을 말일세."

어제 이미 밤하늘의 속내를 들었던 나는 전요협에 속해 있는 요괴들이 그 사실을 짐작했다는 것에 살짝 당황했지만, 최대한 티를 내지 않기 위해 노력하며 말했다.

"……밤하늘이 폭력을 싫어할 수도 있잖아."

"그분께서 말인가?"

왜 지금 못 들은 말을 들은 것처럼 눈을 동그랗게 뜨냐? 밤하늘이 술 끊은 염라도 아니고, 그런 이미지는 아니잖아?

오히려 밤하늘은 사람들 사이에서 주먹이 오가면 이러지도 저러지도 못하고 울상이 되어 허둥댈 것 같은 이미지지.

나는 그 사실을 확인하기 위해 고개를 돌려 세희를 보았다.

정확히 말하면, 언제 썼는지 모를 안경테를 손가락으로 쓱 올리는 세희 여교사 버전을 말이야.

세희가 말했다.

"세상의 유지를 위해 필요하다 여겨지면 온 산천을 피로 물들이는 것도 거리낌 없이 행하시는 분이, 바로 밤하늘 님이십니다. 비록 그 후에 밤낮을 가리지 않고 눈물을 훔치시겠지만 말이죠."

그런 오싹한 소리를 무슨 우리 아이는 하면 되는 아이라는 것처럼 말하지 마라.

그 전에 밤하늘이 그런 성격이라는 게 믿기지가 않는…….

잠깐만.

나는 인간하고 거리가 좀 있으신 분들이 한 번 화를 내면 무슨 일이 일어나는지 몇 번이나 봐 왔다. 그러니 평소에는 내성적으로 보이는 밤하늘이라도, 언제나 그렇다고 단정 지을 수는 없는 법이다.

책장에 꽂혀 있던 책들도 그렇고, 사람을 상대하는 걸 어려워하는 녀석이 케이크를 사러 30분 동안 줄을 서는 걸 보면 정말로 할 땐 하는 아이일 수도 있고.

뭔가 세희의 말을 받아들이기 위한 근거가 심하게 빈약한 것 같지만 믿을 수밖에.

세희가 이런 걸 가지고 나를 속일 리가 없으니까.

"그러냐."

내가 고개를 끄덕이며 수긍하자, 알리사르라가 땅이 꺼질 듯한 한숨을 쉬고서 내게 말했다.

"그렇다네. 하지만 그 아이들의 입장에서는 이것이 독이 든 성배라 할지라도 포기할 수는 없는 노릇이었지."

알리사르라가 살짝 눈을 내리깔고 안타깝다는 듯 말했다.

"만에 하나의 가능성에 걸고 말이야."

그 말은…….

전요협에 속한 요괴들이 자신들의 마지막 저항이 수포로 돌아갈 확률이 높다고 생각하면서도 시위에 나섰다는 이야기였다.

그래서 나는 참지 못하고 말했다.

"그렇다면 포기하는 수도 있잖아?"

나처럼.

평온한 일상?

하루가 멀다 하고 사건, 사고가 터지면 그걸 수습하고 나서 지친 몸과 마음을 아이들의 미소와 체온으로 치유받는 게 평온한 일상의 뜻 맞죠?

그렇게 요괴들도 처음은 이를 바득바득 갈겠지만, 인간들과 함께 부대끼며 살다 보면 조금씩 그 현실을 받아들이지 않을까?

그러다보면 나와 랑이처럼 서로를 사랑하는 연인들도 생길 수 있고, 서로에 대한 악감정도 눈 녹듯 사라지는 경우도 생기겠지.

물론, 이건 어디까지나 내 입장에 기반한 이야기다.

나는 나래와 랑이와 성의 누나를, 내 가족들을 사랑하기에 이전의 삶을 포기할 수 있었다.

하지만 그걸 요괴들에게 강요하는 건 오만하고 멍청한 짓.

그야말로 독재자나 할 법한 생각이다.

그렇기에.

"왜?"

나는 그들이 내게 대항하는 것을 어리석다 말하기 위해 묻는 게 아니다.

그들이 틀리고 내가 올바르다는 말을 하고 싶은 게 아니다.

나는 그 이유를 알고 싶은 거다.

"왜 그렇게까지 하지?"

그래야 대화를 나눌 수 있을 테니까.

"네 말대로 자기들이 이길 확률이 낮다고 생각하고, 그 기회 자체가 함정이라는 걸 알면서도 포기하지 않고 내게 맞서는 건데?"

이것은 아마, 내가 요괴들만의 세상이 열리기를 원하는 자들에 대해 진지하게 가져 본 첫 번째 의문일 것이다.

단순히 그들이 먼 옛날 인간을 먹잇감으로 여겼다는 것.

힘을 숭상하기에 인간과 함께 살아가는 걸 싫어한다고 내심 받아들였던 나 자신에게 다시 한번 던지는 질문이었기도 하고.

그리고 알리사르라는 내게 답했다.

"감정은 인간들의 전유물이 아니니까."

알리사르라가 자신의 풍만한 가슴 위에 손을 얹어 탁 트인 드레스와 자신의 육체를 통해 작용 반작용의 법칙을 내게 설명…… 주는 게 아니라!

알리사르라가 자신의 풍만한 가슴의 모양새가 변할 정도로 손을 지긋이 얹고 내게 말했다.

"그 수가 적긴 하지만, 세상이 자신들의 것이었던 시절을 기억하고 있는 요괴들이 아직도 남아 있다네. 지금 요괴의 왕 앞에 있는 이 늙은이처럼 말이야."

그렇다는 건 알리사르라도 최소한 랑이만큼이나 오래 살았다는 이야기구나!

다른 요괴들을 아이들이라고 부르고 자신을 늙은이라고 말하는 이유가 있었다고 생각했을 때.

지금 그런 잡생각이나 하고 있을 때가 아니라는 듯, 알리사르라가 말했다.

"그들의 손에 자라나며 과거를 배우고, 그를 통해 그 이야기를 자신이 겪었던 일처럼 공감하고, 자신들도 언젠가는 인간들의 수많은 역사에서 일어났던 것처럼 배척당하고 살해당할 거라는 공포에 떨며 살아가는 아이들도 말이지."

저절로 내 인상이 찌푸려지는 이야기를.

"나는 그런 짓 안 해."

그랬다가는 랑이를 슬프게 만드는 선에서 끝나지 않을 거다.

하지만 알리사르라는 조용히 고개를 젓고는 내게 말했다.

"그걸 그 아이들이 어찌 믿는감?"

반박할 말을 꺼내려고 했지만 이내 알리사르라는 고개를 젓고는 말을 이었다.

"아니, 사실 그런 건 별 의미 없는 것이지. 말했지 않나?"

나는 알리사르라가 무슨 말을 하는지 알 것 같았다.

"감정은 인간들의 전유물이 아니라고?"

"기쁘게도 이 늙은이의 말을 잘 들어 주고 있구만."

알리사르라가 미소를 짓고는 몸을 앞으로 숙여 가슴을 테이블 위에 올려놓는 것으로 잠시 내 정신을 혼미하게 만들고서는 손을 뻗어 내 머리를 쓰다듬으려고 했다.

하지만 이 나이 먹고 잘 모르는 사람에게, 그 상대가 아무리 매력적인 누님이라 해도 대놓고 쓰다듬으라고 머리를 내놓는 건 좀 아닌 것 같아서 나는 고개를 뒤로 젖혔다.

알리사르라가 살짝 아쉬워하는 기색으로 말했다.

"왜 피하는감?"

쑥스러워서.

"됐으니까 하던 말이나 계속해 봐."

"벌써 그 나이에 공과 사를 구분할 줄 아는 겐가."

흐뭇한 시선으로 바라보던 알리사르라는 내가 아무 말도 하지 않고 반 이상 마신 핫초코가 담긴 잔만 만지작거리고 있자 작은 한숨을 쉬고 화제를 돌렸다.

"다시 말하지만, 이건 감정에서 비롯된 일이라네. 이미 자신의 부모가, 혹은 조상들이, 또는 자신이 겪었던 일에서 비롯된 뿌리 깊은 감정. 그 감정의 이름이 원한이든 두려움이든 분노든 상관없이 말이지."

알리사르라가 텅 빈, 하지만 무엇인가가 그 중심을 잡아 주고 있는 눈동자로 나를 바라보며 말했다.

"그렇기에 아이들은 그분께서 건네준 날 없는 칼이라도 휘두를 수밖에 없는 거라네. 자신들이 바라던 세상을 완전히 닫아 버린, 그야말로 철천지원수 같은 자네에게 작은 상처 하나라도 남기길 위해서."

그들의 입장은 충분히 이해하고도 남는다.

나도 냥이의 요술 안에 갇혔을 때 앞뒤 생각하지 않고 세희에게 주먹을 날린 적이 있으니까.

그것도 연달아.

뭐, 어찌 되었건.

알리사르라의 친절한, 정말 누구와는 다르게 친절한 설명 덕분에 전요협이 무엇을 원하는지는 알게 되었다.

그래서 나는 새로이 생긴 의문을 알리사르라에게 말했다.

"그러면 너는 도대체 무슨 생각이야?"

알리사르라가 고개를 살짝 갸우뚱거리며 내게 말했다.

"그게 무슨 뜻인감?"

알면서 모르는 척하는 건지, 정말로 모르는 건지.

어느 쪽이든 상관없기에 나는 직설적으로 말했다.

"너는 왜 전요협의 회장이 된 거냐고."

처음 봤을 때부터 지금까지.

알리사르라는 나에게 너무나도 우호적인 태도를 보였다.

기자 회견에서 했던 말도 남이 써 준 대본이었다고 하고, 묻는 대로 대답해 주질 않나, 머리를 쓰다듬어주려고 하고, 내 눈이 즐거운 복장…… 은 아무 상관없구나.

어쨌든 알리사르라는 얼핏 봐도 나를 그렇게 싫어하지 않는 눈치다.

그런 그녀가 왜 전요협의 회장이 된 걸까?

내 질문에 알리사르라가 상냥한 미소를 지으며 답했다.

"이 늙은이는 그저 아이들의 부탁을 들어줬을 뿐이네."

……부탁 때문에?

생각도 못한 대답에 나는 잠시 생각에 잠길 수밖에 없었다.

알리사르라가 기다려 준 덕분에, 나는 충분한 시간을 통해 내 생각을 정리해서 말할 수 있었다.

"너, 그 자리가 어떤 자리인지는 알고 있냐?"

우리나라에서는 조금 이상하게 변질된 경우가 많이 있지만.

원래 한 그룹의 장이라는 자리는 권력이 주어지는 만큼 그에 상응하는 대가를 치러야만 한다.

책임이라는 이름의 대가를.

전요협은 대외적으로 요괴의 왕인 내게 반기를 들었고, 일이 어떻게 잘 풀린다 해도 나는 그 책임을 물 수밖에 없다.

바로 내 눈앞에 있는 알리사르라에게 말이야.

어떤 방식으로 책임을 지게 만들지는 넘어가고 말이지.

"알고 있다네."

그리고 알리사르라는 너무나 가볍게 고개를 끄덕이며 수긍했다.

지금쯤 방구석에 굴러다니며 나를 찾고 있을 내 사랑스러운 연인과 나누었던 약속이 머릿속을 스쳐 지나갈 때, 알리사르라가 말했다.

"말했다시피 이 늙은이는 이제 곧 천기가 다해 혼돈으로 돌아갈 몸이라네. 그런 내가 아이들을 위해 뭐 하나 해 줄 수 있는 게 있다면, 오히려 기쁜 일이지."

……마음에 안 드는데.

자연스럽게 눈살이 찌푸려진 나는 알리사르라에게 말했다.

"네가 그럴 이유라도 있어?"

"이것이 옛 시대부터 살아온 어른의 책임이라네."

"어른으로서 책임을 지고 싶다면, 아이들을 바른길로 인도

해 주는 쪽이 더 좋을 것 같은데."

알리사르라가 고개를 저었다.

"자네의 말대로 그 아이들이 인간과 손을 잡고 새로운 시대로 하하호호 걸어 나아가는 게 정말로 그들을 위해 옳은 거라 생각하는감? 물론 대승적으로 보았을 때에는 그것이 옳은 길이라 할 수 있겠지. 암, 그렇고말고."

말투 자체는 비꼬는 투였지만, 나는 기분 나쁘지 않았다.

"하지만."

알리사르라는 진심으로 말하고 있었으니까.

"자신이 태어나기도 전의 일로, 제대로 된 세상을 뛰어다니지도 못하고서 수천 년 동안 숨어 지내야 했던 건 어떻게 생각해야 하지? 아이들의 마음속에 응어리진 원한과 감정은? 그저 감수하도록, 고개를 숙이도록, 받아들이도록 가르치고, 자신을 희생하도록 이끌어 주는 것을 이 늙은이는 옳은 일이라 생각해야 하는감?"

"……."

"듣게나, 젊은 요괴의 왕."

할 말을 잃은 나를 시간이 녹아내린 눈동자로 바라보며 알리사르라가 말했다.

"이 늙은이는 말일세. 아이들이 하고 싶은 걸 할 수 있도록 응원하고 지원해 주며, 만약 실패한다 해도 최악의 상황만은 피하도록 지켜 주는 것이 어른이라 생각하네."

하지만 그것도 잠시.

이내 알리사르라는 씁쓸한 미소를 지으며 말을 이었다.

"가능하다면 다시 일어날 수 있는 디딤돌까지 돼 주고 싶지만, 이 늙은이의 앞날은 그리 길지 않아서 말일세. 자네 뜻대로 모든 일이 풀렸을 경우, 아마도 그러하겠지만 말이야. 그때 모든 일의 책임을 지는 것으로 만족하고 뒷일은 젊은이들에게 맡길 생각이라네."

일부러 뚫어지게 보는 시선이 꽤나 부담스럽다.

마치, 그 젊은이가 나라는 것처럼 느껴져서 말이지.

"그러니 부탁하네, 요괴의 왕. 부디 자신의 백성들을 불쌍히 여겨 주게나."

그래서 나는 마음에도 없는 소리를 꺼내 반박했다.

"내가 싫다고 한다면?"

다시 말해, 요괴의 왕으로서 알리사르라뿐만 아니라 전요협에 속한 모든 요괴에게 책임을 지도록 만들면 어떻게 할 거냐는 뜻이다.

"그럴 리가 있겠는감?"

하지만 알리사르라는 미소까지 지으며 말했다.

"아내 사랑이 극진한 자네가 말이야."

내가 절대로 반박할 수 없는 말을.

자연스럽게 입을 다물고 할 말을 찾고 있을 때.

"그런 할 이야기도 다 끝난 것 같구만."

알리사르라가 무릎 담요를 곱게 접어 한 손에 들고서 자리에 일어났다.

앉아 있던 내 시선의 끝에 자연스럽게 훤히 드러난 허벅지가 들어왔지만, 할 이야기가 아직 남은 나는 정신을 팔지 않고 급히 고개를 들어 얼굴을……

아니.

부드러운 경사를 지닌 두 개의 산을 올려다보게 되었다.

큣! 가슴 때문에 얼굴이 거의 안 보여!

"그럼 이 늙은이는 이만 가 보겠네."

그래서 나는 의자에서 일어나며 말했다.

"앉아. 난 아직 할 이야기가 남았어."

알리사르라는 고개를 저으며 내게 말했다.

"자네와 가치관의 차이로 인한 토론을 벌이기에, 이 늙은이는 너무 지쳤다네."

"우리 집 호랑이가 몇 살인지 까먹은 거 아니야?"

"호랑이가 나와 비슷한 시간을 보냈을지언정, 그 시간의 밀도가 다르다는 것을 잊지 말게나."

랑이야!

너는 왜 잠만 잤니!

그렇게 난 어떻게 다시 알리사르라를 붙잡아 놓을지 신경 쓰느라, 이 녀석이 내 머리를 쓰다듬는 걸 피할 수 없었다.

"부디, 지금처럼 영명하며 자비로운 군주로 있어 주시게나."

흡혈귀답지 않은 따뜻한 손길과 목소리는 어딜 봐도 귀여운 손자를 떠나보내는 작별 인사처럼 들렸지만, 그건 어디까지나 저쪽 입장.

나는 알리사르라를 이렇게 보내고 싶지 않았다.

……아니, 그런 거 아니거든?

수영복 화보집이라도 내면 베스트셀러가 될 것 같은 알리사르라의 매력적인 몸매에 정신이 나가서 그런 건 절대 아니다.

그저, 알리사르라의 생각과 태도. 그리고 앞날에 대한 생각이 마음에 안 들었기 때문이다.

"아니, 야……."

그런데 말이죠.

제가 잠깐 이런 생각을 하는 동안, 알리사르라는 이미 작은 박쥐들로 변해 연기처럼 사라진 것이었습니다.

"주인님께서 알리사르라 샤키 르비야의 몸매에 **아주 잠깐** 정신이 팔린 사이에 말이죠."

……아, 아니야!

두 번째 이야기

"꽤나 불만이 가득한 표정이시군요, 주인님."

나는 어느새 미지근해진 핫초코를 한입에 털어 넣고 말했다.

"그러면 기분 좋겠냐."

내 주위에는 왜 이렇게 다른 사람들을 위해 자신을 희생하려는 녀석들만 넘쳐 나는지 모르겠다.

짜증 나게 말이지.

"주인님께서 하실 말씀이십니까?"

함부로 흘려들을 수 없는 이야기에 나는 인상을 확 쓰고 매섭게 세희를 노려보며 말했다.

"뭐가?"

세희에게는 씨알도 안 먹혔지만.

"왜 내 주위에는 다른 사람들을 위해 자신을 희생하려는 놈들만 넘쳐 나는지 모르겠다고 생각하시는 게 훤히 보여서 드린 말씀입니다."

"내가 지금 그걸 몰라서 묻겠냐."

사람 속을 읽는 데 요술도 필요 없어 하시는 분 앞에서.

하지만 세희는 아무 말도 하지 않았고, 결국 내가 직접 말할 수밖에 없었다.

"말해 두지만, 나는 랑이를 위해서 희생 같은 건 한 적 없다."

예비 신랑으로서 예비 신부의 문제를 함께 풀어 나가고, 그 책임을 함께 지기로 한 거지.

그래야 진심으로 기뻐하는 랑이와 결혼을 할 수 있을 테니까.

하지만 세희는 한쪽 입꼬리를 기묘하게 비틀며 말했다.

"그거야 어떻게 생각하느냐에 따라 달라지는 이야기겠죠."

"그만해."

나는 이 화제를 길게 끌고 싶지 않다는 뜻으로 손사래를 쳤다.

"알리사르라가 선택한 일에 내가 깊게 신경 쓸 필요가 없다는 건 알겠으니까."

"그걸 아시면서도 심란해하시는 것 같아서 그렇습니다."

그야 내 오지랖이…… 너무 넓어서 그렇지.

나도 신경 끄고 싶어.

지금 당장 내가 해야 할 일이 몇 개고, 수습해야 할 일이 몇 갠데?

하지만.

내가 이런 성격이 아니었다면, 나는 랑이의 손을 잡지 않았을 거다.

그렇기에 나는 내 손이 닿을 것 같은, 내 노력에 따라 도와

줄 수 있는 이들을 그냥 내버려 둘 수 없다.

"그래서 어찌하실 겁니까?"

뭐, 지금 당장은 아니지만.

모든 일은 순서대로 차근차근 해야 하는 법이고, 일단은 전요협이 일으킨 문제를 수습한 뒤에 생각할 일이다.

그래서 나는 생각을 환기시킬 겸 일부러 늘어지게 기지개를 켰다.

으다다다닷!!

머릿속이 조금이나마 차가워진 나는 세희에게 말했다.

"그럼 집에 갈까?"

살짝 인상을 찌푸린 세희가 말했다.

"친구분과 만나실 예정 아니셨습니까?"

"원래는 그러려고 했는데."

사람에게는 피로도라는 게 있단 말이지?

원래는 세현과 만나서 소모한 피로도를 아이들을 통해 충전한 다음에 알리사르라와 만날 생각이었다.

그런데 예정에도 없던 알리사르라의 만남 때문에 지금 내 피로도는 바닥을 드러냈다.

다시 말해, 집에 가서 랑이를 끌어안고 뱃살을 만지작거리며 쉬지 않으면 다른 일을 할 수 없을 정도로 지쳤다는 뜻이다.

그렇게 생각하고 있는 나를 세희가 경멸하는 시선으로 바라보며 말했다.

"한동안 지리산에 처박혀, 실례, 틀어박혀 지내시더니 완전히 방구석 폐인이 다 되셨군요."

내가 반박할 수밖에 없도록 만드는 말을.

"야, 세상에 나 같은 방구석 폐인이 어디 있냐? 내가 너 때문에 다른 차원으로도 모자라서 지옥까지 갔다 온 건 다 잊어버렸지?"

일부러 거만하게 허리를 펴고 턱을 들어 올리고 있자니, 세희가 위생 장갑을 낀 채 팔딱이는 생선 한 마리를 소매에서 꺼내 들고서 말했다.

"오늘 점심은 이 물고기를 반찬으로 올리겠습니다."

"그게 뭔데?"

세희가 말했다.

"밴댕이입니다."

……아, 그래.

내가 이 녀석하고 말싸움을 벌이려고 한 게 바보지.

나는 한숨을 쉬고서 세희에게 말했다.

"됐으니까 집에 가자."

"알겠습니다."

그리고 세희는 밴댕이와 위생 장갑을 소매 속에 집어넣고서는, 휴대폰을 꺼내 뭔가 조작하면서 한 손으로 목도리를 둘렀다.

……흐음? 저 녀석이 휴대폰으로 어딘가에 연락하는 건 처음 본 것 같은데?

아니, 정확히는 내게 보여 준 게 처음이라고 해야겠지.

나는 테이블 위에 있는 빈 잔들을 카운터에 반납하기 위해

들며, 세희에게 무슨 일이냐고 물어보려고 했다.

"주인님."

갑자기 인상을 찌푸린 세희가 선수를 쳤지만.

"왜."

"지금 그러실 때가 아닌 것 같습니다."

"……곰의 일족 누나한테 시키면 된다고?"

야.

사람이 양심이 있으면 그러면 안 되지. 우리 때문에 갑자기 바리스타 일까지 하셨는데, 이 정도는 해야 하지 않겠냐?

"그런 아무래도 상관없는 일이 아닙니다."

하지만 세희는 고개를 저었다.

"조금 급한 일이 생긴 것 같으니 주인님께선 먼저 안주인님께 가 보도록 하셔야겠습니다. 전 뒤따라가도록 하겠습니다."

"응? 급한 일이라니?"

"주인님께서 집으로 돌아가시겠다고 말씀하신 순간, 지리산에 행차하신 분이 계십니다."

"……조금 전에 휴대폰, 그거 때문이야?"

"그것과는 다른 일이니 지금은 신경 쓰실 것 없습니다."

그건 또 무슨 무서운 소리냐고 말하려고 했을 때.

"그럼 실례하겠습니다."

세희가 갑자기 나를 끌어안아서 그 말은 쏙 들어갔다.

그 대신 내 입에서 나온 건.

"……어디서 생선 비린내 나는 것 같은데."

"……주인님께선 매를 버시는군요."

그리고 나는 랑이에게 도시락으로 배달되었다.

* * *

쿠당탕!

"아고고고."

나는 사람은 입조심을 해야 한다는 사실을 엉덩이에서 느껴지는 고통을 통해 다시 한번 깨달으며 주위를 둘러보았다.

음.

세희가 나를 급히 집으로 보낸 이유가 있었군.

갑자기 허공에서 떨어진 덕분에 모든 시선이 내게 집중된 건 감수해야 할 정도로.

먼저, 랑이는 손님 앞에 다소곳이 앉아서 고개만 돌려 깜짝 등장한 나를 동그라진 눈으로 바라보고 있다. 다만 그 꼬리가, 먹음직스러운 사냥감을 앞에 둔 호랑이의 그것처럼 살랑살랑 흔들리고 있는 게 신경 쓰이는군.

지금 당장이라도 내게 달려들고 싶어 하는 랑이의 옆에는, 양반다리를 하고 앉아 있는 냥이가 있었다.

냥이의 자세는 평소와 그다지 다를 것 없이 보였지만, 뒤쪽으로 보이는 꼬리는 랑이와 다르게 바짝 서 있는 게 많이 긴장하고 있는 것 같다.

"어! 아빠다!"

"그래요. 성훈이네요."

그 둘과 달리 성의 누나와 그 품에 안겨 있는 성린은 평소와 다를 게 없는 모습이었지만.

"다녀왔어."

나는 손을 들어 인사를 하고서 왠지 모르게 뒤통수에 느껴지는 시선 쪽으로 살짝 고개를 돌렸다.

안방과 이어진 부엌문을 살짝 열고 차곡차곡 쌓인 세 쌍의 눈동자가 이쪽을 향해 있었습니다.

위에서부터 아야와 페이, 치이다.

……맨 밑에 깔린 치이가 살짝 힘들어 보이는 건 일단 넘어가고.

"어서 오거라, 성훈아."

"그래."

랑이가 내게 달려오지 않고 여전히 자리에 앉은 채로 인사만 받아 주는 게 살짝 충격이군.

집에 온 손님이 손님이라 랑이도 어쩔 수 없었겠지만.

"에구구구."

나는 겉옷을 벗고 목도리를 그 위에 올려놓은 뒤.

나는 아무런 연락도 없이 찾아온 손님에게 말했다.

"올 거면 전화라도 하고 오지 그랬냐."

밤하늘.

이틀 연속으로 예고 없이 찾아온 손님.

등 뒤에 손가락을 까닥이고 있는 밤을 두른 밤하늘이 말했다.

"오, 오, 오, 오……."

자기 방이 아니라고 긴장해서 말 더듬는 거 봐라.

"오……!"

그리고 랑이는 그걸 다르게 받아들였는지 입술을 동그랗게 말고 감탄했다.

아니, 감탄사 아니거든?

"으……!"

덕분에 밤하늘이 낮은 신음을 내뱉으며 밤의 허리를 꽈악 끌어안았다.

말 그대로 개미허리가 된 밤이 밤하늘의 어깨를 툭툭 치며 항복을 외쳤지만, 정작 당사자는 고개만 깊이 숙이고서 눈치 채지 못하고 있다.

음.

일단 밤하늘의 긴장을 좀 풀어 줘야겠군.

무슨 방법이 좋을까?

나는 일단 방 안을 둘러봤고, 손님을 맞이하는 데 필요한 게 없다는 것을 알 수 있었다.

나는 이럴 때 가장 도움이 되는 아이의 이름을 불렀다.

"치이야."

그 결과.

"꺄우-우우?!"

여기서 자신의 이름이 불릴 줄 몰랐던 치이가 당황해서는 새된 비명을 지르며 급히 일어섰고.

와당탕탕!

"키이이잉! 갑자기 무슨 짓이야, 이 괴력아!"

[치이 힘이 장사라는 건 말로 해도 알아들음!]

그 위에 있던 페이와 아야가 굴러떨어져 나가고 말았다.

저걸 노리고 치이를 부른 거 아닙니다.

어쨌든 나는 딱딱하게 굳어서는 방문을 연 것도 닫은 것도 아닌, 안방에 들어온 것도 나간 것도 아닌 애매한 입장을 고수하고 있는 치이에게 말했다.

"귀한 손님이 오셨으니까 다과상이라도 좀 내주지 않을래?"

밤하늘은 단 걸 좋아하는 것 같으니까.

과자라도 먹으면 좀 진정하겠지.

아, 그렇군.

"이왕이면 케이크가 좋을 것 같아."

한과를 즐겨 먹는 우리 집 아이들이지만, 빵을 좋아하는 페이 덕분에 케이크도 냉장고 어딘가에 있긴 할 거다.

"아, 알겠는 거예요!"

그걸 누구보다 잘 알고 있을 치이가 쌩 하고 부엌으로 돌아가자, 그 자리에 남은 건 허리를 붙잡고 있는 아야와 엉덩이를 매만지고 있는 페이뿐이었다.

"……너희도 거기서 몰래 지켜보지만 말고 들어오지 그러냐."

나는 선의로 한 말이었지만.

[괜찮은 거임! 완전 괜찮!]

"키이잉?! 우릴 죽일 생각이야?!"

페이와 아야는 누가 먼저라고 할 것도 없이 고개를 절레절레 젓는 것으로 모자라 방문까지 완전히 닫아 버리고 말았다.

……다시 빼꼼 열리고 두 쌍의 눈동자가 이쪽을 향했지만.

아야와 페이가 이 정도로 낯을 가리는 건 처음 보는 것 같아서 조금 신기하군.

그건 나중에 물어보기로 하고.

지금은 일단 허리가 실처럼 가늘어진 밤을 위해 밤하늘의 긴장을 풀어 주자.

"누추한 곳이지만 자기 집이라고 생각하고 편하게 있어."

"후, 후, 후, 후."

"응? 뭐가 그렇게 재미있느냐?"

지금 밤하늘이 재밌어서 웃는 거 아니다, 랑이야.

아무래도 내 이름을 부르려고 했던 것 같은데…….

아니, 밤하늘이 사람을 대하는 걸 어려워하는 건 알고 있지만, 그래도 마당에서 봤을 때는 이 정도는 아니었잖아!

"사, 사, 상 차려 오, 온 거예요!"

그리고 치이도 상당히 긴장한 것 같다.

그래도 치이야.

다과상을 들고 로봇처럼 삐걱거리면서 들어오면 내가 좀 불안하거든?

발이라도 헛디뎌서 다과상이 하늘을 날게 되면 치이가 울상을 짓는 걸로 끝날 것 같지도 않아서 말이다.

"고마워."

그래서 나는 자리에서 일어나 상을 건네받았다.

"그, 그러면 말씀 나누시는 거예요!"

후다닥!

방을 나가는 속도가 그야말로 바람 같군.

"엄마, 치이 언니 왜 저래?"

"글쎄요. 왜 그럴까요?"

"잘 모르겠어."

"그래요. 저도 모르겠네요."

그에 비해 우리 성의 누나와 성린은 우주적인 존재라는 걸 대범한 태도로 보여 주었다.

"으응. 아빠! 아빠는 알아?"

나는 치이가 '케이크가 좋다고 했지만 혹시나 해서 집에 있는 맛있는 것들은 다 가져온 다과상'을 내려놓으며 성린의 시선에 대답을 해 줬다.

"치이가 아무래도 긴장을 많이 한 것 같아."

성린이 고개를 갸웃거리며 말했다.

"왜?"

가장이라면 피할 수 없는 싸움이라도 임해야 할 때가 있는 법이다!

"손님을 맞이하는 건 오랜만이라서 그럴까?"

"엄마가 왔을 때는 안 그랬는데?"

"성의 누나는 처음 본 게 아니었으니까."

"왜?"

"견우성에서 본 적이 있거든."

"언제?"

그 질문에 대답하기 위해서는 소설책 한 권 분량의 길고 긴 이야기를 시작해야 한단다, 성린아.

"그건 말이지."

그렇기에 나는 다과상 위에 있는 약과를 성린에게 건네주며 말했다.

"아, 맞다! 성린이, 약과 좋아하지? 자, 아~."

"아앙."

성린이 덥석 약과를 입에 물고 오물거렸다.

"맛있어!"

나머지 반은 잘라서 성의 누나에게 건넸지만.

"이건 엄마 거!"

"고마워요."

"응, 응!"

휴, 이것으로 성린의 관심을 먹는 걸로 돌리는 데 성공했고.

나는 비싸 보이는 케이크를 아직도 굳어 있는 밤하늘 쪽으로 밀어 주며 말했다.

"자."

그제야 밤하늘은 정신을 잃은 듯, 추욱 늘어져 버린 밤을 내려놓았다.

하늘로 던진 종이처럼 흐물거리며 방바닥에 내려온 밤에게 잠시 묵념하고 있는 사이, 밤하늘이 포크를 집이 들었다.

이것으로 조금 긴장을 풀 수 있으려나 생각했지만······.

포크를 든 채 덜덜덜 떨고 있는 걸 보니 망했군.

그리고 나는 밤하늘이 처음 봤을 때보다 심하게 긴장하고 있는 이유를, 자꾸만 어딘가를 흘깃거리는 눈길을 통해 알 수 있었다.

"오······! 검둥아, 검둥아! 밤하늘 님이 포크를 집어 들었느니라! 그거 아느냐? 세희가 말해 줬는데, 밤하늘 님은 포크만으로 대요괴들을 땅에 찍어 누를 수 있다고 하였느니라!"

"이럴 때는 좀 조용히 있거라, 흰둥아!"

······사실 모르면 바보입니다.

아무래도 랑이의 과도한 관심에 어찌할 바를 모르는 것 같단 말이지.

이렇게 보면 랑이도 요괴는 요괴라니까?

그보다 슬슬, 밤하늘이 너무 긴장한 나머지 이상한 짓을 하기 전에 어떻게든 해야겠군.

세희의 말을 조금 빌리자면, 코끼리한테 아무 악의가 없다 해도 긴장해서 날뛰면 큰일이 벌어지는 법이니까.

나는 간단한 계획을 세운 뒤, 랑이를 불렀다.

"랑이야."

"으냐아?"

"이리 와라."

나는 허벅지를 탁탁 두드렸고, 랑이는 나와 밤하늘을 번갈아 보고서는.

"알겠느니라."

내 품에 쏘옥 들어왔다.

다행이군. 만약에 랑이가 싫다고 했으면 엄청난 충격에 뒷목을 잡고 쓰러졌을 테니까.

진심이다.

나는 내심 안도하며 두 손을 들어서 내 다리 사이에 앉아 편한 자리를 잡기 위해 엉덩이를 이리저리 움직이고 있는 랑이의 눈을 가렸다.

"응? 왜 그러느냐, 성훈아?"

"그냥."

"눈앞이 깜깜하느니라!"

그렇다고 빔 쏘지는 말고.

그래도 약간의 위험 부담을 감수한 보람이 있었다.

랑이의 태양처럼 빛나는 눈동자를 두 손으로 가리자 밤하늘이 티가 날 정도로 안정을 되찾고 포크로 케이크를 찍었으니까.

지금 다시 손을 내리면 어떻게 될지 좀 궁금하긴 하지만 그대로 있자.

적어도, 한 입이라도 케이크를 먹을 때까지.

"성훈아, 슬슬 답답하느니라."

"그래?"

"……."

옆에서 노려보는 냥이의 시선도 있기에 나는 두 손을 내리는 것과 동시에 랑이의 몸을 돌려 내 쪽을 바라보도록 만들었다.

"으냐아?"

나를 올려다본 랑이는.

"성훈아, 밤하늘 님 앞이니라! 이, 이러면 안 되는 것 아니느냐?!"

얼굴을 붉히고 두 손을 휘저으며 그렇게 말했다.

두 다리로는 내 허리를 끌어안으며 말이다.

이래서 습관이라는 게 무서운 겁니다, 여러분.

"뭘 이러면 안 되는데."

나는 랑이의 코를 아주 살짝, 정말 힘 하나 주지 않고 살짝 튕긴 다음에 자그마한 몸을 꼬옥 끌어안고서 등을 토닥토닥 두드려 주며 말했다.

"내가 남 눈치 보는 거 봤냐."

"그건 그렇…… 흐냐암~"

그리고 랑이는 늘어지게 하품을 했다.

후후후, 계획대로군.

오늘 아침 일찍 일어난 데다가, 시간상 낮잠도 안 잔 랑이가 내 품에 안긴 채 등을 토닥여지면 잠이 쏟아지리라는 건 뻔한 사실.

그것뿐일까!

아버지와 알리사르라 때문에 소모된 내 피로도도 급속 충전이 가능하다고!

"으…… 이러면 안 되는데……. 밤하늘 님과 이야기를……."

하지만 랑이가 잠에 저항하기 위해 눈을 비비는 건 조금 예상외였다.

밤하늘이 우리 집에 온 게 그 정도로 신기하고 기쁜가 보네.

그래서 나는 슬쩍 랑이의 어깨너머로 밤하늘을 바라보았다.

이제 막 케이크를 한 입 먹은 밤하늘은 내 시선이 자신과 랑이를 오가는 것을 보고 급히 고개를…….

아니, 방바닥에 뻗어 있던 밤을 손에 쥐고 흔들었다.

호랑이를 방 안에 풀어놓지 말라는 뜻이겠지.

"엄마, 저거 재밌어 보여!

덕분에 성린이 관심을 보였다.

"나도 해 줘!"

밤하늘에게 잡혀 좌우로 흔들리고 있는 밤에게!

"안 돼요. 성린은 아직 어리니까요."

어른이 되면 해도 되는 겁니까?!

"그러면 아빠가 해 주는 건 괜찮지? 아빠는 엄마보다 약골이니까!"

"그래요. 성훈이라면 괜찮겠네요."

어디가 괜찮아 보이는데요, 누나?!

아니, 그 전에 제가 아무리 요즘 운동을 시작했다 해도 성린을 두 손으로 들고 저렇게 격하게 흔들 수는 없습니다!

"흠냐아……."

그래서 난 이제 완연하게 고개를 꾸벅거리기 시작한 랑이의 등을 토닥여 주며 성린에게 말했다.

"저런 건 힘들고, 대신 비행기 놀이 해 줄게."

"정말?"

"그래."

"와! 약속이야, 아빠!"

나는 고개를 끄덕였고 성린이 몸을 돌려 성의 누나에게 말했다.

"엄마! 아빠가 비행기 태워 준대!"

……왠지 성린이 말한 비행기와 내가 말한 비행기가 조금 다른 느낌인 것 같은데.

기분 탓이겠지.

난 분명하게 비행기 놀이라고 했으니까. 아이들이 이야기를 끝까지 잘 안 듣는 경우가 있다는 건 잘 알고 있습니다만, 괜찮을 겁니다.

뭐, 그때는 세희에게 부탁하면 되지 않겠어?

"……이것아."

그런 생각을 하다가 냥이의 눈총을 받았다.

아, 맞다.

나는 고개를 돌려 이쪽을 뭔가 흐뭇하게 바라보고 있는 밤하늘에게 말했다.

"아, 미안. 조금 정신없지?"

"이, 이, 이미 알고 있었, 있었던 거야."

말은 아직 더듬긴 하지만 그래도 랑이의 시선을 온몸으로 받던 때보다는 많이 나아진 것 같다.

도대체 얼마나 부담감을 느꼈던 건지 감도 안 잡히는 군.

자, 그러면.

밤하늘도 어느 정도 진정을 한 것 같으니까.

이 대인 기피증 환자님이 이틀 연속으로 나를 찾아온 이유를 들어 볼까.

그것도 알리사르라와의 대화가 끝나고 집으로 돌아가기로 결정한 순간, 지금이라는 듯이 온 이유를 말이야.

"그런데 무슨 일로 왔냐? 이야기는 어제 다 끝난 거 아니었어?"

늘상 그렇듯 내 말에 냥이가 눈살을 찌푸리는 게 시선의 변두리에 살짝 걸쳤다. 아무래도 내가 밤하늘에게 말을 놓는 게 마음에 들지 않는 눈친데, 후후후.

나는 어제 밤하늘에게 편하게 말을 해도 된다는 허락을 받았다고!

"……."

그런데 그 밤하늘 님께서는 뭔가 못마땅한지 내 말에 입술만 삐죽 내민 채 침묵을 지켰다.

냥이의 눈매가 점점 매서워지기에, 나는 급히 밤하늘에게 말했다.

"왜 그래? 물어보면 안 되는 거였냐?"

"후, 훈이는 자기가 한 일은 새, 생각도 못 하고 있는 거야."

내가 한 일?

어제 밤하늘과 만난 뒤 지금 이 순간까지 있었던 일을 생각해 보았다.

음.

"어제 놀린 거?"

냥이가 이마를 짚고 신음하듯이, 하지만 내 귀에는 너무나 잘 들리게 혼잣말을 했다.

"저, 저, 천둥벌거숭이만도 못한 것은 때와 장소와 상대를 가리지 않는구나."

헤헤헷, 제가 원래 좀 그렇습니다.

특히나 상대가 어린아이면 나도 모르게 편하게 대하고 말지.

"그것 때문은 아, 아닌 거야."

어느새 부활한 밤이 밤하늘의 등 뒤로 날아가 어둠을 두 팔처럼 펼치고 이어 동그라미를 그렸다.

밤하늘에게 시달린 복수를 참 귀엽게도 하는구나.

하지만 나는 못 본 척, 모르는 척하며 아무 말도 하지 않았다.

내 시선을 피하고 싶었는지 밤하늘은 고개를 숙여 케이크를 잘라 입에 넣었다.

순간적으로 표정이 밝아지지만, 그것도 내가 계속 바라보고 있다는 사실을 눈치챌 때까지였다.

"뭐, 뭐라도 말해 보는 거야."

지금 뭔가 말을 해야 할 사람은 너 같지만, 밤하늘은 인간이 아니기에 나는 따라 주기로 했다.

"으음~."

단순히 내가 자기를 놀린 것 때문에 찾아왔다고 보는 건 말도 안 되지. 그랬다면 거짓말이라도 부정할 리가 없으니까.

그렇다고 내가 오늘 알리사르라와 만난 것 때문도 아닐 거다. 전요협에 대해서는 어제 이야기를 했고, 그럴 생각이었다면 카페로 직접 왔겠지.

그렇다면 남은 건⋯⋯.

"혹시 네가 빌려준 천부인을 부숴 버리려고 한 것 때문에 온 거냐?"

나는 밤하늘에게 말했지만 반응은 다른 곳에서 튀어나왔다.

"뭣이라?!"

냥이가 깜짝 놀라 고개를 휙! 돌려 경악에 찬 얼굴로 나를 봤으니까.

얼마나 놀랐는지 꼬리가 두 배는 부풀어 올랐고 눈도 눈사람만큼이나 동그래졌다.

냥이가 이 정도로 놀라는 건 처음 본 것 같은데.

"⋯⋯!"

그리고 냥이 덕분에 밤하늘도 깜짝 놀라서는 등 뒤에 있던 밤을 잡아챈 다음에 커다란 곰 인형이라도 된다는 듯 품에 안고 꽈악 끌어안았다.

허리가 가늘어지는 것 정도가 아니라 찌부러트린 페트병처럼 된 밤을 보고 있자니, 여기서 계속 이야기를 했다가는 뭔가 큰일이 날 것 같다.

화산이 터지건, 홍수가 나건 마이페이스를 유지하는 성의 누나와 성린은 괜찮지만, 적어도 냥이는 내보내는 게 좋겠어.

"야, 나는⋯⋯"

"이 미친 것아! 천부인이 어떤 물건인지나 알고 그딴 말을 함부로 지껄인 것이느냐?! 내 여동생을 시집도 못 간 과부로 만들 생각이 아니라면 지금 당장 밤하늘님께 엎드려 빌거라!"

냥이는 말뿐으로 끝날 생각이 아닌지 일어나서 내 뒤통수를 손으로 잡았다.

아무리 봐도 내 머리를 방바닥에 내리꽂을 생각이다!

"하지 마, 인마!"

난 그렇게 유연성이 좋지 않은데다가 품에 랑이도 안고 있다고!

"안 돼요."

다행이도 냥이의 시도는 성의 누나가 손목을 잡는 것으로 무산될 수 있었다.

"그러다가 잘못하면 성훈의 허리가 부러져 죽을 거예요."

"응! 아빠, 약골이야! 조심해야 해!"

그 정도로 약골은 아니지만, 아무 말도 하지 않겠습니다.

문제는 냥이가 아직 자리에 앉지 않았다는 건데.

나는 괴사 직전의 밤과 냥이의 위협에서 스스로를 구하기 위해서 슬쩍 밤하늘을 바라보았다.

어찌할 바를 몰라 허둥대던 밤하늘은 그제야 제정신이 들었는지 밤을 옆에 내려놓고는 입을 열었다.

"괘, 괘, 괜찮은 거야. 나, 나 같은 애는 화를 낼 자, 자격도 없는 거야."

그것도 꽤나 저자세로.

"……."

그게 효과가 있었는지 냥이는 조용히 자리에 앉아 습관적으로 꼬리를 말아 담뱃대를 꺼냈다가, 밤하늘 앞이라는 사실을 깨닫고 다시 집어넣었다.

정작 본인은 누구보다 낮은 곳에 있지 않으면 불편한 성격이지만, 냥이도 밤하늘을 어려워하는구나.

……갑자기 밤하늘에게 농담도 건네고, 장난도 친 제가 정상이 아닐지도 모른다는 생각이 들었습니다.

지금 잡생각이나 할 때가 아닌 것 같지만.

냥이가 입을 다무는 것을 시작으로 불편한 적막이 방 안을 가득 채웠으니까.

그래서 나는 말했다.

"어, 그런데 그것 때문이라면 너무 늦은 거 아니야?"

내가 천부인을 부수려고 했다는 걸 알고 있다는 건, 세희와 나눈 대화를 밤하늘이 들었다는 뜻이 된다.

비록 이 녀석이 사람을 어려워하는 순둥이라 할지라도 밤하늘은 밤하늘.

하늘과 동격의 존재이며 세희의 눈을 속이는 것도 가능한 녀석에게 그런 건 일도 아니었겠지.

그리고 그 순간 다시 우리 집에 와서 나를 꾸짖거나, 말리거나, 천부인을 다시 가지고 가는 것 역시 손바닥 뒤집는 것보다 쉬웠을 거다.

하지만 밤하늘은 오늘 왔고, 나는 그 이유를 알고 싶었다.

"……어제는 보고 싶지 않았던 거야."

위대한 존재께서 행차하지 않으신 이유치고는 상당히 소시민적이십니다, 그려.

내가 장난친 것 때문에 삐쳐서 어제가 아니라 오늘 왔다는 이야기니까.

생각을 정리한 나는 품에 안겨서 세상모르게 잠들어 있는 랑이의 편안한 낮잠을 위해서 살짝만 고개를 숙여 밤하늘에게 사과했다.

"어제는 내가 잘못했다. 미안해. 그렇게 놀릴 생각은 아니었어."

사과 덕분에 여유를 되찾은 걸까.

밤하늘이 다시 입술을 삐죽이고는 고개를 살짝 돌려서 옆을 보며 말했다.

"괜찮은 거야. 훈은 인싸니까 그렇게 쉽게 쉽게 잘 모르는 사람한테도 장난도 치고 농담도 할 수 있는 거야."

이 녀석 봐라?

자신이 확실히 우위에 섰다고 생각해서 그런지 말도 더듬지 않고, 아주 조금이나마 기세등등해졌네?

그래 봤자 평소와 비교해서 그렇다는 거지만.

나는 그 모습이 긴장해서 말을 더듬는 것 보다는 좋다고 생각하며 말했다.

"그래, 내가 좀 그런 성격이긴 해."

사실이니까.

"……반성이 없는 거야."

옆에서 노려보는 냥이가 상당히 무서웠지만, 할 말은 한다!

"그래요."

거기에 동의하는 성의 누나의 목소리가 따뜻한 봄날의 꽃향기 같아서 자연스럽게 마음이 풀어졌고.

"성훈은 장난을 조금 줄이는 편이 좋을 것 같아요."

"응. 아빠는 못됐어. 엄마 놀리는 거 너무 좋아해."

부정하고 싶지만 부정할 수 없는 사실이다.

그래도 어쩔 수 없는걸?

언제나 천하태평한 성의 누나가 내 장난이나 농담에 휘둘려서 곤란해하는 모습이 얼마나 귀여운지 알 사람은 다 알 거다. 보고 있자면 나도 모르게 두 뺨을 손으로 감싸 안고······.

"그렇대, 엄마."

그리고 그 생각을 성린이 성의 누나에게 그대로 전해 줬다.

"······."

성의 누나는 등 뒤로 환한 꽃을 피우며 장미보다 더 붉어진 얼굴을 숙여 시선을 피했고, 냥이는 그런 나를 '때와 장소를 가리거라! 이 발정 난 수캐 같은 것아!'라고 써진 얼굴로 나를 보고 있었다.

그리고 밤하늘은.

"여, 여, 역시 인싸의 왕인 거야. 직접 보고 들으니까 차, 차원이 다른 거야."

어째서인지 감탄하고 있었다.

그러면서도 내게서 심리적인 거리감을 두는 것처럼 보이는 건 단순한 내 기분 탓인가?

아니, 밤을 자기 앞에 얇게 펼친 걸 보면 그런 것만은 아닌 것 같다.

이러다간 나에 대한 인상이 그리 좋은 쪽으로 확립되지 않을 것 같으니, 이야기를 다시 되돌리자.

"그. 그건 그렇고 말인데."

억지로 화제를 돌리려고 하니 얼굴에 살짝 피가 몰리고 혀가 매끄럽게 돌아가지 않는 것 같지만, 참고 말한다.

"천부인 때문에 온 거라면 걱정 안 해도 된다."

세희와 한 약속이 있으니까.

하지만 밤하늘은 고개를 저었다.

"그. 그건 알고 있는 거야."

……아, 그랬죠.

밤하늘은 나와 세희가 나눴던 대화를 무슨 방법인지는 몰라도 다 들었지.

"그러면?"

내 질문에 밤하늘은 자세를 고쳐 잡고서 진지한 표정으로 말했다.

"지금부터는 둘이서 이야기하고 싶어."

흠?

나는 잠깐 고심한 뒤, 밤하늘에게 말했다.

"다른 애들이 알면 안 되는 이야기냐? 아니면 그냥 여기서 하지? 자리 옮기기 귀찮은데."

최대한 완만한 거절의 뜻을.

옆에서 냥이가 뭐라고 할지도 모르지만, 내게는 이런 요구는 거절할 수밖에 없다.

나는 이 집안의 가장이고 요괴의 왕이지만, 그렇기에 언제나 주변의 의견에 귀를 기울여야 한다.

물론, 살다 보면 나도 **가족들의 의견을 듣지 않고 내 뜻대로 움직여야 할 경우도 있겠지.**

하지만 그건 어디까지나 내가 판단하고 결정할 일이다.

가족도 아니고 충분한 신뢰 관계를 형성한 것도 아닌 밤하늘이 하는 이야기를, 무슨 내용인지 듣기도 전에 비밀 유지를 약속할 수는 없다.

그렇게 마음을 굳히고 아무 말도 하지 않고 있으니까…….

"그, 그런 건 아니야."

어째서인지 밤하늘이 살짝 얼굴을 붉히고서 고개를 가로저었다.

"그, 그냥 내가 다른 사람들 앞에서는 마, 말하기 힘든 이야기라서 그런 거야."

왜일까.

내 품에 안겨 있는 랑이와 나를 빈갈아 본 냥이의 시선이 그리 곱지 않은 것은.

지금까지 내가 해 왔던 일 때문이겠죠.

여러모로 봐도 자업자득이라 생각하지만, 이번만큼은 정말 결백하다는 말을 하고 싶었지만 안타깝게도 밤하늘 앞이다.

"냥이 언니, 아빠는 결백하대."

……그리고 제 속을 읽고 말하는 것에 거리낌 없는 성린이 대신 말씀해 주셨습니다.

아니, 그 전에 성린아.

넌 언제부터 냥이를 언니라고 부르기 시작했니?

새로운 동생이 생긴 냥이가 심기가 불편한지 꼬리로 방바닥을 툭 치며 내뱉듯이 말했다.

"나는 아무것도 말하지 않았느니라. 그리고 나를 언니라 부를 수 있는 건 흰둥이뿐이니, 다시는 나를 언니라고 부르면 안……."

"히이이잉. 정말 안 돼?"

"……네 마음대로 하거라."

충격을 받은 성린의 우는 소리에 냥이는 바로 항복을 했다.

"잘됐네요, 성린."

"웅! 엄마! 나 새 언니 생겼어!"

언제 울먹였냐는 듯 밝게 웃는 성린의 머리를 성의 누나가 쓰다듬었다.

그리고 나는 잠시 분위기가 훈훈해진 틈을 타서 밤하늘에게 말했다.

"자리 옮길까?"

밤하늘은 말없이 고개를 끄덕였고, 나는 품에 안긴 랑이의 머리를 한 번 쓰다듬으며 짧은 이별의 아쉬움을 풀었다.

"그럼 가자."

나는 냥이에게 곤히 잠들어 있는 랑이를 부탁하고서 안방에서 나왔다.

그런 내 뒤로 케이크가 담긴 접시와 포크를 들고서 밤하늘이 따라 나왔다.

……케이크가 마음에 들었나 보네.

남은 게 있으면 집에 갈 때 선물로 줘야겠다.

*　*　*

나는 차가운 바람이 숭숭 부는 마루를 빠른 걸음으로 지나서 내 방으로 들어갔다.

옆으로 잠깐 비켜서서 밤하늘이 들어오기를 기다린 나는, 문을 닫은 뒤 밤하늘이 방 안쪽으로 들어가도록 했다.

방바닥은 따뜻하고, 밖에서 찬바람이 들어오는 일은 없는데다가, 밤하늘이 추위를 탈 것 같진 않지만 그래도 손님은 손님이니까.

그런데 말이다.

"와……."

왜 이 녀석은 자리에 앉지도 않고 주위만 둘러보고 있는 걸까.

그것도 눈이 동그래져서?

"뭘 그렇게 놀라?"

"방에 아무것도 없는 거야."

……그런 의미였냐.

"컴퓨터도 없고 TV도 없고 게임기도 없는 거야. 도대체 어떻게 이런 방에서 살 수 있는 거야?"

나는 피식 웃으며 말했다.

"너도 우리 집에서 며칠 지내 보면 알게 될 거다."

인터넷이고 게임이고 할 틈이 없으니까.

조금 상황은 다르지만, 부부가 아이를 낳으면 자기 시간이 사라진다는 게 이런 뜻인가 싶다.

하지만 밤하늘은 내 말을 다른 뜻으로 받아들인 것 같다.

"신종 자살 권유인 거야?"

확실히 내가 본 아이들 중에서 거루, 거림과 비견될 정도로 소심한 성격인 밤하늘에게는 우리 집 분위기가 조금 힘들지도 모르겠네.

하지만 다들 착한 아이들…….

그래, 아이들은 다 착하니까 얼마 안 지나서 자기 집처럼 편안하게 지낼 수 있을 텐데 말이다.

그렇게 생각하며 나는 밤하늘에게 손을 내밀었다.

"……왜 그래?"

그리고 밤하늘은 내 손을 뚫어져라 쳐다보았다. 밤이 밤하늘을 대신해서 내 손을 잡고 악수를 했고.

손을 타고 차가운 냉기가 올라왔기에, 나는 빠르게 고개를 저으며 밤하늘에게 말했다.

"코트. 방 안에서 입고 있으면 덥잖아?"

갑자기 서울로 오고서 밤하늘과 맞닥뜨린 다음에는 이래저래 정신이 없어서 말 못했지만, 고양잇과 녀석들이 두 명이나 있는 우리 집은 방바닥이 언제나 따듯하다.

코트를 입고 있으면 더울 정도로.

지금도 살짝, 밤하늘의 머리카락 쪽에 아주 살짝 땀이 맺혀 있는 게 보인다.

내 선의를 다른 의미로 받아들였다는 걸 깨달은 밤이 손을 놓고는 자신의 몸(?) 위쪽 부분을 콩 하고 살짝 때렸다.

사람의 모습을 하고 있었다면, 애교 있게 스스로 꿀밤을 먹인 상황일 거다.

밤하늘은 고개를 저었지만.

"괜찮은 거야."

"그러면 뭐, 됐고."

남의 집에서 겉옷을 벗는다는 건 심리적으로 부담이 될 수도 있으니까.

조금 더운 건 정도는 감수할 정도로.

물론 나는 아니기에 겉옷을 벗어 옷걸이에 걸어 놓고, 세희가 준비해 놓은 걸로 보이는 방석 위에 앉으며 말했다.

"앉아."

밤하늘은 아무 말 없이 자리에 앉았다.

그리고 정적.

자리를 옮기다 보니 대화의 흐름이 깨졌고, 소극적으로 보이는 밤하늘의 성격상 먼저 말을 거는 걸 힘들어하는 눈치다.

그러면 뭐라고 운을 떼워야 할까 생각하고 있을 때.

밤하늘은 자기가 가져온 케이크를 한 입 한 입, 마치 소믈…… 소믈리에였나?

와인 전문가가 그러하듯 케이크를 음미했다.

……안방에서는 아무래도 심리적으로 긴장되고 위축되어서 제정신이 아니었던 것 같다.

"하아~♡"

내가 있다는 것도 잊었는지, 얼굴을 붉히고서 기쁨에 충만한 소리를 냈으니까.

몸까지 살짝 떠는 모습을 보니까, 예전에 세현이 보여 줬던 요리 만화가 생각나는군.

"그렇게 맛있냐?"

케이크에 푹 빠져 있던 밤하늘은 그제야 이곳이 자기 방이 아니고 혼자 있지 않다는 걸 깨달았는지 차분하게 고개를 끄덕였다.

그렇다고 붉어진 양쪽 뺨을 숨길 수는 없었지만.

등 뒤에서 수많은 별들을 폭죽처럼 터트리고 있는 밤 역시.

……저거 진짜 별 아니겠지?

그냥 이미지인 거지?

내가 천문학 쪽은 잘 모르지만, 밤하늘의 감정이 변할 때마다 별이 터져 나가면 그건 그거 나름대로 엄청난 문제일 것 같으니까.

"그런 거야."

"그래?"

내가 대수롭지 않게 대답하자, 밤하늘이 살짝 표정을 굳히고서는 말했다.

"이건 피아르 레드메에서 자격이 있는 사람만 주문할 수 있는 정말 맛있고, 먹기 힘든 케이크인 거야. 나도 예전부터 한번 먹어 보고 싶었는데 이제야 소원을 푼 거야."

그런 게 왜 우리 집에 있었지?

나는 문득 궁금해져서 밤하늘에게 말했다.

"그 자격이라는 게 뭔데?"

밤하늘이 말했다.

"연줄이야."

……그렇습니다.

세상은 인맥! 학연, 지연이라는 말이 괜히 있는 게 아니죠.

"요괴넷 운영자에게 잘 먹었다고 말해 주는 거야."

"그래."

밤하늘이 페이에 대해 일부러 이름을 부르지 않은 건 그 순간 쏟아지는 정보 때문이겠지.

이 녀석이 페이를 아는 것도 이상하지 않고.

궁금한 건 페이에게 도대체 어떤 연줄이 있어서 밤하늘도 주문하지 못하는 케이크를 가지고 있었냐는 거지만, 그건 나중에 물어보기로 하고.

지금은 밤하늘이 케이크를 음미하는 시간을 보장해 주자.

여기가 내 방이라는 것도 잊고 행복하게 케이크를 먹고 있는 밤하늘을 방해하고 싶지 않았거든.

잠시 후.

밤하늘이 접시를 깨끗하게 비운 채 만족한 표정을 지었고,

나는 잠깐 동안 끊긴 대화를 다시 이었다.

"그래서 단둘이서만 하고 싶은 비밀 이야기는 뭐냐?"

밤하늘이 살짝 얼굴을 붉히고서 내게 말했다.

"……일부러 그렇게 말하는 거야?"

"단둘이서, 비밀 이야기?"

자기 등 뒤에서 붉게 물든 태양을 떠올린 채 몸을 비비 꼬는 밤을 조금도 눈치채지 못한 밤하늘이 말했다.

"역시 훈은 인싸인 거야."

나는 손가락으로 밤하늘의 등 뒤를 가리키며 말했다.

"아니라니까 그러네."

내가 사람들과 어울리며 앞에 나서는 걸 좋아하는 사람이었다면, 이렇게 살지 않았을 테니까.

밤의 장난을 고자질한 건 그거에 대한 화풀이였고.

"……"

장난을 들킨 밤은 그대로 굳어 버렸고, 밤하늘은 아무 말없이 밤의 끝자락을 잡아 살포시 접고 접어 코트에 달린 주머니 속에 집어넣었다.

……바로 빠져나왔지만.

"하던 이야기를 계속하는 거야."

"그래."

나는 기다렸고, 밤하늘은 잠깐 숨을 들이마신 뒤 말했다.

"아, 그 전에 해 둘 이야기가 있는 거 깜빡한 거야."

"……"

온몸에서 힘이 쭈욱 빠져 나갔다.

"……왜 그런 반응인 거야?"

아니, 그 뭐냐.

바로 본론이 나올 줄 알고 마음의 준비를 했는데 서론부터 차근차근 진행할 줄은 몰랐거든.

"아니, 아무것도 아니다."

그런 말을 하면 밤하늘 성격상 당황하거나 미안해할 것 같으니 넘어가겠지만.

"그래서 뭔데?"

살짝 고개를 갸웃거린 밤하늘이었지만 이내 입을 열었다.

"사실, 지금부터 할 이야기는 원래 훈이가 시간이 흐른 뒤에 자연스럽게 알게 될 일이었던 거야. 일부러 내가 찾아와서 미리 알려 줄 필요도 없었던, 미래에 자연스레 알게 될 일에 대한 이야기야."

흐음?

나는 고개를 끄덕이며 재촉했고 밤하늘은 조금 진지해진 표정을 지으며 말했다.

"하지만 훈이가 천부인을 부수려고 했고, 지금은 저런 거에 가둬 놓기도 해서 미리 알려 주기로 결정했어."

저런 거.

지금 손가락 형태로 변해서 가리키고 있는 거대 금고를 말하는 거겠지.

밤하늘의 말투에서 살짝 언짢은 기색이 느껴졌기에 내 인상도 자연스럽게 날카로워졌다.

"뭘 내가 잘못했다는 듯이 말하고 있냐."

천부인은 내가 바란 것도 아니었다.

"필요 없다는 걸 강제로 가져가게 해놓고서."

아이들의 안전과 관계가 있기에 나도 모르게 살짝 강하게 말하고 말았다.

그 결과.

밤하늘은 고개를 추욱 숙이고 정말 작은 소리로 중얼거리기 시작했다.

"여, 역시 나는 세상에 도움이 안 돼. 멋대로 굴어서 인싸의 왕이 화나게 만들었어. 이런 거 말고 다른 방법도 많이 있었는데 나는 왜 그랬을까. 이러니까 나를 무서워하는 아이들이 그렇게 많은 거야. 모두 내가 잘못한…….."

……말이 너무 심했군.

나는 일단 밤하늘을 달래기로 했다.

이 녀석도 악의가 있어서 내게 천부인을 빌려준 것도 아니고, 밤하늘의 주위를 허둥대며 떠다니는 밤도 뭔가 안쓰럽게 보이니까.

그런데 지금 이 녀석의 주의를 돌릴 만한 게…….

아, 있군.

"야, 그건 그렇고."

"어차피 나 같은 건 없어도 훈이는 알아서 잘할 수 있을 거야. 혼자인 것도 아니고 도와주는 아이들…… 응?"

이제야 이쪽을 보는구나.

"네 주위에 있는 밤 말이다."

"밤?"

나는 고개를 끄덕였고 밤은 기운차게 몸을 쫙 펼쳤다. 그 모습이 왠지 모르게 랑이가 허리에 두 손을 올리고 기세등등하게 콧김을 내쉬는 것과 닮아 보이는군.

"그래, 밤."

나는 밤을 가리키며 말했다.

"그 밤은 도대체 뭐야?"

내 말에 밤이 공중제비를 돌고는 물음표로 변했고, 밤하늘은 고개를 갸웃거리며 말했다.

"밤은 밤인 거야."

……왜 내 주위에는 선문답을 좋아하는 애들이 많은 걸까.

"내가 생각하는 밤하고 같은 거라고 생각해도 되냐?"

"그러면 다른 밤이 있는 거야?"

밤이 고개를 끄덕였다.

……밤에게 머리가 있는 건 아니지만.

"아니다."

어찌됐건 원래의 목적인 밤하늘의 신경을 다른 데 돌리는 건 성공했으니까 됐나.

"그래서 나한테 알려 준다는 건 뭐야?"

"아."

깜빡하고 있었다는 듯 밤이 살짝 놀란 뒤, 밤을 품 안에 안고서는 내 눈치를 살피며 말했다.

"화 풀린 거야?"

"화는 처음부터 안 났어."

아이들 걱정에 말투가 날카로워졌을 뿐이지.

"······정말?"

하지만 믿을 수 없다는 듯 밤하늘이 나를 올려다보았고, 나는 고개를 끄덕이며 말했다.

"그래."

그제야 밤하늘은 코트 위에 손을 얹고 안도의 한숨을 내쉬었다.

"휴······ 다행인 거야."

그래, 다행이지.

나한테도.

"그러면 이야기 계속해도 돼?"

"그래."

내가 고개를 끄덕이고 밤하늘이 이야기를 시작하기 편하도록 한과를 하나 집어 먹었을 때.

"훈이는 모르겠지만."

밤하늘이 말했다.

"평범한 인간은 요괴와 아기를 가질 수 없는 거야."

"푸읍!!"

사례가 들릴 정도로 어이없는 소리를.

"콜록, 콜록, 콜록!"

그나마 다행인 건 나와 밤하늘 사이를 밤이 가로막아서 파편을 처리해 줬기에 최악의 상황은 막을 수 있었다는 거다.

"고, 고마워."

나는 밤에게 감사 인사를 했고, 밤은 고풍스럽게 허리를 숙여 답례했다.

내 눈에는 그렇게 보였다는 거다.

"괘, 괜찮아?"

밤하늘이 나를 걱정했지만, 이런 게 병 주고 약 준다는 것 아닐까.

"아, 미안."

나는 따듯한 차를 마셔서 놀란 가슴을 진정시킨 다음.

"너무 어이없는 소리라."

나는 살짝 입술을 삐죽이며 언짢아하는 밤하늘에게 말했다.

"아니, 그게 말이다. 내가 아는 분이 요괴와 결혼해서 아이를 낳고 행복하게 살고 계시거든."

거타지 아저씨와 여린 말이다.

내가 먹던 걸 뿜어낼 정도로 당황했던 그런 이유 때문이었다.

밤하늘의 말이 사실이라면 화목한 가정이 한순간에……

아니, 잠깐만.

밤하늘이 뭐라고 했지?

"응."

내가 고개를 들어 바라보자 밤하늘이 고개를 끄덕이고 다시 한번 말했다.

"나는 평범한 인간이라고 말한 거야."

그래, 평범한.

거타지 아저씨는 평범한 인간이 아니다.

신선이지.

그렇다면 말이 된다고 받아들이려고 할 때.

마음 속 한구석에 걸리는 것이 튀어나왔다.

랑이와 만난 지 얼마 안 됐을 때의 기억.

세희는 그때 환웅이 직접 만든 요술을 쓰면 요괴도 인간과 다름없게 된다고 내게 말했다.

그런데 인간과 요괴가 아이를 가질 수 없다면, 그 말이 거짓말이 되잖아?

아니, 단순히 그때는 알 필요가 없다고 해서 세희가 이야기를 안 해 준 건가?

그것도 아니라면…….

그렇게 혼자서 머리를 열심히 굴리고 있을 때.

밤하늘이 말했다.

"말은 그렇게 했지만 사실 가능하긴 한 거야."

"응?"

"0.00003퍼센트의 확률이긴 하지만."

왜 낳을 수 없다고 했는지 알 것 같군.

그건 거의 불가능이나 다름없으니까.

"왜 그렇게 확률이 낮은데?"

그 이유를 물은 내게 밤하늘이 살짝 헛기침을 한 뒤 내게 말했다.

"아기를 가지려면 음과 양의 조화가 필요하니까."

상당히 고풍스럽게.

"한쪽의 기운이 너무 강하면, 조화가 이루어지지 않아서 새 생명이 보금자리에 자리 잡지 못하는 거야."

하지만 바보 같은 내 생각과 달리, 밤하늘은 정말 그대로의 의미로 말한 것이었다.

"남자가 요괴라면 여자의 음기가 강해야 하고, 여자가 요괴라면 남자의 양기가 강해야만 후사를 볼 수 있어."

밤하늘은 조금도 부끄러워하는 기색 없이 그렇게 말했다.

비록, 귓불이 살짝 붉어진 것과 단어 선택에 정성을 들이고 있다는 건 숨길 수 없었지만.

"하지만 그런 경우는 정말 드물어. 인간과 요괴가 사랑에 빠진 사이에서는 찾아볼 수 없을 정도인 거야."

상당히 심각한 이야기이기에 내 얼굴도 차츰 굳어졌다.

"그들 중에서는 애정의 산물을 받고 싶어 하는 이들이 있는 거야."

인간과 요괴라 할지라도.

그 마음 자체는 다르지 않겠지.

그건 내가 그 누구보다 잘 알고 있다.

……지금 중요한 이야기하고 있습니다.

절대로 그런 쪽으로 생각한 거 아닙니다.

정말로요.

"하지만 평범한 인간은 신선이 되거나 요괴가 되지 않는 이상, 사랑의 결실을 맺을 수 없는 거야."

후우.

밤하늘이 무게감이 느껴지는 한숨을 쉬었다.

그건 나라고 다를 게 없었다.

세희는 뭔가 편법으로 나를 빠르게 반인반선으로 만든 것 같지만, 상식적으로 생각해서 사람이 신선이 되는 건 그리 쉬운 일은 아닐 것이다.

잘은 모르지만요.

그렇기에 지금 밤하늘이 한 말은, 내가 생각하는 인간과 요괴가 함께 조화를 이루며 살아가는 세상의 기반 자체를 흔드는 이야기였다.

하지만.

"······그렇게 된 거였구나."

이제야 나는 알 수 있었다.

밤하늘이 무슨 말을 하고 싶어서 나를 찾아왔는지.

"응."

밤하늘이 고개를 끄덕이며 내 생각을 긍정했다.

"직접 만나고 이야기를 나눈 훈이는 내 생각보다 훨씬 영민하니까 여기까지만 말해도 전부 알 거라고 생각한 거야."

뭐, 결국 이런 거다.

평범한 인간과 요괴는 아이를 가질 수 없는 게 세상의 이치라는 거고.

우리 집 금고에는 그 세상의 이치를 뒤집을 수 있는 도구가 있다.

그래.

신물이니 뭐니 해도 천부인은 결국 도구.

지금의 나는 쓸 수 없다는 세희의 말과 천부인이라는 이름이 가진 무게 때문에 눈이 어두워졌지만, 본질을 생각하면 천부인은 결국 도구의 일종일 뿐이다.

무지막지한 힘을 가진 도구.

도구란 사용하기 위해서 있는 거고.

생각을 정리한 나는 밤하늘에게 말했다.

"그러니까 너는 무슨 일이 있어도 천부인을 부수지 말라는 이야기를 하러 온 거지?"

"그뿐만이 아닌 거야."

밤하늘이 말했다.

"나는 언젠가 성훈이 천부인을 통해 평범한 인간과 요괴도 아기를 낳을 수 있도록 세상을 변화시켜 줬으면 해."

소극적이고 남의 눈치를 살피며 긴장하기 일쑤인 그 밤하늘이라고 생각되지 않을 정도로 내 눈을 똑바로 바라보면서.

"그래서 나는 천부인을 훈이에게 맡기기로 한 거야."

모두 진심이라는 말이겠지.

세희는 이 사실을 알기 때문에 나보고 아무것도 묻지 말고 천부인을 거두어 달라고 했던 걸까.

……아니, 그건 잘 모르겠군.

워낙 생각이 많은 녀석이라 그런 이유라 단정 짓는 건 바보 같은 짓이고, 고심해 볼 여유도 없다.

지금은 다른 생각에 머리가 꽉 차 버렸으니까.

그렇기에 내 인상은 찌푸려졌다.

"왜, 왜 그런 거야?"

조금 전의 굳건했던 모습은 어디 갔는지 밤하늘이 긴장해서 말을 더듬을 정도로 내 눈치를 살핀다.

밤하늘을 위해서라도 얼굴 표정을 좀 펴야 할 것 같은데, 그게 내 마음대로 안 된다.

왜냐하면.

"이거 꽤 심각한 일 아니야?"

나는 천부인을 쓸 수 없으니까.

천부인을 다룰 수 있는 자격은 있지만 능력이 없다.

그 능력이라는 걸 어떻게 길러야 하는지도 모르고, 소설 속 주인공처럼 몇 년 동안 골방이나 동굴에 갇혀서 자기 수련을 할 시간도, 여유도 없다.

문제는 그러는 사이에도 인간과 요괴 부부, 혹은 연인들이 원한다 하더라도 아이를 가질 수 없는 상황이 계속된다는 거다.

이건 보통 심각한 일이 아니다.

가까이서 보면 서로를 사랑하는 남녀 간의 슬픔이지. 하지만 멀리서 보면 다르다.

이건 인간과 요괴가 서로 다른 종족이라고 확실하게 못 박는 근거가 되니까.

왜?

피를 물려 줄 자손을 가질 수 없으니까.

시간이 아무리 흘러도, 서로를 사랑하는 인간과 요괴 부부가 아무리 생겨도.

인간과 요괴 사이에 아이가 생기지 않는다는 사실. ……엄밀하게 따지면 사실은 아니지만 다들 그렇게 받아들이겠지.

그런 현실을 마주하게 되면 결국 서로는 서로를 배척하는 분위기가 조성될 거다.

나는 내 생각을 밤하늘에게 전했다.

"딸꾹?!"

그리고 밤하늘은 얼마나 놀랐는지 딸꾹질을 시작했다.

"딸꾹! 딸꾹!"

아니, 이게 그렇게 놀랄 만한 일인가?

야! 나, 요괴의 왕이야!

요괴인 랑이와 별의 의지인 성의 누나하고 결혼할 사람이고! 말은 안 했지만 평소에도 이러저러 생각이나 가정은 많이 해 봤다고!

다른 누구의 미래도 아니고 내 미래에 대한 거니까!

……언제나 그 끝은 세희가 알아서 해 주겠지, 였습니다만.

"자, 잠깐만, 딸꾹! 기다려 주는 거, 딸꾹! 야."

딸꾹질로 괴로워하는 밤하늘과 안절부절못하며 주변을 떠다니는 밤의 모습을 보고 있자니, 아무래도 상관없어졌다.

"일단 차라도 마셔라."

내 말에 밤하늘은 차를 쭉 들이켰다.

이야기를 하다 보니 미지근하게 식어서 다행이군.

"후우……."

밤하늘은 그것만으로 딸꾹질을 멈췄다.

딸꾹질이 안 멈출 때는 진짜 무슨 짓을 해도 소용없는데 다행이지.

"내가 거기까지 생각한 게 그렇게 신기해?"

그제야 밤하늘은 자신이 꽤나 많이 정말 끔찍하게 실례되는 반응을 보였다고 생각했는지, 얼굴이 하얗게 질렸다.

가만히 지켜만 보다가는 이 녀석이 또 자기 무덤을 팔 것 같기에 나는 급하게 말했다.

"화내는 것도 아니고, 기분 나쁜 것도 아니고. 그냥 순수하게 궁금해서 그런 거야. 그러니까 걱정할 거 없다."

그럼에도 밤하늘은 살짝 내 안색을 살핀 다음에야 긴장을 풀고 대답했다.

"훈이가 그렇게까지 멀리 내다볼 줄은 몰랐던 거야."

자기 예상 밖의 일이었다, 이 말이지.

……저도 할 때는 하는데 말이죠.

"뭐, 틀린 말은 아니지."

그렇게 말할 수 없는 건 밤하늘이 다시 긴장하거나 미안해하는 모습을 보고 싶지 않았기 때문이다.

"응?"

"다른 일이라면 거기까지 생각 못 했을 테니까."

하지만 내 미래와 관계된 일이기에 넓고 멀리 볼 수 있었다.

"아."

나는 내 말에 담긴 속뜻을 이해한 밤하늘에게 말했다.

"그래서 말인데. 내가 생각하기에 이건 꽤 심각한 일이라고. 이럴 때는 너나 하늘이 손을 써야 하는 거 아니야?"

언제 쓸 수 있을지 모를 천부인을 내게 빌려줘서 문제를 해결하려 하는 것보다는 말이다.

하지만 밤하늘은 살짝 어두워진 안색으로 고개를 저었다.

"하늘과 나는 인간 세상에 함부로 간섭할 수 없는 거야."

그 말은, 심각한 일이라면 가능하다는 거지.

"왜."

그 말 속에 담긴 뜻을 눈치챈 덕분에 내 목소리는 조금 날카로워졌다.

"너희들이 보기에는 이게 중요한 일이 아니라는 거야?"

밤하늘이 당황해서는 급히 고개를 가로저었다.

"그, 그런 게 아니 거야."

"그러면 왜?"

그 순간.

밤이 펼쳐져서 내 방을 가득 채웠다.

이미 밤하늘의 방에서 한 번 있었던 일이기에 나는 반사적으로 깊게 숨을 들이마셨고!

"아, 아닌 거야!"

밤하늘이 벌떡 일어나 펼쳐진 밤을 마구잡이로 접으며 소리쳤다.

"맘대로 하면 안 돼!"

밤의 비명 소리가 들리는 기분이 들리는 것과 동시에 불만도 마음속에서 자라났다.

내 입장에서는 숨을 못 쉬어 조금 괴롭더라도 자세하게 이야기해 줬으면 하니까.

"난 괜찮으니까 말해도 돼."

이건 잠깐의 괴로움 정도는 참아야 할 정도로 중요한 일이잖아?

"안 되는 거야!"

하지만 그런 생각은 이어지는 밤하늘의 비명과 같은 소리에 바로 사라졌다.

"신령을 드러내고 그때의 이야기를 하면 훈이가 진짜 숨 못 쉬고 죽는 거야!"

······꽤나 길고 복잡한 이야기인가 봅니다.

나는 오래오래 살고 싶기 때문에 손을 들어 밤하늘의 시선을 내 쪽으로 향하게 만들며 말했다.

"그러면 짧고 간략하게 그 이유를 설명해 줄 수 없냐?"

밤하늘이 밤을 품에 안고 머리를 기댄 채 잠시 생각에 잠긴 뒤, 내게 말했다.

"하늘과 나는 지금의 세상을 유지하기 위해, 세상의 존속이 위험해질 때에만 본신의 힘을 쓸 수 있는 제약을 스스로에게 걸어야만 했던 거야."

제 부탁대로 짧고 간단했지만 이해할 수는 없었습니다.

……세희라면 알까?

나중에 물어보기로 생각을 정리한 뒤, 나는 밤하늘에게 말했다.

"그렇다는 건 너희들은 지금 이 일이 그 정도로 위험한 일은 아니라고 생각하고 있다는 거지?"

밤하늘은 내 눈치를 살피면서도 조용히, 하지만 확실하게 고개를 끄덕였다.

"인간과 요괴 사이에서 사랑의 결실이 맺히지 못한다 한들 인간은 인간, 요괴는 요괴와 아이를 가질 수 있는 거야."

즉, 세상 돌아가는 데는 큰 문제가 없다는 거군.

"또 시간이 지나면 요술을 익히거나 선술을 익히게 되는 인간들의 수가 많아지면서 조금씩 조금씩 새로운 세상을 보는 아기들이 생겨날 거니까."

그때까지 얼마나 걸릴까?

저절로 주먹을 움켜쥔 내게 밤하늘이 말했다.

"하지만 하늘과 나도 그런 게 좋은 건 아닌 거야. 우리 둘다, 아이들의 웃음소리를 들으며 행복해하는 인간과 요괴 부부를 조금이라도 빨리 보고 싶어. 아기 문제로 고통받는 아이들이 조금이라도 적었으면 하는 거야. 그래서…….”

밤하늘이 고개를 돌려 방 한구석에 처박힌 금고를 보며 말을 이었다.

“훈이에게 천부인을 맡겼어.”

그렇다는 건…….

“천부인은 일종의 꼼수 같은 거냐?”

쾅!

밤하늘과 밤이 동시에 충격을 받은 것처럼 그대로 굳어 버렸다.

왜 그러지?

그 반응을 이해 못 하고 있는 내게 밤하늘이 떨리는 목소리로 말했다.

“그, 그, 그렇게 말할 건 없는 거야. 하늘과 내가 열심히 궁리해서, 으, 조금이라도 도움이 될 수 있는 방법이 없나 열심히 생각했던 건데.”

약간 울먹이는 기색까지 보여서 나는 바로 사과했다.

“……미안하다. 내가 말이 좀 심했네.”

“훌쩍.”

“……미안해.”

밤으로 슬쩍 눈가를 닦은 밤하늘이 말했다.

“……괜찮은 거야.”

전혀 괜찮아 보이지 않다.

케이크라도 하나 더 줄까.

아니, 이제 곧 점심 먹을 시간인데 그건 좀 아닌 것 같고.

지금은 밤하늘이 듣고 싶어 하는 이야기를 해 주는 게 좋
겠군.

"하아……."

나는 일부러 몸을 뒤로 젖힌 뒤, 천장을 보며 긴 한숨을 내
쉬었다.

마치, 이 모든 일이 어쩔 수 없다는 듯이.

잠시 그렇게 얼룩 하나 없는 천장을 본 나는, 다시 제대로
앉아서 밤하늘을 보며 말했다.

"어떻게든 내가 천부인을 쓸 수 있도록 노력해야겠네."

내 말에 밤하늘의 표정이 밝아졌다.

표정만 밝아진 게 아니라 등 뒤에서 밤이 팡파르를 울리며
춤을 추는 걸 보니 정말로 기쁜가 보다.

밤하늘의 기분이 풀린 것 같아서 다행이긴 한데, 그렇다고
문제가 해결된 건 아니다.

내가 천부인을 쓸 수 없다는 현실이 달라진 건 아니니까.

"그러니까!"

하지만 밤하늘은 정말 밤하늘이 맞나 싶을 정도로 밝은 목
소리로 말했다.

"천부인을 금고에 숨겨 두지 말고 오늘부터 하루에 한 번씩
손에 쥐고서 마음을 다해 빌어 줬으면 하는 거야."

"……그거로 충분하냐?"

밤하늘이 고개를 끄덕였다.

"훈이라면 분명 할 수 있어."

밤하늘이 저렇게 믿어 주는데, 뭐, 해 봐야지.

그렇게 해서 세상에 도움이 되고, 내 미래 계획에도 도움이 된다면 안 할 이유가 어디 있겠냐.

자기 전에 하면 아이들이 다칠 일도 없을 테니까.

"그래."

나는 고개를 끄덕이며 받아들였고, 밤하늘은 무릎을 세우고 내 두 손을 맞잡으며 말했다.

"훈이만 믿고 있는 거야."

안녕하세요, 여러분. 어쩌다보니 미래의 불임 치료 전문의가 돼 버린 강성훈입니다.

앞으로 잘 부탁드립니다.

* * *

"그럼 나는 가 보는 거야."

할 이야기도 다 했겠다. 홈, 스위트 마이 홈이 그리워졌다는 듯 밤하늘은 자리에서 일어났다.

그래, 라고 말하려고 할 때.

"아……."

나는 문득 안방에서 랑이가 밤하늘을 대하던 태도를 떠올렸다. 밤하늘에 대한 호기심과 동경과 관심으로 가득 찬 눈을 반짝반짝 빛내던 랑이를.

그리고 내가 품에 안고 토닥여 의도적으로 재운 랑이를 말이야.

……우리 랑이가 착하고 귀엽고 순수하긴 하지만 바보는 아닙니다.

분명 내가 일부러 자신을 재웠고, 그사이에 밤하늘이 돌아간 걸 알게 되면 화까지는 아니어도 십 분 정도는 삐쳐 있을 게 분명하다.

볼을 부풀린 채 흥흥거리면서 시선을 안 마주치려고 고개를 휙휙 돌리는 랑이의 모습을 보고 싶다는 생각도 아주 잠깐 들었지만.

"잠깐만."

그래서는 안 되겠지.

"응?"

어디서 꺼냈는지 모를 노란색 손수건을 흔들며 작별 인사를 하는 밤을 뒤로하고 밤하늘이 말했다.

"왜 그러는 거야?"

나는 시침이 12시에 향해 있는 시계를 가리키며 말했다.

"밥 먹고 가라."

케이크를 먹긴 했지만, 그래 봤자 케이크 한 조각.

양을 좀 조절하면 밥 정도야 먹을 수 있겠지.

"……."

그런데 밤하늘의 반응이 뭔가 이상하다.

내 말을 듣자마자 딱딱하게 굳어 버렸으니까. 옆에서 밤이 부채질을 하고 눈앞을 휘휘 돌아다녀도 반응이 없다.

볼에 흐르는 땀만 아니면 잘 만든 인형이라고 착각할 정도군.

나는 밤하늘의 몸에 다시 피와 숨을 돌려놓기 위해 말했다.

"이 시간에 식사 대접도 안 하고 손님을 돌려보내는 건 예의가 아니니까. 조금이라도 먹고 가."

밤하늘의 입술이 바르르 떨리더니 아주 살짝 열리고 말을 내뱉었다.

"무……"

"무?"

내가 잘못 들었나 싶어 몸을 숙여 귀를 기울이는 순간.

"무리, 무리, 무리, 무리, 절대로 무리인 거야!!"

우왓!

귀를 쩌렁쩌렁하게 울리는 소리에 깜짝 놀라 뒤로 물러나고 말았다!

하지만 당황하고 있을 틈이 없었다.

나보다 더 허둥대는 밤하늘이 내 앞에 있었으니까.

"나, 나 같은 게 함부로 다, 다, 다른 아이들하고 같이 밥 먹으면 다들 체할 거야. 완전 체할 거야. 그러면 분명 왜 괜한 짓을 해서 다른 애들 힘들게 하냐고 하늘이 눈치 줄 게 뻔해. 그, 그러니까 나는 방에서 밤하고 둘이서 밥 먹는 게 가장 좋아."

아니, 앞이 아니라 방구석이군.

한순간에 저기만 다른 세상이 돼 버렸다.

밤하늘의 등을 토닥여 주며 기운 내라고 위로해 주는 밤 때문에 그런가?

"뭘, 밥 한 끼 먹는 거 가지고 그러냐?"

그대로 놔둘 생각은 없지만.

"다들 착한 아이들이니까 걱정할 거 없다."

밤하늘이 고개만 휙 돌려서 흔들리는 눈동자로 나를 보며 말했다.

"후, 훈이는 인싸니까 아싸의 마음을 모르는 거야!"

나, 그런 사람 아니라니까.

"나, 나 같은 외톨이가 다른 아이들 집에서 같이 밥을 먹는다는 건 고깃집에 혼자 가서 1인분만 시킨 다음에 세 시간 동안 먹는 거하고 마찬가지로 힘든 거야!"

"……그건 누구라도 힘들 것 같은데."

"말이 그렇다는 거야!"

살짝 화가 난 것 같지만, 그래도 침울해하고 있는 것보다는 낫군.

"……돌아가는 거야."

그것도 잠깐이었지만.

밤하늘은 다시 고개를 돌려 벽을 바라보며 중얼거리듯 말했다.

"너무 오래 나와 있었어. 지금 당장 돌아가서 정신석인 피로를 풀어야 하는 거야."

그러면 내가 랑이를 볼 낯이 없어지지.

미끼를 던지자.

"밥 먹고 가면 선물로 케이크 싸 줄게."

"……"

밤하늘이 살짝 굳었다가 끼기기긱 소리가 날 것 같은 움직임으로 몸을 돌려 나를 보며 말했다.

"케, 케이크……"

물론, 아까 밤하늘이 먹었던 케이크가 남아 있는지는 모른다. 하지만 난 케이크라고 했지 어떤 케이크라고 하지 않았다고?

"그래, 케이크. 네가 좋아하는 케이크 말이다."

근묵자흑이라고, 검은 녀석들 옆에 있다 보니 나도 속이 검어졌구나.

"하지만……"

밤하늘은 고개를 숙이고 말을 흐렸다.

케이크 하나로는 함께하는 식사에 대한 부담감을 약간 덜어 주는 것 정도인 것 같네.

흠.

"아~ 이거 어떻게 하지?"

당근은 던졌으니 이번에는 채찍을 휘둘러 볼까.

"천부인을 제대로 쓰기 위해서는 너하고 꼭, 반드시, 무조건 밥 한 끼 정도는 같이 먹어야 할 것 같은데~"

휙! 하고 고개를 든 밤하늘이 당황해서는 내게 말했다.

"치, 치사한 거야! 훈은 치사한 거야!"

"몰랐냐?"

나는 일부러 악당처럼 비열하게 웃으며 말했다.

"나는 원래 치사한 인간이었다는 걸!"

크하하하하!

푸하하하하핫!

……그만하자.

뭔가 중학생 때가 생각나려 하니까.

"농담이고."

나는 이해할 수 없는 미지의 존재와 조우해 두려움에 빠진 듯한 밤하늘에게 말했다.

"그냥 돌려보내면 내 마음이 편하지 않아서 그래."

"……으."

밤하늘은 세상의 모든 고난을 맞이한 이처럼 고민하고 고심한 뒤.

"그, 그, 그래도 안 되는 거야."

거절했습니다.

아무래도 마음을 돌릴 수 없는 것 같이 보여 나는 살짝 실망하면서도, 최대한 티는 안 내기 위해 노력하며 말했다.

"그렇게 싫냐?"

밤하늘이 비를 맞은 바둑이가 물을 털어 내는 것처럼 고개를 저었다.

"시, 싫은 게 아닌 거야! 마음은 정말 고마워! 진짜인 거야!"

소심한 밤하늘이 목소리까지 높여 단언하는 걸 보니 거짓말은 아닌 것 같다.

그런데도 내 권유를 거절하는 이유를 물어보려고 할 때.

"하지만 그러면 안 되는 거야."

밤하늘이 말했다.

"나는, 밤하늘은 어떤 요괴하고든, 어떤 인간하고든 개인적인 친분을 깊게 가지면 안 되는 거야."

술을 입에 달고 다니던 누군가가 떠오르는 말을.

"……음."

나는 가렵지도 않은 머리를 일부러 긁으며 말했다.

"그런 말을 하면 상당히 신경 쓰이는데 말이지."

제가 워낙 오지랖이 넓어서 말이죠.

모르면 몰라도 알게 된 녀석들이 뭔가 저런 이야기를 하면 어떻게든 해 주고 싶어진단 말이야.

이런 일을 가볍게 여기고 넘어갔다가 나중에 큰 코 다친 적이 한두 번이 아닌 것도 분명 영향을 끼쳤을 거다.

"괜찮은 거야."

하지만 밤하늘은 한결 차분해진 목소리로 내게 말했다.

"이건 모든 생명을 공평하게 보살피기 위한 약속 같은 거니까."

네가 염라냐.

그 말이 입에서 튀어나올 뻔했다.

하지만 뭐랄까…….

평범한 요괴, 랑이를 평범하다고 할 수 있을까 모르겠지만,

어쨌든.

평범한 요괴들과 이 녀석과 그 녀석은 뭔가 다른 부분이 있다는 것을 알 수 있었기에 속으로 삼킬 수 있었다.

"······알았다."

대신 나는 그렇게 말했다.

밤하늘은 고맙다는 말을 옅은 미소로 대신하고 밤을 두른 채 내 앞에서 사라······.

"그, 그런데 말이야."

······지지 않고 내 시선을 피하며 밤을 만지작거리면서 어렵사리 말을 꺼냈다.

"케, 케이크는 정말 같이 밥을 먹어야 주는 거······ 야?"

······드리겠습니다.

그렇게 밤하늘은 세희가 준비해 준 케이크를 선물로 받고 환한 미소를 짓고는 자신의 집으로 돌아갔다.

"안주인님께서는 슬픔에 잠기시겠지만 말이죠."

"······강요할 수는 없잖아."

다른 것도 아니고, 자신의 위치에 대한 책임을 지기 위해서 거절하겠다고 하는데.

"그러니까 주인님께서 아직 어리다는 이야기를 듣는 겁니다."

"······왠지 네가 하는 말을 듣고 있자니, 밤하늘의 사정 같은 건 신경 쓰지 말고 어떻게든 내 편으로 만든 다음에 이용해 먹으라는 것처럼 들리는 데, 내 기분 탓이냐?"

"그런 것이 어른입니다."

나는 예전에 세현에게 들은, 사람이라면 중고등학생 때 한 번쯤은 반드시 해 봐야 하는 말을 입에 담았다.

"나는 그런 썩어 빠진 어른 따위 되고 싶지 않아."

"아, 예."

세희는 가볍게 넘겼지만.

그리고 나는 내가 한 말을 후회하게 된다.

"저, 정말이느냐?"

강대한 힘을 가진 이가 지리산에서 떠나간 것에 깜짝 놀라 잠에서 깬 랑이가, 밤하늘이 집으로 돌아갔다는 이야기를 듣고 그 자리에 털썩 주저앉아 버렸으니까.

"……훌쩍."

이, 이건 예상 밖인데!

난 랑이가 왜 나를 억지로 재워서 밤하늘하고 이야기도 많이 못하게 했냐고 떼를 쓸 거라 생각했다고!

하지만 랑이는 내 방에 풀썩 주저앉아서는 가장 마지막에 먹으려고 아껴 둔 가장 맛있는 부위의 고기 한 점을 내가 냉큼 집어먹었을 때처럼, 세상 모든 것을 잃은 표정으로 아무 말 없이 눈물만 줄줄 흘릴 준비를 마쳤다.

"그래서 그 썩은 어른이 되기 싫은 청소년은 어찌하실 생각이십니까?"

세희는 나를 반쯤 죽일 준비를 모두 마쳤고.

야, 진짜 무서우니까 하키 마스크를 쓴 살인귀나 들고 다닐 법한 전기톱은 집어넣어라.

지금 당장 달랠 테니까!

"라, 랑이야."

하지만 그게 실수였을까.

"우에에에에에에엥."

내가 건넨 말 한마디가 감정으로 가득 찬 마음의 댐의 수위를 넘게 만드는 마지막 한 방울이 되었고, 참지 못한 랑이가 서럽게 울기 시작했다.

−위이이이이이이잉!−

방 안을 가득 채운 전기톱 소리도 신경 쓰지 않고.

나는 재빨리 무릎을 꿇고 앉아 눈높이를 최대한 맞추고서 랑이에게 말했다.

"랑이야, 날 봐. 랑이야. 응?"

"으아아앙, 크흥, 크으으응."

어떻게든 쏟아져 나오는 울음을 참으려 하며 어렵게 어렵게 고개를 들어 나를 바라보는 랑이의 호박색 눈동자는 물기로 가득 젖어 있었다.

마, 마음이 아파!

장난 아니게 아파!

랑이가 이 정도로 슬퍼할 줄 알았으면 그냥 못된 어른이 될 걸 그랬어!

나는 랑이를 일부러 재운 죄책감과 밤하늘을 설득하는 데 많은 노력을 쏟지 않았다는 것에 대한 후회를 하며 입을 열었다.

"사실 말이야. 나도 랑이가 밤하늘을 많이 좋아하는 것 같아서 점심을 먹고 가라고 했거든?"

나는 눈물을 꾹 참으며 고개를 끄덕인 랑이에게 말했다.

"그런데 밤하늘이 오늘은 급한 일이 있어서 그럴 수 없다고 했어."

"크흐응!"

나는 랑이가 겨우겨우 참은 울음이 다시 터지기 전에 급히 말했다.

"그, 그래도 말이야, 랑이야!"

그러다보니 목소리가 조금 커졌고, 랑이는 깜짝 놀라서 눈을 동그랗게 뜨고 나를 보았다.

덕분에 등 뒤에서 전기톱으로 강성훈이라고 이름을 쓴 나무 조각을 반으로 가르는 세희의 모습은 아주 살짝, 아주 살짝밖에 신경 쓰이지 않았습니다.

"내가 밤하늘한테 부탁해서 꼭! 반드시! 밤하늘 집에 놀러 갈 수 있게 해 줄게!"

다시 말해서 지키기 어려운 말을 해 버릴 정도로는 신경 쓰였다는 거죠.

하지만 효과는 굉장했다.

당장 같은 무게의 반물질보다 귀한 눈물을 흘릴 준비를 마친 랑이가 얼마나 놀랐는지 우는 것도 그칠 정도였으니까.

"저, 정말?"

말투 바꾸는 걸 잊은 걸 보니 진짜 놀라긴 했나 보네.

……그 모습이 너무나 귀여워서 살짝 장난을 치고 싶다는 생각이 들었지만, 나는 관뒀다.

지금 아니라고 말했다가는 감당하지 못할 후폭풍이 들이닥칠 테니까!

대신 나는 어떻게든 밤하늘을 설득할 각오를 다지고 고개를 끄덕였다.

"그래."

그런 내 마음이 전해졌기 때문일까?

랑이는 두 눈가를 손등으로 쓱쓱 훔치고서는 나를 똑바로 올려다보며 말했다.

"남아일언중천금이라 하였느니라?"

이제는 어려운 말도 잘 쓰는구나, 랑이야.

"응."

다시 한번 확인을 받자 랑이가 환한 표정만큼이나 두 팔을 활짝 피고서는 내 목을 꼬옥 끌어안았다.

"에헤헤헷! 역시 우리 낭군님이니라!"

그것만으로 모자란지 내 뺨에 쪽쪽 하고 뽀뽀를 해 오는데, 하하하, 이것 참.

좋아죽겠습니다.

아주 좋아 죽어요.

왜 사랑에 빠지면 불가능한 걸 알면서도 저 하늘에 떠 있는 별이라도 따 오겠다고 호언장담을 하는 지 알 것 같다.

……성의 누나도 우리 집에 왔으니, 밤하늘을 설득하는 것

도 힘들지 않겠지.

그렇게 불확실한 미래에 대한 걱정을 하는 데 우리 집에서 가장 재주 좋은 녀석이 말했다.

"너무 기대하시지 않는 것이 좋습니다, 안주인님."

그리고.

"무슨 말을 하는 것이느냐, 세희야!"

볼을 스쳐 지나간 머리카락이 아플 지경으로 고개를 획 돌린 랑이가 팔팔 끓는 기대에 살짝 미지근한 물을 부은 세희에게 말했다.

"아무리 밤하늘 님이 다른 이를 만나는 것을 극도로 피하고, 한 번 존안을 뵙는 것조차 정말정말 힘든 분이시라고 한들!"

그, 그래?

"**우리** 낭군님이 내게 약속하였지 않느냐!"

힘이 가득 찬 랑이의 목소리가 아주 살짝 부담스럽다. 그걸 아는지 모르는 지, 랑이는 세희를 보고 있는 채로 내 목을 꼬옥 껴안은 팔에 힘을 주며 말했다.

"낭군님께서 약속한 일을 지키지 못한 것을 너는 본 적 있느냐?!"

세희가 랑이의 눈을 피해 먼 산을 바라보며 말했다.

"……없습니다."

야!

있잖아!

사실대로 말해!

"그렇느니라!"

그 모습에 조금도 신경을 쓰지 않은 랑이가 고개를 획 돌려 나를 올려다보며 말했다.

"성훈아!"

"으, 응?"

"검둥이에게 자랑하러 가도 되겠느냐?"

두 귀를 쫑긋거리며 두 눈을 반짝반짝 빛내는 랑이의 모습은, 마치 크리스마스에 자신이 원한 장난감을 선물받아서 친구들에게 자랑하고 싶어 안달이 난 어린아이와 다름없었다.

"그, 그래."

그렇게 허락한 순간.

"사랑하느니라, 성훈아!"

쪼오오옥~!

랑이가 내 입술에 짧지만 긴 입맞춤을 마쳤다. 당황한 내가 어찌할지 몰라 입만 벙긋 버리고 있자니.

"헤헤헤헷!"

랑이는 살짝 붉어진 얼굴로 해맑게 웃으며 내 방에서 나갔다.

방문이 열린 사이로 들어온 차가운 바람이 머리를 식혀 주지 않았다면, 나는 한동안 얼이 나간 상태로 있었겠지.

이, 이 녀석.

날이 가면 갈수록 점점 더 사랑스러워…….

"……."

나는 인간 이하의 가축을 바라보는 시선으로 내려다보고

있는 세희에게 말했다.

"할 말 있으면 그냥 해라."

"입이 귀에 걸리셨습니다, 주인님."

거울 꺼내지 마.

나도 알고 있으니까.

"하지만 뒷수습은 어떻게 하실 생각이십니까?"

랑이가 그렇게 기뻐하는 만큼, 내가 밤하늘을 설득하지 못했을 때의 반동도 상당할 거라는 이야기지.

그래서 나는 깊은 한숨을 내쉰 뒤, 방 한구석에 처박혀 있는 금고로 시선을 돌리며 말했다.

"……미래의 내가 알아서 할 거다."

어떻게든 되지 않겠어?

＊　＊　＊

세희가 점심 준비를 나래에게만 맡기는 건 불안하다는 말을 남기고 방에서 나간 뒤.

나는 편한 옷차림으로 갈아입고서 차가운 바람이 쌩쌩 불어오는 마루를 빠르게 지나서 안방으로 향했다.

사실, 아침부터 이런저런 일이 있었으니까 점심 먹을 때까지는 내 방에서 혼자만의 시간…….

아니, 이렇게 말하니까 좀 그러네.

혼자서 좀 쉬고 있을까 생각 했지만, 조금 걱정되는 일이 있었거든.

"도대체 무슨 일을 하면 밤하늘님이 직접 찾아오는 건데, 이 무신경아!"

밤하늘의 갑작스러운 방문에 깜짝 놀란 아이들을 진정시키는 거 말이죠.

안방 문을 열자마자 쏜살같이 달려와서는 나를 밖에 세워 두고서 눈에 힘주고 있는 아야를 보니 내 선택이 옳은 것 같다.

"별일 아니야."

"별일 아니야?"

부풀어 오른 꼬리가 붉게 물드는 걸 보아하니 내 대답이 꽤나 마음에 들지 않았나 보다.

하지만 나도 지금은 할 말이 있다.

"들어가서 이야기하면 안 될까? 춥다."

덕분에 지금도 제 발은 냉기를 가득 담은 차가운 마룻바닥에 온기를 잃어 가고 있고, 겉옷도 입지 않은 몸은 바들바들 떨기 직전까지 와 버렸습니다.

"……들어와, 이 불쌍아."

"고맙다."

나는 슬쩍 몸을 비킨 아야를 지나쳐 안방으로 들어간 뒤, 문을 닫고 주변을 둘러보았다.

"아우우우. 세상에 무서운 게 없는 오라버니께서 오신 거예요."

일단 역 세모꼴이 된 눈으로 나를 올려다보고 있는 치이가 있었고.

[레벨이 올라서 우리 같은 약소 요괴는 이제 눈에 들어오지도 않는 거임. 이젠 우린 들러리임.]

그런 치이의 옆에 딱 달라붙어서 입을 삐죽이는 페이가 있었다.

다시 말해, 치이와 페이와 아야가 전부였다는 이야기다.

"다른 애들은?"

그렇게 물어본 순간.

꾸우우욱!

"아얏!"

왜 갑자기 내 옆구리를 찌르고 그러냐?!

그것도 손톱까지 뽑아서! 아프다고!

"킁!"

하지만 답을 알고 있는 아야는 유명한 채팅 프로그램에서 이모티콘으로 쓰면 좋을 것처럼 팔짱을 끼고 고개를 휙 돌렸다.

빨리 눈치채라고 토라진 모습을 하니 쉽게 알겠군.

"다른 아이들부터 찾아서 그러냐?"

다시 고개를 돌린 아야가 눈동자에 있는 힘껏 힘을 주며 말했다.

"그걸 알면서 물어, 이 답답아?!"

"그래, 그래."

그 모습이 또 귀여워서 나는 아야의 머리를 쓰다듬은 뒤, 소파를 등받이로 삼아 바닥에 앉았다.

으~ 역시 겨울에는 따뜻한 바닥에 앉는 게 좋다니까.

"어이쿠."

거기다가 푹신한 여우 한 마리까지 품 안에 들어오니 천국이 따로 없군.

"……지금 무거워서 그런 거야?"

하지만 아야는 내가 무심결에 낸 소리가 꽤나 마음에 안 든 것 같다.

"그냥 나온 소리다."

아무리 아야가 랑이만큼 가볍다고 해도. 어린아이의 몸무게는 생각보다 꽤 나간다. 갑자기 다리 위에 앉았는데 아무 소리도 나오지 않을 수 있겠냐.

"크응."

그다지 마음에 안 드는 눈치지만.

나는 아야의 기분을 풀어 주기 위해 푹신한 꼬리털을 위에서 아래로 쓰다듬어 주었다.

……절대로 사심이 있어서 그런 건 아닙니다.

우리 집에서 바둑이와 비교될 정도로 푹신한 아야의 꼬리를 만지작거리고 싶었다는 생각은 조금도 없어요.

특히나 날이 추워지면서 털갈이를 마쳐 더 풍성해진 아야의 꼬리털을 마음껏 만지고 싶다는 생각은 조금밖에 안 했습니다.

그렇게 잠시 아야의 꼬리를 쓰다듬으며 오전에 있었던 모든 일에 대한 피로를 풀고 있을 때.

갑자기 아야가 생각지도 못한 말을 꺼냈다.

"성린은 성의 언니하고 같이 냥이 님 방에 놀러 갔어."

"응?"

아야가 몸을 돌려 살짝 날카로워진 목소리로 내게 말했다.

"아빠가 물어봤잖아! 다른 애들 어디 갔냐고!"

"아, 그랬지."

"키이이잉?"

나는 살짝 털을 부풀린 아야에게 말했다.

"아야의 꼬리털이 너무 부드러워서 잠깐 까먹고 있었어."

아야가 의심에 가득 찬 눈으로 나를 보았다.

"진짜야."

나는 털 속에 숨겨져 있는 아야의 꼬리를 살살 긁으며 말을 이었다.

"믿어라."

"키히힝~ 하긴, 내 털이 만지면 기분 좋긴 해~."

그래그래.

네 아버지께서 인정하실 만하다.

있는 그대로의 칭찬에 기분이 좋아졌는지, 아야는 내 가슴에 머리를 기대고선 콧노래를 흥얼거리기 시작했다.

저기, 아야야? 기분이 풀린 것 같아서 다행이긴 한데, 다른 가족들은 어디 갔는지 이야기 안 해 줄 거니?

한 번 잊었다가 다시 궁금해지니 호기심을 참기 힘들어진 나는 고개를 돌려 이쪽을 보며 자기들끼리 수군거리고 있는 까막까치 녀석들을 보았다.

"아우우우, 저 변태 로리콘 오라버니가 손에 들어온 먹잇감만으로는 만족 못 한 짐승처럼 또 다른 희생자를 찾고 있는 거예요."

[후후훗, 아야는 우리 사천왕 중에서 최약체였던 거임.]

평소와 다를 게 없는 페이와 달리 치이의 매도는 평소보다 조금 세진 것 같은데 말이죠.

"왜 그렇게 말에 가시가 돋쳤어?"

내 말에 치이의 귀 윗 머리카락이 하늘로 붕 떠서 내려오지 않았고, 페이는 엉덩이를 꼼지락꼼지락 움직이는 것만으로 화가 난 소꿉친구와의 거리를 벌렸다.

"정말 몰라서 묻는 거예요, 오라버니?"

나는 잠깐 생각을 해 봤고, 바로 답을 낼 수 있었다.

"밤하늘 때문에?"

그 순간, 페이가 연기로 가위표를 만들어 나를 향해 던지며 글을 썼다.

[쉿! 그분의 이름을 함부로 언급해서는 안 돼.]

……슬슬 페이에게 요괴넷 관리를 맡기는 건 그만두는 게 좋을 것 같다는 생각이 드는군.

나는 가위표를 연기로 다시 되돌리고서는 치이에게 말했다.

"나도 밤하늘이 올 줄은 몰랐다고."

"그건 저도 알고 있는 거예요."

흐음?

나는 일부러 고개를 갸우뚱거렸고, 치이는 위로 올라갔던 귀 윗 머리카락을 다시 아래로 내리고서는 내게 말했다.

"오라버니는 너무 조심성이 없는 거예요!"

"응?"

"왜 모르는 척하는 건가요?"

"모르니까 그렇지."

"그럴 리가 없는 거예요. 세희 언니가, 분명 어제 주의를 줬다고 했단 말이에요."

세희가 어제 내게 주의를 줬다는 이야기와 밤하늘, 그리고 안방에서 있었던 일들을 생각해 보니 치이가 무슨 말을 하고 싶은 건지 바로 답이 나왔다.

다들 내 안전을 걱정한 거지.

"내가 밤하늘을 너무 허물없이 대하는 것 같아서 그래?"

[거기다 딱 집어서 치이한테 다과상 차려 오라고 시킴.]

아, 이건 나도 할 말 있다.

"그야, 너나 아야는 그런 걸 부탁하기에는 좀 걱정되는걸."

[⋯⋯고건 인정이고요.]

그렇게 쓰지 말라고 했던 인터넷 유행어를 쓰며 슬그머니 꼬리를 빼는 폐이와 달리.

여전히 내 손길을 독차지하고 있는 아야의 꼬리의 색이 붉게 변하며 살짝 따듯해졌다.

"키이이잉?! 나는 거기에 왜 끼는데, 이 얼빵아? 나도 집안일 잘하거든?!"

"그랬냐?"

"아빠하고 같이 살기 전까지 혼자서 살아온 거 보면 몰라?!"

나는 아야가 살던 초가집을 떠올려 봤다.

음.

역시 치이에게 부탁하길 잘했군.

"뭐, 어쨌든."

꼬리털의 온도는 지금이 딱 정당하니까 아야의 신경은 건드리지 말자.

"나도 혼자였다면 조심했을 거야. 하지만 여긴 우리 집이고 옆에 랑이하고 냥이에다가 성의 누나도 있었으니까 그다지 신경 쓰지 않은 거야."

"……."

"……."

"……."

불신에 가득 찬 아이들의 시선이 아프군.

그래요. 반쯤은 거짓말입니다. 제가 그런 걸 생각하면서 살 리가 없잖아요?

하지만 지금 생각해 보면 가족들과 함께 있다는 사실, 그리고 이곳이 우리 집이라는 것에서 무의식적으로 마음이 풀어져서 세희의 충고에 따라 행동하지 않은 것 같다.

끼워 맞추기나 다름없지만, 지금 중요한 건 그게 아니지.

"그래도 걱정해 줘서 고맙다."

"거, 걱정하긴 누가 걱정했다는 건가요?!"

[보는 우리가 다 가슴 떨렸음.]

"알면 앞으로 잘하란 말이야, 이 대범아."

되돌아온 각양각색의 반응에 나는 그저 쓰게 웃었다. 뭐라고 대답해야 할지 모르겠거든.

하지만 아이들은 그것만으로 만족해 줬고, 나는 이 훈훈해진 분위기를 틈타 아까 궁금했던 걸 물어보기로 했다.

"그건 그렇고, 너희들 말이다. 밤하늘을 너무 어려워하는 거 아니야?"

악의 없는 코끼리가 발 한 번 잘못 디디면 대참사가 일어날 수 있다고는 하지만, 아이들의 태도는 화나면 무서운 초식 동물을 조심하는 수준을 훨씬 뛰어넘는 것이었다.

마치, 겨울 방학 중에 만난 나래에게 '방학 전보다 살쪘다? 군것질 많이 했나 봐?'라고 말한 대가로 죽다 살아난 내가 며칠 동안 언행을 조심했던 일이 떠오를 정도로.

"그 녀석, 꽤 착한 성격인 것 같던데 말이야. 너무 어려워하지 말고……."

"그건 오라버니가 뭘 모르는 거예요."

"응?"

그게 무슨 뜻이냐고 묻자 치이가 깊은 한숨을 내쉬고서는 내게 말했다.

"아무리 성정이 착하시다 해도 그분은 밤하늘 님이신 거예요."

으음~

여기서 중요한 건 밤하늘이 아니라 밤'하늘'이겠지.

그렇다는 건, 아무리 성군으로 이름 높은 왕이라 할지라도 평범한 백성은 어려워할 수밖에 없는 것과 마찬가지라고 생각하면 되나?

……이해는 하겠는데 말이죠.

[머리로는 이해했지만 그게 뭐 어쨌냐는 듯한 표정임.]

페이가 내 생각을 그대로 글로 풀어썼다.

내가 고개를 끄덕이자 아이들은 자기들끼리 시선을 교환하고서는 모든 것을 포기했다는 듯 깊은 한숨을 쉬며 고개를 절레절레 흔들었다.

야.

나 지금 소외감 들거든? 바보 취급당한 것 같아서 살짝 화나고.

그래서 나는 기분을 풀기 위해 지금껏 쓰다듬고 있었던 아야의 꼬리에서 손을 뗀 뒤.

"크옹?"

왜 갑자기 그만 두냐고, 혹시 지금 한 말 때문에 삐쳤냐고 눈빛으로 물어보는 아야의 배를 있는 힘껏 조물락거렸다.

"캬아아아아앙?!"

지금까지 내가 이런 식으로 배를 만진 적은 지금까지 랑이밖에 없었기 때문일까.

전혀 예상하지 못한 내 스킨십에 당황한 아야는 깜짝 놀라서 꼬리와 귀를 바짝 세우고서는 몸을 바짝 세웠다.

흠.

아야가 랑이를 밥보라고 부르는 이유가 있었구나.

어린아이들 특유의 볼록 튀어나온 배는 어쩔 수 없지만, 랑이보다는 홀쭉한 편이다. 그래도 옷 너머로도 만지는 맛이 있을 정도로 훌륭한…….

우왓!

"이 치한! 뭐 하는 거야?!"

쪼물락쪼물락 그 감촉을 느끼고 있는 내 손등을 아야가 **길어진 손톱**으로 긁었다!

"여자애 배는 함부로 만지면 안 되는 거 몰라?!"

그것만으로도 머리끝까지 오른 열이 내려가지 않았는지, 아야가 주먹을 꽉 쥐고 몸을 부들부들 떨며 외쳤다.

"정 만지고 싶으면 어른일 때 만지란 말이야! 그쪽이 더 나으니까!"

어른이 되면 배가 홀쭉해지니까 하는 말이겠지.

"아무리 봐도 오라버니는 바보 취급당한 게 기분 나빠서 장난친 게 분명한 거예요."

[그거도 그거지만 혼자만 소외감 들어서 그런 거 아님?]

"……그것도 그런 거예요."

너희들은 나를 너무 잘 아는구나.

그보다 지금 당장이라도 복걸이를 풀어 버릴 기세인 아야는 어떻게 달래야 할까.

일단 손을 들어 아야를 말리…….

"어?"

잠깐만, 그러고 보니까?

새롭게 깨달은 사실에 내심 놀라고 있는 내게 아야가 앙칼

지게 말했다.

"어는 무슨 어야, 이 무신경아!"

"아니, 이거 봐."

나는 보란 듯이 손등을 아야 쪽으로 내밀었다.

"그러니까……."

화를 내던 아야는 말을 잃고 내 손등을 뚫어져라 쳐다봤다.

"아우우우? 무슨 일인 건가요?"

[영주라도 생겼음?]

알 수 없는 글을 쓴 페이와 치이도 궁금해져서는 내 쪽으로 다가와 내 손등을 뚫어지게 쳐다본 뒤.

"도대체 뭘 보라고 하는 건가요, 오라버니?"

[실망임. 달라진 게 아무것도 없잖음?]

치이와 페이는 눈치채지 못한 것 같지만, 아야는 다른 것 같다.

"키잉?"

내 손등과 자신의 길어진 손톱을 번갈아 봤으니까.

그야 그렇겠지.

기습 공격에 당황해서는 있는 힘껏 내 손등을 긁은 장본인 인데.

"상처 안 났어, 아빠?"

나는 고개를 끄덕였다.

아야가 손톱을 길게 뽑아 긁었음에도 내 손등에는 상처 하나 없이 깨끗하다.

아프지도 않았고.

다시 말하면, 나와 아야도 마음속 깊은 곳에서부터 상대를 믿게 되었다는 거다.

나와 랑이처럼.

그 사실을 아야도 깨달은 걸까.

두 뺨이 조금 전과는 다른 의미로 화악~! 하고 달아올랐다.

"키히히힝~"

하지만 그 기쁨을 숨길 생각은 없는지 꼬리를 격렬하게 좌우로 흔들었다.

"키히히히히히힝~!!"

그런데 아야야.

기쁜 건 알겠는데 왜 치이와 페이를 보며 어딘가의 악역 영애처럼 뽐내듯이 웃는 거니?

"……."

[…….]

그리고 너희 둘은 왜 그 어느 때보다 진지한 표정으로 태권도 선수처럼 다리를 풀고, 연기로 만든 야구 방망이를 멋진 폼으로 휘두르는데?

그동안의 경험으로 성장한 내 머리가 제멋대로 앞으로 일어날 상황 중 가장 확률이 높은 것을 예상한 순간.

치이는 옛날 격투 게임의 만두 머리로 유명한 중국 출신의 여성 무술가가 할 법한 자세를 취해 푸른색 줄무늬 팬티를 훤히 드러내며 말했다.

"오라버니, 저 믿으시죠?"

그리고 페이는 9회 말 투 아웃 만루 상태에서 대타로 나온 4번 타자가 부럽지 않은 기세를 뽐내며 글을 썼고.

[치이보다 내가 먼저임.]

너희들, 도대체 내가 일하고 있을 때 무슨 이야기를 하고 있었던 거냐?!

눈에 생기가 사라졌다고!

"아니, 잠깐, 야!"

살아남기 위해 제3의 답을 찾기 위해 고심하는 순간!

이유를 알 수 없는 폭력이 나를 덮쳤다!!

* * *

결론부터 이야기하자면, 치이와 페이의 귀엽기만은 않은 애정 확인은 미수로 끝날 수 있었다.

위기일발의 상황에 세희가 안방으로 들어왔거든.

세희가 말려 주지 않았다면 뼈 한두 군데는 부러졌을 거야.

……뭐, 내가 치이와 페이를 못 믿는다는 건 아니다.

다만, 우연의 사물이라면 모를까 조금 전의 치이와 페이의 기세는 너무 흉흉해서 말이죠.

저는 수양이 부족한 사람인지라 겁을 먹을 수밖에 없다고요.

덕분에 살짝 지친 난, 내 방에 가서 따뜻한 방바닥에 누워 이불을 베개 삼아 쉬고 싶은 생각이 한가득이었지만…….

"잠깐만, 성훈아."

다들 아시다시피 제 인생은 제 마음대로 되는 게 하나도 없죠.

나래가 서울에 있었던 일을 듣고 싶다고 자기 방으로 불렀거든.

이미 곰의 일족에게서 보고를 받았기 때문인지, 아니면 원래 머리가 좋기 때문인지.

내가 방바닥에서 올라오는 따뜻한 기운에 프라이팬 위의 버터처럼 녹아들기 전에, 나래가 말했다.

"너, 알리사르라가 한 말을 그대로 믿는 건 아니지?"

랑이라면 머리카락으로 물음표를 만들 이야기를.

"믿고 있는데요?"

"……알리사르라가 널 속이고 있을지도 모른다는 생각은?"

"없습니다."

나래가 히터에서 나오는 바람보다 따뜻한 시선과 함께 내 머리를 쓰다듬으며 말했다.

"그래, 그래, 우리 성훈이. 언제까지 그렇게 남을 의심하지 않는 착한 아이로 있어 줘야 한다?"

완전 아이 취급을 하며 놀리고 있지만, 기분 나쁘지 않다는 게 함정이다.

지금 상황만 아니었어도 어제 아야 때문에 그만둬야 했던 '성훈은 아직 어린아이니까 나래 마마의 가슴을 마음대로 만지작거리고 쪽쪽할 거예요!' 놀이를 다시 한번 하고 싶을 정도로.

그럴 수는 없지만.

"나한테 거짓말을 하는 눈치는 아니었어."

그랬다면 같이 있었던 세희가 가만히 있었을 리도 없고 말이야.

"성훈아."

하지만 나래는 물가에 내놓은 아이를 바라보는 시선으로 나를 바라보며 말했다.

"네 단점이 뭔지 알아?"

나는 즉답했다.

"오지랖이 넓다는 거?"

"……."

왜 그렇게 곤혹스러워하십니까.

아무래도 다른 대답을 원한 것 같지만, 이것도 아니라고 말할 수는 없어서 진퇴양난에 빠지신 것 같은데.

"응, 그것도 있어."

물론, 40킬로미터에 가까운 속도로 달릴 수 있는 곰의 기운을 가슴에 간직한 나래는 눈앞의 난관을 시원하게 돌파했지만.

"하지만 네 가장 큰 단점은……."

나래가 말했다.

"가슴에 너무 약하다는 거야."

"윽!"

"그것도 크면 클수록, 노출이 심하면 심할수록 더."

부정할 수 없는 이야기다.

이런 이야기를 사랑하는 여자한테 듣는 건 어떨까 싶지만.

그런 말을 자신의 신체적 강점을 적극적으로 이용하고 있는 나래가 하는 건 어떨까 싶지만!

"아니, 그건 어쩔 수 없잖아!"

난 남자니까!

가슴 큰 여자를 좋아하는 남자니까!

나, 이곳에서 선언하오니.

나는 가슴 큰 여자가 좋다아아아아아아!!

왕가슴은 진리다아아아!!

아, 물론 몇 번이나 말했듯이 예외는 있습니다.

랑이는 랑이인 것 자체로 제 이상형이니까요.

어쨌든.

"확실히 알리사르라가 가슴이 크긴 하고, 노출이 좀 심하긴 했어. 하지만 내가 그런 거 때문에 사리 분별도 못 할 것 같아?"

실제로, 적개심이 조금 흐려진 뒤에는 이리저리 고생하긴 했지만 처음 봤을 때 그 미모나 몸매 같은 건 내 눈에 들어오지도 않았다.

그렇기에 떳떳하게 말할 수 있었던 나를 가만히 바라보던 나래는.

"자, 봐 봐?"

갑자기 내 손목을 잡고서는 자신 쪽으로 이끌었다.

내 손으로 뭘 하려는 걸까 궁금해하는 순간.

"어?"

내 손바닥에 시속 80킬로미터로 달리는 창밖으로 손을 내밀었을 때 느껴지는 감촉의 4배쯤 되는 부드러움과 따듯한 체온이 느껴졌다.

지금껏 몇 번이나 직접 느껴 봤음에도 불구하고 이런 환상적인 감촉이 세상에 존재한다는 것을 믿을 수 없었던 나는 무의식적으로 피아노를 치기 전에 손을 풀듯이 손가락을 움직였고.

"하응~♥"

그로 인해 나래가 들뜬 신음을 흘렸다.

그 모든 것들 덕에 내 욕망이 이성을 거의 다 집어삼켰을 때.

나래가 말했다.

"성훈아, 알리사르라가 거짓말한 것 같지?"

"응."

"……"

"……"

"아까 뭐라고 했어, 성훈아?"

"……"

나는 나래의 말랑말랑한 가슴을 파고들어 이곳이 내가 살 곳이라 주장하는 손을 억지로 떼어 낸 뒤, 고개를 들어 천장을 바라보며 큰 한숨을 쉬었다.

스스로가 너무나 부끄럽구나.

물론 변명을 하려면 얼마든지 할 수 있다.

나래의 몰캉몰캉한 가슴의 감촉이 스웨터 아래로 고스란히 느껴졌기 때문이라거나.

나래가 달콤한 목소리를 내며 얼굴을 붉혔기에 이성적인 판단을 내릴 수 없는 상황이었다거나.

하지만 그게 도대체 무슨 상관일까.

나는…….

스스로 증명해 버렸는데!

내 이성의 끈이 얇디얇다는 것을!

그래도 할 말은 해야겠지만.

"꼭 이런 방식으로 확인해 봐야겠어?"

조금 전까지만 해도 보여 줬던 어른스러웠던 그 모습은 어디 갔는지, 나래가 귀엽게 혀를 살짝 내밀며 말했다.

"겸사겸사?"

윽…….

그렇게 말하면 나는 할 말이 없다고!

"약삭빠르시군요, 나래 님."

나는, 말이다.

"……칫."

나래는 아무것도 없던 허공에서 뿅! 하고 나타나 빙글 돌며
방 안에 내려온 세희가 그리 반갑지 않은지 살짝 눈살을 찌푸
리며 말했다.

"넌 문이 왜 있는지 모르지? 응?"

세희가 피식 웃고는 사람을 낮춰 보는 시선을 나래에게 향
하며 말했다.

"문은 애송이나 쓰는 것 아니겠습니까."

"……큭."

"……아니, 왜 거기서 분해하는데."

"그야 이곳에는 혹시나 모를 침입자를 대비하기 위해서 결
계를 쳐 놨기 때문입니다. 일정 이상의 실력이 없는 자는 벽
을 통과할 수 없습니다."

설명 고맙다, 야.

그런 거 오늘 처음 알았어.

하도 어이가 없어서 입을 다물게 된 나와 달리, 나래는 팔
짱을 끼고서 풍만한 가슴을 보란 듯이 강조하며 세희에게 말
했다.

"그래서 갑자기 무슨 일이야? 우리한테 할 말이라도 있어?"

그게 마음에 들지 않았는지, 세희가 인상을 찌푸리며 말했다.

"그러면 제가 아무 이유도 없이 기회만 있다 하면 어른의
계단을 오르시려는 두 분을 방해할 것 같습니까?"

""응.""

나와 나래는 누가 먼저라고 할 것 없이 고개를 끄덕였다.

나래는 나와 똑같은 생각을 했다는 게 마음에 들었는지 한결 나아진 표정으로 팔짱을 풀었고…….

"정답이십니다."

세희는 스스로 인정했다.

"평소라면 말이죠."

하지만 말 한마디를 덧붙인 세희는 나와 나래와 조금 거리를 두고서 정삼각형 꼴로 방바닥에 앉았다.

아무래도 이야기가 길어질 것 같네.

"지금은 아니라는 거야?"

나래도 그렇게 생각했는지 살짝 목소리가 날카로워진 기분이다.

"그렇습니다."

그러거나 말거나, 세희는 평소와 똑같은 무표정이지만.

"**일단** 나래 님의 오해를 여기서 풀어 드려야 곰의 일족이 헛된 짓을 하지 않을 테니 말이죠."

"무슨 오해?"

내가 곰과 귀신 싸움에 등 터지는 일을 막기 위해 엉덩이만 슬금슬금 움직여 거리를 벌리고 있을 때, 세희가 말했다.

"알리사르라 님께서 거짓말을 했을지도 모른다는 오해, 말이죠."

일단 정지.

제삼자로 있을 수 없는 이야기인 것 같으니까.

세희의 이야기에 흥미를 느낀 건 나뿐만이 아니었고, 나래는 세희 쪽으로 살짝 몸을 숙이며 말했다.

"걔가 무슨 생각을 하고 있을지 네가 어떻게 알아?"

약간 추궁하는 듯한 나래의 태도에 세희는 어깨를 으쓱하며 비꼬듯이 말했다.

"역시 남편 와이셔츠에 향수 냄새가 나기만 해도 흥신소에 뒷조사를 의뢰하는 곰의 일족 같은 발상이었습니다."

"내가? 하! 웃기지도 않아. 난 그런 짓 안 하거든?"

나래는 기분 나쁘다는 듯 인상을 찌푸리며 코웃음을 쳤지만……

가만히 있을 수 없었던 나는 슬그머니 손을 들어 둘의 시선을 내 쪽으로 돌린 뒤 말했다.

"그러면 오빠 믿지 어플은 뭐였는데?"

"읏!"

얼굴이 새빨개져서 화들짝 놀란 나래가 말했다.

"그, 그건 다르잖아! 그때는 그, 그러니까, 그게……."

우리 나래 님께서 많이 당황하셨나 보네.

"어, 어쨌든 달라!"

병 주고 약 주는 것 같지만, 대답이 궁해진 나래와 그 모습을 보며 거들먹거리는 세희를 보니 나라도 뭔가 말해야겠다.

"그건 그렇고, 나도 궁금하긴 해."

나래가 곤란해하고 있는 좋은 상황을 깨지 말라고 세희가 차가운 눈빛으로 항의를 해 왔지만, 나는 신경 쓰지 않고 말을 이었다.

……지금 안 도와주면 나중에 무슨 일을 당할지 모르거든요.

"너는 왜 알리사르라가 거짓말을 하지 않았다고 생각하냐?"

사실, 별로 궁금하지 않다.

나는 이런 쪽으로는 세희를 이해하기를 포기했으니까.

마치, 근의 공식을 이해하는 걸 포기하고 암기했던 것처럼 말이야.

하지만 나래를 도와주는 데 이것만큼 좋은 화제는 없겠지.

"그, 그래!"

그리고 나래는 내가 던져 준 구명줄을 꽉 잡았다.

"알리사르라가 어떤 성향을 가지고 있는 요괴인지, 과거에 무슨 일을 했는지 알려진 게 아무것도 없는데. 자기가 한 말만 믿고 앞으로 있을 일을 결정하는 건 너답지 않게 너무 성급한 거 아니야?"

세희가 일부러 살짝 고개를 갸웃거리며 말했다.

"그렇게 말씀하시는 것을 보아 곰의 일족은 알리사르라 샤키 르비야에 대해 알고 있는 게 아무것도 없는 것 같습니다만, 맞습니까?"

아, 이 녀석.

나래를 도발하고 있다.

"응."

나래에게는 아무런 효과도 없었지만.

……곰의 일족 수장이 된 지 얼마 안 돼서 그런 걸까, 아니면 발설지옥에서 있었던 일을 아직 잊지 않기 때문일까.

"그러는 넌? 그렇게 말하는 걸 봐서 아는 게 좀 있나 봐?"

그것도 아니라면 세희에게 알리사르라에 대한 정보를 얻기 위해서일까.

진실은 저 너머에 있겠지.

"나래 님께서도 꽤나 성장하신 것 같군요."

세희는 아무래도 마지막 이유로 받아들인 것 같지만.

"귀여운 재주도 부릴 줄 아시게 되었고 말이죠. 어떻습니까? 제가 잘 아는 서커스단이 있는데 취직해 보시는 것은? 물론, 거기서 나오는 수익은 제 호주머니 속에 들어갈 예정입니다."

"거절할게."

그리고 나래는 그 시선에 답하듯 다시 한번 가슴을 펴며, 아니, 가슴을 있는 힘껏 내밀며 말했다.

"요즘 들어 가슴이 더 커져서 말이야. 아무리 요술이 있다고 해도 격렬한 운동 같은 건 가슴 인대에 나쁜 영향을 줄 것 같아서."

그러면 헬스장에서 하시는 건 도대체 뭡니까, 나래 님. 설마 그게 스트레칭 수준이라는 건 아니죠?

현실에서 도피하기 위해 속으로 딴죽을 걸고 있자니.

"……점점 더 천박하기 그지없는 몸으로 변하시는 것 같아서 저 또한 기쁩니다, 나래 님."

갑자기 세희가 내 쪽을 슬쩍 보며 말을 이었다.

"별로 효과는 못 보고 계십니다만."

나는 보았다.

나래의 눈에 불꽃이 튀는 것을.

"남 걱정할 때야? 세상에는 슬림한 몸매를 좋아하는 남자도 많다지만, 그래도 최소한 만질 만한 뭔가는 있어야 하지 않겠어?!"

나는 봤다.

세희가 쓰고 있는 가면에 한 줄기 금이 가는 것을.

"헛소리는 그만하시고 그만 외양간으로 돌아가시지요, 젖소님. 착유 시간이 다 됐으니까 말이죠. 젖을 짤 사람은 곧 보내도록 하겠습니다."

"……뭐, 뭐? 차, 착유? 젖을 짜?"

나래가 벌떡 일어나서 무시무시한 눈으로 세희를 노려보며 말했다.

"너 지금 말 다했어?! 한번 해보자는 거야?! 이 빨래판이?!"

그에 질세라 세희도 자리에서 일어나 싸늘하기 그지없는 눈으로 나래를 노려보며 말했다.

"좋습니다. 이왕 이렇게 된 거, 저와 가축님의 상하 관계를 확실하게 해 두는 게 나중을 위해 좋을 것 같긴 하군요."

음.

보일러가 열심히 돌아가고 있는 방 안에 있는 게 아니라, 팬티 한 장 걸치고 밖에 나가 있는 것 같이 춥군.

그런 와중에도 나래와 세희의 눈빛만은 뜨겁기 그지없다.

일단 말리자.

"아니, 저기 말이야. 둘 다 너무 화내지 말고 일단 앉으면 안 될까?"

찌릿!

옛날이었다면 바로 꼬리를 내리고 도망쳤을 무서운 시선을 필사적으로 받아 내며, 나는 말을 이었다.

"나도 알리사르라에 대해 궁금하니까. 응? 서로 화해하고 그 일에 집중하자. 지금 집안싸움 벌일 때는 아니잖아?"

전요협에 대한 대처를 생각하는 것도 힘들단 말이죠.

거기다 알리사르라도 말했잖아?

자기에 대해 알고 싶다면 세희에게 물어보라고.

우리 집에서 곰의 일족 수장과 호랑이의 창귀가 **진심으로** 한판 벌일 것 같은 상황에서 벗어나면서 내 호기심도 풀 수 있는 기회를 놓치고 싶진 않다.

"응? 제발."

그래서 다시 한번 두 손 모아 간곡한 부탁을 하자.

"후우……."

나래도 개인적인 감정보다는 알리사르라에 대한 정보를 얻는 게 더 중요하다고 생각했는지…….

"알았어. 알았으니까 얼굴 좀 풀어."

아니, 내가 너무 불쌍해 보였는지 모르겠지만 깊은 한숨을 내쉬고서는 한결 침착해진 표정으로 세희에게 말했다.

"……미안. 내가 말이 심했어."

"뇌로 가야 할 영양분을 흉부지방에 과도하게 **빼앗기고** 계신 나래님 이시니만큼 이번에는 제가 이해하도록 하겠습니다."

야.

하지만 세희는 더는 물러설 생각이 없어 보였고, 결국 나래는 고개만 절레절레 흔든 뒤 다시 자리에 앉았다.

나는 고개를 들어 세희를 올려다보며 말했다.

"너도 앉아."

"……알겠습니다, 주인님."

세희는 못 마땅해 하면서도 순순히 자리에 앉아 줬다.

자신의 특정 신체 부위를 언급하는 순간 칼바람을 일으키는 세희로서는 정말 많이 참아 준 거겠지.

응.

장하다, 강세희.

훌륭하다, 강세희.

나는 예전에 비해 인내심이 많이 늘은 세희에게 말했다.

"그러면 알리사르라에 대해서 알고 있는 걸 가르쳐 줄래? 나래도 모르는 것 같으니까."

살짝 고개를 끄덕인 세희는 잠시 뜸을 들인 뒤.

"조금 전에는 무시하듯 말했지만, 사실 곰의 일족이 알리사르라 샤키 르비야에 대한 정보가 없는 건 당연한 일입니다."

자신이 알고 있는 알리사르라에 대해 이야기했다.

"곰의 일족이 하는 일은 인간 세상에서 문제를 일으킬 법한 요괴들의 관리 및 사후 수습이니까요. 하지만 그녀는 수천 년 동안 어떠한 문제도 일으키지 않고 인간과 요괴를 피해 은거해 왔습니다. 그렇기에 저 또한 그녀에 대해 아는 것은 많지 않습니다."

묻고 싶은 게 생겼지만 일단 참자.

"단 한 가지."

세희가 깜짝 놀랄 만한 이야기를 했으니까.

"그녀가 그 누구보다도 먼저 인간과 맺어진 요괴였다는 것. 그것만은 확실합니다."

"헐."

"정말?"

믿지 못하겠다는 나와 나래의 반응에 세희는 입가에 옅은 미소를 띠며 말했다.

"그렇습니다. 안주인님께서 사랑에 관심을 가지기도 훨씬 전, 그녀는 인간과 몸을 섞었습니다."

"모, 몸을 섞다니……."

세희의 노골적인 말에 나래는 얼굴을 붉혔다.

저기요, 나래 님. 평소의 과격한 애정 표현과의 괴리감이 상당히 큽니다.

하지만 그런 소소한 딴죽 거리는, 머릿속에 흩어져 있던 정보들이 제멋대로 맞아떨어지며 나온 의구심에 의해 사라졌다.

"물어볼 게 있는데."

그리고 내 생각을 읽는 걸 성린보다 잘하는 세희는 고개를 가로저었다.

"이 이상은 그녀의 사생활과 관련된 것이기 때문에 말씀드릴 수 없습니다."

나와 나래는 인상을 찌푸렸지만 세희는 오히려 당당하게 말했다.

"뭡니까. 그러면 지금 저보고 타인의 사생활 침해를 하라는 겁니까?"

'네가 할 말은 아니잖아?'라는 말을 목구멍으로 삼킨 뒤, 나는 알리사르라가 했던 말에 기반해서 세희에게 말했다.

"사생활 침해는 무슨 사생활 침해. 알리사르라가 너한테 물어보라고 대놓고 말했는데."

내 반론에 세희는 입꼬리를 슬쩍 올리며 말했다.

"그때 제가 대답해 준다고 했습니까?"

그랬죠.

세희는 머릿속에 있는 지식 창고를 쉽게 열지 않는 녀석이었습니다.

"……흐음."

어떻게 할까?

세희한테 묻는 건 포기하고 냥이에게 물어볼까? 아니면 밤하늘? 그도 아니면 곰의 일족 누님들을 믿고 기다려 봐?

……머릿속에서 떠오른 여러 가지 생각 중, 어떻게든 세희에게 대답을 듣는다는 선택지가 없다는 것을 깨달았을 무렵.

"그것보다, 지금 주인님께서 알리사르라에 대한 개인적인 호기심에 빠져 계실 때입니까?"

나는 이쪽을 향한 나래의 눈빛이 살짝 날카로워지는 것을 느끼고 재빨리 입을 열었다.

"그렇게 말하니까, 내가 그 녀석한테 개인적인 관심이라도 있는 것처럼 들린다?"

"아니셨습니까?"

나는 딱 잘라 말했다.

"아닐 거다."

아니, 딱 잘라 말하려고 했다.

"……."

"……."

나래와 세희의 시선에 의심이 섞였지만, 거짓말을 할 수는 없잖아?

이게 전요협에 대한 대처를 하기 위해서 알리사르라에 대해 알고 싶은 건지, 아니면 카페에서 나눴던 이야기와 무언가 많은 것을 포기한 듯한 그 녀석의 눈빛이 마음에 걸려서 묻는 건지 잘 모르겠으니까.

"하지만 확실한 건, 그 녀석을 여성으로서 보고 있지는 않다는 거야."

겉모습은 정말 취향 직격이었습니다만!

너무나 아름다우시고 고마우신 누님이셨습니다만!

……아, 그렇지.

"거기다 결혼도 했다며?"

세희의 대답에 알리사르라에 대한 정보가 담겨 있기를 살짝 기대해 봤지만.

"잘하셨습니다, 주인님. 상대가 초등학생 수준의 지적 능력을 가지신 분들이라면, 지금 같이 속이 빤히 보이는 화법으로도 원하시는 정보를 얻으실 수 있을 겁니다."

돌아온 건 비웃음뿐이었습니다.

칫.

그러면 그렇지.

내가 마음속으로 백기를 흔들고 있자니, 나래가 내 어깨를 툭툭 두드려서 위로해 주며 세희에게 말했다.

"그보다 너, 성훈이한테 하고 싶은 말이 뭔데?"

화제를 돌린 걸 보니, 나래도 세희에게 정보를 얻는 건 포기한 것 같군.

"뭔가 부탁할 게 있어서 온 거 아니야?"

세희가 한쪽 입꼬리를 살짝 올리며 말했다.

"왜 그렇게 생각하십니까, 나래 님?"

그에 반해 나래는 다시금 팔짱을 껴서 자신의 기분이 상했다는 것을 몸짓으로 표현하며 말했다.

"내가 성훈이인 줄 알아?"

그렇게 말씀하시면 제가 꼭 멍청한 것 같지 않습니까, 나래 님.

물론 제가 상대적으로 보면 멍청한 게 맞지만, 절대적으로 봤을 때는 아니라고요.

그저 지식이 부족할 뿐.

마음속으로 아무도 듣지 못할 변명을 하고 있을 때, 나래가 세희에게 말했다.

"너, 아까 '일단' 알리사르라에 대한 오해를 풀어야 한다고 말했잖아."

 ……언제요?

"거기다 조금 전에도 성훈이한테 따로 해야 할 일이 있는데 시간 낭비하지 말라는 투로 말했고."

 아, 그건 나도 알겠다.

"무엇보다 넌 자기 볼일 끝나면 다른 사람 사정은 신경도 안 쓰고 자기 할 일 하러 가잖아. 그런데 아직도 내 방에 계속 있는 건 아직 할 말이 있다는 거 아니겠어?"

 나래의 논리 정연한 이야기에 세희가 박수를 쳤다.

"훌륭하십니다, 나래 님. 아무래도 곰의 일족 수장보다는 무당이 더 적성에 맞으신 것 같군요. 제가 지원해 드릴 테니 번화가에 점집을 여시는 건 어떻습니까?"

 나래가 살짝 아랫입술을 물고서는 말했다.

"뭐래?"

 나도 알 수 있었던 세희의 속뜻을 나래가 모를 리가 없지.

"내가 있을 곳은 성훈이 옆이거든?"

 그래도 나래가 저런 말을 해 줄 거라고는 예상 못 했지만.

 나를 향한 나래의 애정에 일굴 근육이 살짝 풀리려고 했지만……

 세희의 시선도 이쪽을 향해 있었습니다.

"왜."

"옆에 **든든한** 분께서 계서서……"

 세희는 말을 하다 말고 고개를 가로젓더니 싶은 한숨을 내

쉬었다.

"설명이 필요한 농담을 하는 건 그만두지요."

……아무래도 내가 모르는 서브컬처 계열의 농담 같은 거였나 보다.

"그런 이유로."

세희가 단번에 화제를 바꿨다.

"주인님께서는 오랜만에 안주인님과 함께 데이트를 다녀오셔야 하겠습니다."

"잠깐."

나는 손을 들며 말했다.

"화제가 너무 튀어서 이해를 못 하겠는데."

나래의 말대로 세희가 따로 할 말이 있어서 아직 이 방에 있다면, 그건 밤하늘과 나눴던 대화에 대한 것이나 전요협의 성명 발표와 관계된 일일 거다.

그것들과 관련된 이야기가 나왔다면 나도 화제를 따라갈 수 있었겠지만.

"갑자기 웬 데이트야?"

세희가 자세를 바로 하고 평소보다 더 정갈한 목소리로 말했다.

"주인님. 세상 모든 일에는 순서라는 것이 있습니다."

야, 하지 마.

너 때문에 몸과 머리를 혹사시켜야 했던 일이 생각나니까 그렇게 말하지 마.

"흐응…… 그런 거구나."

제가 불안에 떨고 있는 와중에 나래 님께서는 혼자서 뭔가 눈치채신 것 같습니다.

봐 봐.

내가 바보가 아니라, 주변에 있는 애들이 너무 똑똑한 거라고.

"그렇습니다, 나래 님. 분명 주인님께 도움이 되실 겁니다."

"일리가 있네. 확실히 나쁜 생각은 아니야. 하지만 랑이가 주위의 이목을 끄는 건?"

"제가 그런 것도 고려하지 않았을 것 같습니까?"

"확인한 것뿐이야, 확인."

"그런 것으로 생각하겠습니다."

가장 중요한 부분을 생략하고 대화를 나누면서도 서로를 이해하는 걸 보니, 역시 나래와 세희는 겉으로 보이는 것과 달리 사이가 좋다는 생각이 들었다.

그것과 이건 별개지만.

"저기, 나는 머리가 나빠서 지금 무슨 이야기를 하는지 모르겠는데."

"그래도 목 위에 달려 있지 않습니까?"

아! 그렇죠!

확실하게 달려 있습니다!

세상에! 의외로 내용물도 꽉 차 있다니까요!

"됐고."

나는 손사래를 치고서 세희에게 말했다.

"무슨 소리인지 알기 쉽게 풀어서 설명 좀 해 봐."

갑자기 왜 내가 랑이와 데이트를 해야 하는지.

아, 물론 싫다는 건 아닙니다.

당연히 나도 좋지! 평소라면 서류를 보고 있을 시간에 랑이와 놀러 나간다니! 상상만 해도 행복하단 말이죠!

……세희가 권유한 일만 아니었어도 말이야.

"별거 아니야."

그나마 세희의 의견을 나래가 긍정적으로 받아들이고 있다는 게 안심이 된다고 할까?

"전요협에서 문제로 삼은 건, 인간과 요괴의 화합은 불가능하니까 따로 살자는 거였잖아?"

그랬죠.

"그리고 우리는 지금 그에 대한 대응을 어떻게 해야 하는지 생각해 봐야 할 때고."

맞는 말씀입니다.

"그렇다면 먼저, 지금 세상이 어떻게 돌아가고 있는지 네 눈으로 직접 보는 게 여러모로 도움이 되지 않을까?"

아하, 그 말이 하고 싶어서 세희가 아직 여기에 있었던 거구나!

전요협이 일으킨 시위에 대처하기에 앞서, 먼저 사람들의 일상이 어떻게 변했는지 체감하고, 그를 기반으로 대응책을 생각하라는 거였어!

잘 알겠다!

……오늘 서울에 갔다 왔지만.

방구석 폐인 취급을 당하는 것 같아서 손바닥을 보여 반론을 펼치려고 할 때.

세희가 말했다.

"물론 주인님께서 요 근래 몇 번이나 바깥나들이를 나가신 적은 있습니다. 하지만 다른 인간과 요괴들이 어떻게 살아가는지 주의 깊게 관찰하신 적은 없지 않습니까?"

갑자기 할 말이 사라진 나 대신 나래가 말을 받았다.

"세희하고 언니들이 네 호위에 신경을 썼으니까 그런 상황도 아니었을 테고."

나는 고개를 끄덕였다.

카페에 들어갔을 때도 곰의 일족 누님들께서 사람들을 내쫓…… 아니, 다른 곳에 가도록 권유했으니까.

"무엇보다."

속으로 수긍하고 있자니 다시금 세희가 나래의 말을 이어받았다.

"주인님께서는 **요괴의 본모습을 드러내신** 분들과 같이 길거리를 돌아다니신 적은 없으시니까요."

……없었나?

살짝 고개를 갸웃거리며 기억 창고를 뒤적거리고 있자니 세희가 말을 이었다.

"있어도 없는 것이나 마찬가지니 없다고 생각하시면 편하십니다."

내가 아닌 다른 쪽을 보면서.

너, 지금 누구한테 이야기하는 거야?

뭐, 어쨌든.

"흠……."

세희의 제안은 확실히 일리가 있다.

전요협의 성명 발표에 어떻게 대응할지는 머릿속에 떠오른 게 있지만, 그 윤곽을 잡기 위해서는 지금 세상이 어떻게 돌아가는지 직접 보고, 듣고, 느끼는 게 큰 도움이 될 것 같아.

될 것 같은데…….

"하나 문제가 있을 것 같은데."

나는 정말 진심으로 걱정하며 말했다.

"랑이와 데이트하면 그런 게 눈에 안 들어올 것 같아."

"성훈아."

말을 끝내자마자 나래가 내 손을 잡아 왔다.

"그거, 내 앞에서 할 이야기는 아닌 것 같은데?"

평소보다 힘을 주고서.

나는 몸의 안전을 위해서 재빨리 말했다.

"무, 물론 너하고 같이 데이트를 해도 그, 그럴 거야!"

"……."

너무 급한 바람에 말을 더듬어 버려서 진정성이 떨어졌습니다!

"진짜! 진짜라니까!"

의심으로 가장한 분노의 시선을 어떻게든 받아들이려고 노력했을 때.

"주인님이시라면 그럴 것 같긴 합니다."

하늘에서 세희가 내려 준 동아줄이 보였다.

"나래 님께서 걸을 때마다 음란하게 출렁거리는 신체 부위에 정신이 팔려서 다른 건 눈에 들어오지도 않을 테니까 말이죠."

……이걸 썩은 동아줄이 아니라고 받아들인 시점에서 나는 이미 어딘가 잘못돼 버린 게 아닐까 싶습니다.

"하긴, 그렇긴 해."

그런 이유로 화를 푸는 것도 상당히 미묘하지만, 좋은 게 좋은 거 아닐까.

"그러니까 나도 같이 갈래."

다시 말하지만, 좋은 게 좋은 거다.

"저도 그쪽이 훨씬 좋습니다."

나래와 랑이와 함께 데이트라니!

이게 얼마만이야?!

"그렇다면 준비를 해야겠군요."

세희의 한마디에 바로 냉정을 되찾을 수 있었지만.

"준비?"

데이트…… 가 아니라, 사람과 요괴들이 어떻게 살고 있는지 시찰하기 위해 가는 건데 준비할 게 뭐가 있지?

아, 그렇군.

"랑이가 입고 나갈 패딩 같은 거?"

"아닙니다."

세희가 나를 한심하게 바라보며 말을 이었다.

"주인님, 부디 요괴의 왕은 세계적인 유명인이라는 것을 잊

172

나와 호랑이님 22

지 말아 주셨으면 합니다."

아, 그렇지.

TV, 신문, 잡지, 인터넷 방송 등.

세상의 모든 언론 매체가 내 얼굴을 대문짝만하게 실었으니까.

"그러니 주인님께서는 약간의 변장 정도는 해 주셔야겠습니다."

그건 꽤 괜찮겠다고 대답하려던 순간.

"일석**삼조**를 노릴 겸, 말이죠."

세희가 상당히 불안해지는 소리를 했다.

"여장이라도 하라는 거야?"

나래는 듣는 것만으로 불안해지는 소리를 했고.

"저기요, 나래 님?"

세희는 단순히 변장이라고 말했는데 왜 거기서 여장이 나오는 겁니까?

"응? 왜, 성훈아?"

그 대답은 나래와 눈을 마주치자 저절로 알 수 있었다.

나래의 눈동자 속에 아직 사그라지지 않은 잔불이 남아 있었으니까.

나래가 박력 있게 웃으며 내게 말했다.

"싫어? 여장하는 거? 난 꽤 잘 어울렸다고 생각하는데?"

싫습니다! 모처럼의 데이트인데 여장이라니!

부끄럽고 불편하잖아!

그렇게 당당하게 말할 수 있는 성격이었다면, 제가 이렇게 살고 있을 리가 없지요.

아무 말도 못하고 시선만 피하며 나래 님께서 제발 마음을 돌려 주시기만을 기도하고 있을 때.

"제가 모시는 주인님께서 새로운 성벽에 눈 뜨는 것은 어떨까 싶기에 저는 다른 방식을 권유해 드리고 싶습니다."

세희가 내 편을 들어 주었다.

역시, 세희를 위해 지옥까지 다녀온 건 헛된 일이 아니었어!

"뭐, 그래. 나도 진심으로 한 말은 아니었으니까."

나래도 세희의 의견을 받아들인 것 같고.

여장을 할 위기에서 벗어나 한숨 돌린 나는, 세희에게 물어보았다.

"그래서 무슨 변장을 하면 되는데?"

세희가 말했다.

"주인님께서 변장을 하는 것이 아닙니다."

내 머리부터 발끝까지 손으로 훑어 내리면서.

"당하는 것이죠."

그 순간.

"……어?"

신기한 기분이 들었다.

뭐라고 할까, 원래는 없던 신체 부위가 갑자기 생겨났는데도 내 마음대로 할 수 있을 것 같은 괴리감에서 찾아오는 어리둥절한 느낌이라고 할까?

나는 이 생소한 감각에 놀라 두 손을 들어 내 머리 위를 만져보았다.

있다.

귀가 있다.

내 머리 위에 귀가 생겼다.

"꺅?! 뭐야, 뭐야?! 완전 귀여워!"

이유는 모르겠지만 행복에 찬 비명을 지르는 나래를 잠시 모르는 척하며 나는 손을 내려 엉덩이를 만져 봤다.

달려 있다.

내 엉덩이에 꼬리가 바지를 비집고 나와 있다.

나는 자신의 행동에 자부심이 넘쳐서 고개를 빳빳하게 들고 있는 세희를 무시하고 거울 앞에 섰다.

"뭐야, 이건."

그곳에는 내가 있었다.

강아지 귀와 꼬리가 달려 있는 내가.

이거…….

"바둑이의 것을 모티브로 삼았습니다."

아, 그렇구나!

나는 바둑이의 것과 비교해보면 털의 윤기가 거칠기 그지없지만 생김새는 비슷한 꼬리와 귀를 움직여 봤다.

거울 속의 귀가 쫑긋거리고 꼬리가 흔들…… 리려다가 바지 때문에 제대로 움직이지 못했다.

그보다 불편하구만!

내 뒤에서 휴대폰을 들고서 이리저리 움직이는 나래가 말이야!

"······지금 뭐 하시고 계십니까, 나래 님."

약간 흥분한 기색인 나래는 휴대폰을 내 쪽으로 향한 채 말했다.

"사진 찍고 있는데?"

"그런데 왜 셔터 소리가 안 울리는 건데?!"

약간 냉정을 되찾은 나래가 진지한 표정으로 말했다.

"괜찮아. 엄밀히 따지면 소리가 안 난다고 불법은 아니니까."

"그게 중요한 게 아니지 않습니까?!"

내 지적에 나래가 귀엽게 혀를 내밀며 슬쩍 휴대폰을 주머니 속에 집어넣을 때.

"어찌되었건."

세희가 화제를 돌렸다.

"이것으로 주인님께서 요괴의 왕이라고는 생각하지 못하겠지요."

나는 다시금 거울을 보았다.

음.

강아지 귀와 꼬리가 달려서 확실히 인상이 달라지긴 했지만······.

"이것만으로 몰라볼까?"

미묘하다.

미묘해.

나를 아는 사람이라면 한눈에 할로윈도 아닌데 웬 코스프레냐고 물어볼 정도다.

"몰라볼 것입니다."

하지만 세희는 단언했다.

"주인님의 인상은 그리 강한 편은 아니니까 말이죠."

상당히 인정하기 싫은 이유를 통해.

"아, 하긴 그래."

제 소꿉친구님께서는 다르신 것 같지만 말이죠.

"인상만 쓰지 않으면 말이야."

"……그거, 인상 쓰면 성격 더러워 보인다는 거지?"

"그, 글쎄?"

나래가 시선을 피했기에 나는 다시 거울을 봤다.

개인적으로는 좀 불안하지만, 나래와 세희가 괜찮다고 하면 괜찮은 거겠지.

나래와 랑이와 같이 나가는 거니까 알아보는 사람이 있다 해도 큰 문제는 없을 테고.

"아, 그런데 말이야."

세희가 했던 말 중에 걸리는 게 있다.

"아까 일석삼조라고 했잖아?"

나는 다시 자리에 앉아 나래와 세희와 눈높이를 맞추고서 말을 이었다.

"주위 사람들에게 들키지 않는다는 건 알겠는데, 나머지 둘은 뭐야?"

세희가 말했다.

"역지사지입니다."

짤막하게.

그게 무슨 뜻인지 머리를 굴리고 있자니, 나래가 말했다.

"그렇게 말하면 성훈이가 어떻게 알아?"

내 꼬리를 쓰다듬으면서.

음.

아이들이 내가 꼬리나 귀를 쓰다듬어 주면 왜 좋아하는 지 알 것 같군.

앞으로는 좀 더 자주 해 줘야겠다…… 가 아니라!

"아니, 알 수 있거든요?"

"그래?"

나래가 꼬리 속의 살을 손톱으로 살살 긁으며, 아, 이거 기분 좋네, 말했다.

"뭐일 것 같아, 멍멍아?"

……인간으로서의 존엄이 어디론가 사라진 것 같지만, 그런 건 냥이의 요술 속에서 버려두고 왔으니 넘어가고.

나는 재빨리 머리를 굴린 뒤, 대답을 기다리고 있는 나래와 세희에게 말했다.

"사람들이 요괴를 어떤 시선으로 보는지, 그 시선에서 어떤 기분이 드는지 직접 느껴 보라는 거지?"

"그렇습니다, 멍멍 님."

"잘했어, 잘했어."

세희는 박수를 쳤고 나래는 내 귀를 쓰다듬어 줬다.

집중 안 되니까 그만해 주시면 안 되겠습니까?

기분이 좋아서 말은 못하겠지만!

나는 강아…… 아니, 이게 아니라.

바둑이…… 도 안 되네.

멍멍이 귀를 통해 전해져 오는 나래의 따뜻한 손길에 정신이 팔리는 걸 최대한 막으려고 노력하며 세희에게 말했다.

"그러면 나머지 하나는?"

세희가 말했다.

"명분입니다."

……명분?

그게 무슨 소리냐고 물어보려고 할 때.

세희가 손을 뻗었다.

내 꼬리와 귀를 만지작거리는 데 온 신경을 쓰고 있는 나래에게.

"잠깐, 너?!"

내 꼬리와 귀에 정신이 팔린 덕분에 뒤늦게 눈치챈 나래가 몸을 뒤로 빼려고 했지만, 이미 세희의 손이 스쳐 간 이후!

그 순간.

"우와아아아아아아!!"

나래가 작아졌다.

아니, 작아진 게 아니야!

어려졌다!

유치원에 다녔던 시절의 나래로 변했어!

그뿐일까!

나처럼 머리에 새로운 한 쌍의 귀가 생겼다!

동그스름하면서도 약간 세모난 꼴인 곰의 귀로!

"귀여워어어어!"

나는 어려진 나래를 와락 껴안고 마음껏 볼을 비볐다.

"자, 잠깐, 성훈아! 그만! 그만해!"

당황한 나래가 내 몸을 밀며 질색했지만, 어림도 없지! 어려진 나래에게 나를 밀칠 수 있는 힘이 있을 리가…….

"그만 하라니까, 진짜!"

있었습니다!

"으어어억!"

쾅!

나래에게 거세게 밀려 벽에 부딪친 내가 등짝에서 올라오는 고통에 몸을 구부린 채 신음을 흘리고 있을 때, 몸에 안 맞는 스웨터를 한쪽 어깨에 걸친 나래가 인상을 찌푸리며 말했다.

"어려졌다고 좋아하면 여자로서 뭔가 미묘한 기분이 든다고!"

……아니, 음.

그런 건 아닌데.

난 로리콘이 아니니까.

그저 나래가 너무 귀여워져서 이성을 잃고 끌어안았을 뿐이라고.

진짜다?

정말이라고?

무엇보다 평소의 나래에게 방금처럼 했다가는 다른 문제가 생기니까 참고 있을 뿐이다.

"좋아하시니 다행입니다, 주인님."

나는 이 방 안에서 유일하게 평상시와 같이 이성을 유지하고 있는 세희에게 엄지손가락을 세워 보였다.

"······성훈아?"

작고 귀여운 나래가 눈에 힘을 줬지만, 세상에!

그 모습조차도 귀여워!

"응, 응."

"진짜, 미묘한 기분 드니까 그만해."

나래가 별로 안 좋아하는 것 같으니까 나도 정신을 부여잡자.

나래의 귀를 만져 보고 싶······.

아, 잠깐만.

그렇다는 건 나래에게도 꼬리가 생겼다는 거지?

짧고 동글동글한 곰의 꼬리가!

만져보고 싶다!

짧은 꼬리!

랑이도, 냥이도, 아야도, 바둑이도, 꼬리가 긴 편이니까!

저 스웨터 아래에 지금까지 경험해 보지 못한 복슬복슬한 곰의 꼬리가 있다!

"······."

"······."

나래와 세희의 시선이 날카로워졌기에 나는 고개를 저었다.

확실히, 내가 생각해 봐도 그건 좀 위험한 것 같군.

꼬리가 짧다 보니까, 토실토실하고 탱탱한 엉덩이까지 만져 버리게 될 것 같아.

거기다 몸이 작아지면서 하의가 아래로 흘러내렸으니까 말이죠.

"크흠!"

그래서 나는 헛기침을 통해 강철 성벽과도 같은 이성을 다시 세우며 말했다.

"어, 어쨌든. 나뿐만 아니라 나래도 요괴처럼 보이도록 만들 수 있는 명분이라는 거지?"

"그렇습니다."

세희가 시선을 돌려 나래를 보며 말했다.

"곰의 일족의 수장으로서 요괴들이 평소 인간들에게 어떤 시선을 받는지 알아보는 것도 나쁜 경험은 아닐 테니까 말이죠."

나래가 고개를 끄덕이면서도 살짝 찌푸린 표정을 지으며 말했다.

"……일리가 있긴 하지만, 어린애로 만들 필요는 없었잖아?"

나래가 말했다.

"그 편이 조금이라도 덜 위협적으로 느껴질 테니까 어쩔 수 없었습니다."

"아, 하긴."

"아, 하긴?"

이크.

나도 모르게 입에서 소리가 나와 버리고 말았다.

너는 평소에 나를 어떻게 생각하고 있었냐고 묻는 나래의 시선이 아프다.

이럴 때야말로 내 잔머리가 빛을 발할 시간이죠!

"그, 그런 게 아니라, 어른 요괴보다는 아이 요괴가 사람들의 경계심을 덜 사잖아? 그런 의미에서 한 말이었어."

물론, 요력은 충분해도 정신적인 성장이 이루어지지 않아 어린아이로 있는 요괴들도 있다.

하지만 겉모습이라는 건 꽤나 중요해서……

"정말 그렇게 생각했으면 왜 너만 그대로인데?"

스스로 무덤을 파 버린 나는 할 말을 잃었지만, 다행이 세희가 고개를 가로저으며 나래에게 말했다.

"죄송합니다, 나래 님. 안타깝게도 주인님께서는 쇼타, 실례, 소년으로 변하셔서는 안 됩니다."

나래가 살짝 높아진 목소리로 말했다.

"왜?"

세희가 대우주조차 설득할 것 같은 목소리로 말했다.

"주인님께서는 세상의 쓴맛을 좀 맛보셔야 하기 때문입니다."

[내 이름은 강성훈. 평범한 청소년이라면 한 번도 겪지 못할 인생의 위기를 지난 반년 동안 몇 번이나 겪었던 소년이다.]

그렇게 자신을 소개해도 거짓말이 아닌 나한테 잘도 그런 소리를 하는구나.

"아…… 음…… 하긴."

저기요, 나래 님?

왜 거기서 곤란해하십니까?

이럴 때는 아니라고 하셔야죠!

"어린애가 된 성훈이를 못 봐서 많이 아쉽긴 해도 어쩔 수 없네."

하지만 나래는 결국 고개를 끄덕여 버렸다.

결국 나는 손을 들어 나래와 세희의 시선을 잡아끌고서 입을 열었다.

"저기, 저 그동안 많이 고생했는데요."

내 목소리에 서운한 감정이 상당히 짙게 묻어 있다는 걸 눈치챘기 때문일까.

"그, 그런 게 아니야, 성훈아."

귀여운 나래가 화급히 고개를 절레절레 흔들고서는 내 손등에 작은 손을 올리며 말했다.

"아까 세희가 말했잖아. 네가 요술로 꼬리와 귀를 단 건 정체를 숨기기 위해서이기도 하지만, 요괴들이 평소에 어떤 환경에서 살아가는지 체험하기 위해서라고. 그런데 너까지 어린아이가 되면, 나와 너, 그리고 랑이. 세 명이 어린아이로 다니는 거잖아?"

고개를 끄덕인 내게 나래가 따뜻한 시선을 보내며 말을 이었다.

"그렇게 되면 대부분의 사람들은 우리에게 호의적인 시선을 보낼 거야. 어린아이 세 명이 같이 놀러 다니는 거니까. 거기다 랑이도, 나도, 그리고 어린 시절의 너도 엄청 귀여우니까 말이지."

나는 보았다.

슬그머니 나래의 뒤로 움직인 세희가, 소매에서 콩깍지를 꺼내는 것을.

"그러니까, 응? 성훈이가 지금까지 고생했다는 걸 몰라서 한 말은 아니니까, 화 풀어."

나래의 간절한 이야기에 나는 피식 웃고는 고개를 저었다.

"화난 거 아니야."

그냥 조금 서운했던 거고, 그것도 지금 다 풀렸다.

그렇게 나는 눈으로 말했고, 나래는 안도의 한숨을 쉬었다.

"꺄악?!"

그 모습이 귀여워서 반사적으로 껴안고 말았습니다.

"……그럼 전 안주인님을 모셔 오겠습니다."

그런 나를 한심하다는 듯 바라본 세희가 콩깍지 두 개를 남기며 사라지는 걸 보면서도.

잠시 후.

싫지만은 않은 듯한 나래의 귀여운 반항이 완전히 사라졌을 때.

"서어어어엉후우우우운아아아아아~!"

랑이의 목소리가 먼 곳에서 들리더니 눈 깜짝할 사이에 방문 앞까지 이어졌다.

이내, 드르르륵, 쾅!

깜짝 놀랄 정도로 격하게 문을 열어젖힌 랑이는, 얼마나 흥분했는지 흰색 콧김을 거세게 뿜어내며 방안으로 들어와서는 나를 보고는 두 눈을 반짝이며 외쳤다.

"생겼다! 생겼다고 세희가 했느니라!"

꼬리와 귀를 말하는 겁니다.

"그래, 생겼다."

꼬리와 귀 말이죠.

사람에 따라서는 엄한 생각을 할 수도 있으니까, 랑이에게 말을 할 때는 주어를 생략하지 않는 게 좋다고 주의를 주려고 했지만…….

평소와 다른 랑이의 모습에 나는 말을 바꿨다.

"그러는 넌 어디 갔냐?"

랑이의 머리에 있던 귀와 엉덩이에 나 있던 꼬리가 어디론가 사라져 있었으니까.

"응? 어디 가다니? 나는 여기 있지 않느냐?"

그래요.

조금 전에 제가 생각했죠. 말을 할 때는 주어를 생략하면 안 된다고.

나는 비어 있는 손을 들어 랑이의 머리와 엉덩이를 각각 가리킨 뒤 말했다.

"꼬리랑 귀 말이야."

"아!"

랑이가 손을 들어 자신의 머리를 만지면서 몸은 반쯤 꼬아

이쪽으로 엉덩이를 향하며 말했다.

"세희가 요술로 숨겨 줬느니라!"

흠.

요괴 셋보다는 요괴 둘에 인간 한 명이 더 사람들의 반응을 이끌어 내기 좋다고 판단한 건가?

……그 녀석이 한 일이니까 뭔가 이유가 있겠지.

그것보다 몸을 꼬고 있어서 그런지 참 토실토실한 게 살짝 두드려 주고 싶은 엉덩이가 주의를 끈다.

그렇게 바보 같은 생각은 훤히 열려 있는 방문을 통해 들어온 찬바람에 머릿속에서 씻겨 나갔지만.

나는 안쪽으로 손짓하며 랑이에게 말했다.

"일단 추우니까 들어와라."

"응!"

랑이가 방 안으로 들어오며 문을 닫았다.

응? 세희는 안 왔나 보네? 왜지?

하지만 그런 의문을 풀기에는.

"성훈아!"

어느새 기세를 되찾은 랑이가 내 머릿속을 가득 채웠다.

"응?"

랑이가 목 건강이 걱정될 정도로 내 귀와 꼬리를 번갈아 보면서 말했다.

"만져 봐도 되느냐? 응? 성훈아, 내 일생일대의 소원이니라!"

"……뭘 그런 거 가지고 소원이라고 하냐."

나는 슬쩍 꼬리를 움직여, 이게 되더라, 꼬리를 랑이 쪽으로 움직이며 말했다.

"마음대로 해."

"응!"

뭐랄까.

랑이가 기뻐하는 모습을 보니 갑자기 옛날 생각이 나는군.

왜, 냥이가 요괴 아이들을 데리고 우리 집 앞에서 데모를 벌였을 때 세희가 랑이에게 요술을 부렸던 일 말이다.

혹시 랑이도 그때의 나와 같은 생각을 한 걸까?

"와아! 이게 성훈이의 꼬리로구나?! 신기하느니라!"

아닌 것 같습니다.

그저 내게 꼬리와 귀가 생겨난 게 신기해서 그런 것 같다. 나는 꼬리와 귀를 번갈아 만지는 랑이의 이상하면서도 기분 좋은 손길을 만끽하다가…….

"랑이가 왔으니까 나는 뒷전이라 이거지?"

품 안에서 들려오는 나래의 목소리에 정신을 퍼뜩 차렸다.

"그런 거 아니야."

"치, 뭐가 그런 게 아닌데?"

나는 자신에게 좀 더 관심을 달라는 듯 고개를 휙 돌린 어린 나래의 머리를 애정을 가득 담긴 손길로 쓰다듬어 주었다.

……랑이가 나를 쓰다듬고 내가 나래를 쓰다듬는, 뭔가 이상한 기차놀이를 하게 된 기분이군.

그렇게 몇 분 동안 아무 말도 하지 않고 그저 서로를 쓰다

듣어 주고 있었을 때.

"그런데 말이니라."

랑이가 내 꼬리를 작디작은 손으로 살포시 쥐고서 위아래로 쓸어내리며, 고개만 슬쩍 어깨 너머로 넘긴 뒤 나래를 내려다보며 말했다.

"오옷! 세희가 말한 대로 나래도 작아졌구나?"

내 다리 위에 앉아 있는 나래가 랑이를 올려다보며 말했다.

"그걸 이제 알았어, 랑이야?"

살짝 장난기 담긴 목소리로.

"그, 그런 게 아니니라!"

랑이는 탓하는 목소리로 들은 것 같지만.

"그, 그게! 그러니까! 응! 그런 것이니라! 성훈이의 꼬리가 너무 부드러워서 잠깐 아무 생각도 못 하게 된 것이니라!"

……그러냐?

바둑이와 아야, 그리고 너와 비교하면 평범한 개털일 텐데.

"하긴 그렇지?"

랑이를 놀리는 건 여기까지 하기로 했는지, 나래는 고개를 끄덕였지만.

"응! 정말정말 부드럽구나!"

어째서 부끄러움은 제 것입니까.

나는 왠지 모르게 찾아온 수치심에서 벗어나기 위해 랑이에게 말했다.

"그보다 세희한테 제대로 이야기 들었어?"

"그렇느니라!"

랑이가 들뜬 목소리로 말했다.

"데이트! 데이트이지 않느냐?! 그것도 더블데이트! 그러니까 분명 두 배로 즐거울 것이니라!"

더블데이트는 그런 뜻이 아닌 것 같지만 말이야.

"……걔는 도대체 랑이한테 뭐라고 말한 거야."

나래는 내게만 들릴 목소리로 작게 투덜거린 뒤.

"걱정 말거라! 세희의 요술이니만큼 그 누구도 내가 호랑이라는 것을 눈치채지 못할 것이니라!"

그러고 보니 세희가 손을 쓴다고 했었지.

"거기다, 짜안!"

무대 위의 마술사처럼 외친 랑이가 제자리에서 한 바퀴 돌자 고양이 귀 후드를 뒤집어 쓴 랑이가 있었다.

"이걸 쓰면 아무리 감이 좋은 아해들이라 해도 나를 고양이라 생각할 것이니라!"

뭐야, 이 녀석, 귀여워.

집에 데려갈래.

아, 원래 우리 집에 살았지.

데이트는 무슨 데이트냐.

오늘은 하루 종일 어려진 나래와 랑이를 끌어안고 방 안에서 뒹굴기나 해야겠다.

"그러니 우리는 맘껏 놀면 되는 것이니라!"

하지만 나는 기대에 찬 랑이의 목소리에 생각을 접어야만 했다.

그에 대한 반동일까.

평소보다 훨씬 더 냉정해질 수 있었던 나는 랑이의 오해를 정정해 주기 위해 입을 열 수 있었다.

"엄밀히 말하면 놀러 가는 건 아니야."

"응?"

랑이가 머리카락으로 물음표를 만들자 자연스럽게 후드가 위로 들렸다가 뒤로 넘어갔다. 자신의 탄력성과 힘을 증명한 머리카락은 이내 느낌표로 변했고.

그러고선 부끄럽다는 듯, 랑이가 머리를 긁으며 말했다.

"헤헤헷, 성훈이하고 나래하고 놀러간다는 생각에 너무 기뻐서 깜빡했느니라."

"정말……."

나래가 어쩔 수 없다는 듯 한숨을 쉬고서는 내 품에서 일어나 랑이의 머리를 쓰다듬으며 말했다.

"나도 랑이하고 성훈이하고 같이 놀러나갈 수 있어서 많이 기뻐. 그래도 할 일은 잊지 말아야 해. 알겠지, 랑이야?"

"응!"

조금 어른스러운 아이가 아직 철이 덜 든 아이의 머리를 쓰다듬는 것 같아서 참 보기 흐뭇하군.

이 시간이 영원히 계속 되었으면 싶지만, 그래도 할 일은 해야겠지.

"자, 그러면."

나는 자리에서 일어나며 말했다.

"데이트 가자! 데이트!"

잠깐 정신이 나가긴 했지만, 저도 많이 기대하고 있거든요!

"데이트! 데이트!"

랑이와 함께 방 안을 방방 뛰며 기뻐할 정도로.

"……정말, 애가 둘이라니까."

속마음을 드러내지 않으려 노력했지만, 입가의 미소만은 숨길 수 없었던 나래만큼은.

* * *

그렇게 해서.

나와 나래와 랑이는 데이트…… 가 아니라.

인근 마을로 일종의 암행을 나오게 되었습니다.

"에헤헷, 이렇게 다니니 뭔가 이상한 기분이니라."

나나 나래와는 반대로, 랑이는 꼬리와 귀를 숨겨 평범한 사람처럼 보이는 상태로…….

음.

미리미리 할 말은 해야겠네.

솔직히 랑이의 머리카락 색을 보면 평범한 사람처럼은 보이지 않는다!

솔직히 말이야!

세희의 요술이 없었다면 주변 사람들의 이목을 한눈에 끌었을 거야!

어쨌든.

"눈높이가 달라지니까 보이는 풍경이 정말 많이 달라지네."

나는 소녀 곰이 된 나래와 평범한(?) 소녀가 된 랑이의 손을 잡고 세희의 요술로 인근 마을에 오게 됐는데…….

내 예상과는 조금 다른 게 있었다.

예를 들어.

"성훈아, 성훈아! 저거! 저거 보거라!"

랑이가 손을 높이 들여 가리키고 있는 [요괴의 왕의 고향에 오신 것을 환영합니다!]라고 적힌 플래카드라든가.

"어머? 꽤 신기한 걸 팔고 있네?"

나래가 까치발을 한 채 유리창 너머로 보고 있는 랑이와 치이의 인형이라든가.

"이건 또 뭐야……."

아저씨가 길거리에서 팔고 있는 건전지로 움직이는 바둑이 인형이라든가, 페이를 본뜬 그림으로 만든 열쇠고리나 노트라든가.

"응? 저기서 엄청 맛있는 냄새가 나느니라!"

한쪽 공터에서 다양한 음식을 팔고 있는 푸드 트럭이라든가.

"이러시면 곤란합니다."

곰의 일족으로 보이는 어여쁘신 누님께서 사람들의 카메라 세례를 받으면서 난처해하는 모습이라든가.

여기가 정말 예전에 놀러 온 적이 있는 한적한 시골마을이었는지 의심이 갈 정도로 변했다.

그래서 나는 슬쩍 진열장에서 자신을 닮은 인형은 없나 눈에 힘을 주고 둘러보고 있는 나래에게 물어보았다.

"여기도 많이 변했네?"

내 질문의 의도를 순식간에 파악한 나래가 진열장을 샅샅이 훑어보며 말했다.

"요괴가 실제로 존재한다는 게 세상에 알려지고, 요괴의 왕인 너하고 랑이가 이 근처에 산다는 걸 알게 된 도지사 아저씨가 지역 경제 활성화를 명목으로 대규모 광고를 해서 사람들이 몰렸거든. 요괴들은 그렇지 않아도 랑이 때문에 이 근처에 사는 애들이 많았고. 그러다 보니까 인간과 요괴를 가리지 않고 장사를 하는 사람들이 생겨나면서 저절로 상권이 커졌어. 그리고……."

나래는 곤란해하는 곰의 일족 누님 쪽을 슬쩍 바라본 뒤, 땅이 꺼져라 한숨을 쉬고는 말을 이었다.

"치안을 담당하고 있는 곰의 일족은 영국의 왕실 경호대 같은 취급을 받게 됐고."

그, 그렇습니까.

하긴, 신기하게도 곰의 일족 누님들께서는 다 미인이시니까 사람들의 관심을 받을 만하지.

무엇보다 언제나 정장을 입고 다니신다는 것 덕분에 그쪽의…….

"……."

나는 나래의 눈빛이 날카롭게 변하는 것을, 정확히 말하자

면 '나도 집에서 저렇게 입고 있어 줘? 너, 정장 좋아하잖아.'
라는 뜻이 담긴 눈빛으로 변한 것을 깨달았다.

나는 신체의 안전과 순수함의 유지를 위해 나래의 시선을
피하고서 조금 전에 들은 설명을 요약해 봤다.

음.

쉽게 받아들일 수 없는 결론이 나와 버렸네.

확인해 보자.

"그러니까, 다시 말하면 여기가 관광지가 됐다는 거지?"

다행이 나래는 정장에 대한 언급은 더 이상 하지 않고 대답
해 줬다.

"응."

나는 갑자기 지끈거리는 머리를 한 손으로 부여잡으며 말했다.

"……요괴는 사람들에게 두려움의 대상이나, 음…… 뭐라고
할까, 쉽게 접하기 힘든 대상 아니었습니까?"

"응."

"……그럼 제가 지금 보고 있는 건 도대체 뭡니까?"

나래가 말했다.

"돈의 힘."

돈의 힘!

그래요! 돈이 최고죠!

요즘 들어 잊고 지냈지만, 저야말로 돈의 힘이 얼마나 강한

지 누구보다 잘 알고 있는 사람입니다!

그렇죠!

돈 앞에서는 요괴에 대한 두려움과 거리낌 같은 건 한낱 감정에 불과해지는 겁니다!

"성훈아!"

그리고 그런 것들과 거리를 두고서 행복한 유년기를 보내주고 있어 너무나도 고마운 랑이가 손을 들어 한쪽을 가리키며 말했다.

"저건 무엇이느냐? 인형들이 혼자서 막 움직이니라!"

"……응?"

고개를 돌려 랑이가 가리킨 곳을 봤지만 움직이는 인형 같은 건 보이지 않았다.

내 반응에 답답해졌는지, 랑이가 발을 동동 굴리면서 어깨와 팔을 높이 올린 뒤 말했다.

"저어~기, 저어어~기 말이니라."

그제야 나는 더 먼 곳을 향해 눈을 돌렸고, 랑이가 관심을 가진 게 무엇인지 알 수 있었다.

조금 멀리 떨어진 곳에 있는 공터에서 인형극을 하고 있었…….

아니, 잠깐! 요즘 세상에 인형극이라니! 유치원 이후로 처음 봤어!

호기심이 생긴 나는 발만 동동 구르며 관심을 있는 힘껏 표출하고 있는 랑이에게 말했다.

"보러 갈까?"

"응!"

물론 그 전에.

"나래야."

"아, 응."

나는 냉혹한 현실을 받아들이지 못하고 있는 나래의 손을 잡고 걸음을 옮겼다.

나중에 시간 나면 나라도 나래를 닮은 인형을 만들어서 선물해 줘야겠다는 생각을 하면서.

                *   *   *

가까이서 본 인형극은 내가 알고 있던 인형극과 조금 달랐다.

네모난 상자 같은 무대에 조명이 비추고 동화적인 배경에서 인형들이 움직이고 있는 건 맞지만…….

인형에 줄이 없다.

줄이 없는데도 너무나 자연스럽게 움직이고 있다.

아마도 저 무대 아래, 커튼으로 가려진 곳에서 인형들을 조종하고 있는 건 요괴인 것 같다.

그보다 추운 날씨에도 불구하고 사람과 요괴를 가리지 않고 여러 아이들이 인형극을 보고 있는 게 꽤나 마음에 들었다.

덕분에 나래와 랑이가 그 사이에 자연스럽게 녹아들 수 있었던 것도 그렇지만, 아직 어린아이들이 인간과 요괴를 가리지 않고 한곳에 옹기종기 모여 인형극에 집중하고 있는 모습이 보기 좋았거든.

"바로 그 순간!"

한 가지 마음에 걸리는 게 있다면, 인형이다.

인형사가 조종하고 있는 인형들이 꽤나 마음에 걸린다. 오른쪽에 있는 인형은 하얀색 호랑이 인형이었고, 그 반대편에서 악마 같은 뿔과 날개가 단 인형은 어딜 봐도 나를 닮아 있었거든.

"호랑이가 말했어요."

그러거나 말거나, 인형사가 호랑이 인형을 들썩들썩 움직이며 말했다.

"성훈아! 나쁜 짓을 하면 안 되느니라!"

다시 말하지만, 인형사가 한 말이다.

하지만 성대모사가 **어찌도 자연스러운지**, 마치 랑이가 직접 말하는 것처럼 들렸다.

"아무리 내가 너를 사랑한다 하여도 쓰레기 같은 성격에 툭하면 화만 내고 마음에 안 드는 일이 있을 때마다 이성을 잃어버리기만 하면 실망할 수밖에 없느니라!"

······다시 말하지만, 인형사가 한 대사다.

"지금까지 한 일은 모두 용서하겠느니라! 네 마음대로 요괴들을 괴롭히고, 욕하고, 때린 것도! 모두 용서하겠느니라! 나는 너를 사랑하니까!"

인형극의 대사라는 걸 알지만, 뭐랄까.

랑이의 목소리와 너무나 빼닮아서 조금 화가 날 정도다.

"……성훈이는 그런 적 없어."

그리고 이곳에는 나를 사랑하는 것에 두 번째라면, 서러워서 펑펑 울어 삼천리강산을 바다로 만들 수 있는 녀석이 있다.

"성훈이는 나쁜 짓 한 적 없어!"

얼마나 감정이 격해졌는지, 랑이는 말투를 바꾸는 것도 잊어버렸다.

그뿐일까.

랑이의 머리 위와 엉덩이 쪽에, 마치 전파가 제대로 닿지 않은 아날로그 TV의 화면처럼 지지직거리며 세희가 요술로 감춘 꼬리와 귀가 보였다 말았다 반복한다.

내가 뒤에 서 있어서 지금 어떤 표정을 짓고 있는지는 알 수 없지만, 꽉 쥔 작은 두 주먹을 보면 대충 상상할 수 있지.

음.

이러다간 랑이가 인형극 무대에 뛰어들어 난장판을 벌일지도 모르겠군.

하지만 걱정할 것 없다.

랑이의 옆에는 나래가 있으니까!

"그래. 잘 말했어, 랑이야."

저기요, 나래 님?

믿어도 되는 거죠?

"저런 엉망인 인형극을 그냥 놔둬서는 안 돼."

왜 갑자기 온몸에 힘을 꽉 주시는 겁니까? 지금은 랑이를 말려야 할 때잖아요? 현실과 픽션은 다른 거라고 주의를 주셔

야 할 나래 님께서 왜 랑이와 함께 한판 벌일 기세이십니까?

"응!"

그리고 나는 창작과 공연의 자유를 탄압하려 드는 선대 요괴의 왕과 현 곰의 일족 수장의 목덜미를 잡아 뒤로 질질 끌며 말했다.

"하지 마라."

"이거 놓거라아아아~!"

"이거 안 놔?!"

내가 둘을 놔줄 수 있었던 건, 어느 정도 거리를 벌린 다음이었다.

그렇다고 나래와 랑이가 냉정을 되찾았냐면, 그런 건 아니지만.

"그래도, 그래도! 성훈이를 나쁘게 말하고 있지 않느냐?!"

나는 자기 일처럼 억울함을 토로하는 랑이의 머리를 쓰다듬으며 말했다.

"하루 이틀이냐."

세희의 독설과 세간의 유언비어에 평생 들을 욕을 요 근래 다 들었던 나다. 저 정도로는 내 멘탈에 상처 하나 주지 못한다고.

나래와 랑이는 조금 다른 것 같지만.

"말리지 마, 성훈아. 가만히 넘어갈 일이 아니니까."

"아니, 말려야지."

내 말에 나래는 똑바로 나를 올려다보며 말했다.

"단순히 화가 나서 그런 게 아니야."

"그러면?"

나래가 활활 타오르는 불씨를 숨기지 않으면서도 얼음처럼 차가운 목소리로 말했다.

"네 이미지가 저런 식으로 왜곡돼서 어린애들한테 퍼지는 건 좋은 일이 아니야. 이건 곰의 일족 수장으로서 막아야 해."

아, 난 또 나래도 요술로 어린아이가 돼서 영향을 받은 줄 알았네.

그래도 할 말은 해야겠지만.

나는 무릎을 굽히고 앉아서 불만에 가득 차 볼을 부풀리고 있는 랑이와 지금 당장이라도 인형 극장을 강제 철거하겠다는 의지에 불타고 있는 나래에게 말했다.

"그렇다고 해도, 길거리 공연……? 이걸 공연이라고 해도 될지 모르겠지만, 어쨌든 간에. 어떤 이야기를 만들어서 공연하든 그건 그 사람의 자유야."

"하지만!"

"잠깐만, 랑이야. 성훈이한테는 내가 말할게. 괜찮지?"

"……응."

나래가 랑이의 손을 잡아 진정시킨 뒤, 내게 말했다.

"네 말도 일리가 있지만, 문제는 인형극을 보고 있는 게 대부분 어린아이들이라는 거야."

나는 나래가 하고 싶은 말이 뭔지 알 수 있었다.

"그건 나도 알아."

나만큼 주변 환경에 영향을 받고 자란 녀석도 드무니까 말이지.

하지만.

"그래도 우린 저 인형극이 어떤 내용인지 정확히 모르잖아?"

우리가 본 건 채 3분도 안 되니까.

"무슨 내용인지도 모르는데 한 장면만을 보고 아이들에게 안 좋은 영향을 주는 내용이라고 판단하는 건 너무 이른 거 아닐까?"

나름 논리적으로 반론을 하고 반응을 기다리고 있자니.

"……우와아."

랑이가 두 눈을 동그랗게 뜬 채 입을 헤 벌리며 나를 바라보았고.

"……."

나래는 할 말이 없어 분한 듯이 팔짱을 낀 채 아랫입술을 살짝 깨물었다.

왜 그런 반응인데?

언젠가 세희가 말했듯이, 내 목 위에 달린 건 단순한 생명 유지 상치노 아닌데!

지금 중요한 건 그게 아니니까 넘어가겠지만.

"그러니까 일단 인형극이 어떻게 이야기가 진행되고, 어떻게 끝나는 지 확인하고 나서 생각해 보자. 알겠지?"

나는 고개를 끄덕인 나래와 랑이의 손을 잡고 다시 인형극이 한창인 곳으로 돌아갔다.

어린아이들을 대상으로 한 인형극이었기 때문일까.

꽤 이야기가 진행된 다음에 보는 거였지만, 전체적인 줄거리를 이해하는 건 힘들지 않았다.

그 내용은 평범한 인간이었던 내가 요괴의 왕이 된 뒤 손에 쥔 권력을 마음대로 휘두르자, 그를 보다 못한 랑이가 사랑으로 교화한 뒤 정신을 차린 내가 인간과 요괴들을 위해 선정을 베풀고, 랑이는 그런 나를 내조하면서 행복하게 지내는 해피엔딩이었다.

이야기 자체는 단순했지만, 인형사의 실력이 워낙 좋아서 그런지 어느새 나도 그 이야기에 빠져들고 말았다.

……여기 있는 그 누구보다도 이야기에 공감할 수 있는 사람이 나이기도 했으니까.

뭐, 어쨌든.

"봐, 결국 좋은 이야기였잖아."

인형극은 무사히 막을 내릴 수 있었고, 나는 다시 나래와 랑이와 데이트를 계속할 수 있었다.

"……"

"……"

나래와 랑이는 어딘가 불만에 찬 표정이었지만.

그 기분은 내가 아주 잘 안다. 머리로는 이해하지만 가슴이 답답한 그런 기분.

제가 워낙 당한 게 많아야죠, 하하하!

그러다 보니까 이럴 때는 어떻게 해야 하는지를 누구보다 잘 알고 있다.

모처럼의 데이트니까 즐기지 않으면 아쉽잖아?

"그래도 말이야."

나는 나래와 랑이의 시선에 미소로 답하며 말했다.

"아이들이긴 하지만 사람하고 요괴가 잘 지내는 걸 보니까 기분 좋지 않아?"

물론, 관광지…… 의 특수성 때문일지도 모른다.

랑이 덕분에 사람들에게 호의적인 요괴들이 지리산 인근에 지냈기 때문일지도 모르고.

하지만 그런 것들을 염두에 두고 봐도 사람들과 요괴는 나름 조화롭게 살아가고 있는 것 같고, 마을 분위기도 나쁜 편은 아니다.

인형극을 보는 아이들은 사람과 요괴를 구분하지 않고 이야기에 빠져들었고.

그걸 지켜보는 어른들 역시, 아이들을 돌보기 위해 서로의 거리가 좁혀진 것을 어색해하기는 했지만 서로에게 적의 어린 시선은 보이지 않았으니까.

오히려 아이를 키우는 건 인간, 요괴 기리지 않고 힘들구나~ 같은 동질감 어린 시선을 주고받으며 피곤한 표정으로 고개를 끄덕인 분들도 계셨지.

"응!"

랑이도 그걸 알고 있는지 해맑게 웃으며 내 손을 붕붕 흔들며 말을 이었다.

"역시 성훈이는 잘못하지 않았느니라!"

랑이의 진심 어린 긍정에 추운 날씨에도 불구하고 마음이 따듯해졌을 때.

"잘 지낸다라⋯⋯."

나래는 씁쓸한 표정으로 말을 흐렸다.

왜 그러지? 내가 뭐 잘못 말했나?

나는 갑자기 침울해진 나래를 보고서는 어찌할 바 몰라 발을 동동 구르는 랑이의 머리를 쓰다듬어 주며, 잠시 그 이유를 생각해 보았다.

음, 간단한 거였네.

처음 마을을 둘러봤을 때 나래가 말했잖아. 곰의 일족 누님들이 이 마을의 치안을 담당하면서 일종의 마스코트 같은 느낌이 되었다고.

다시 말하면, 이 마을에 있는 곰의 일족 누님들의 수가 많다는 거다.

그건 자연히 마을의 치안 수준을 높이는 결과가 되었고, 그 사실을 알고 있는 나래는 내 말에 전적으로 동의할 수 없었다는 거지.

이건 곰의 일족이라는 강대한 무력으로 일궈 낸 평화이니까. 그 힘이 사라지면 언제든지 손쉽게 무너져 내릴 평화.

하지만.

"그래도 지금 당장 문제가 일어나는 것보단 낫잖아?"

세상일이라는 게 다 그런 거 아니겠습니까, 허허허허.

……나는 애늙은이 같은 생각을 하며 나래의 머리를 쓰다 듬었다.

몸이 작아지니까 쓰다듬기 딱 좋은 위치에 머리가 있다니까?

하지만 나래는 내가 어린애 취급하는 게 마음에 안 드는지 볼을 부풀리면서 대꾸했다.

"……나도 알거든?"

나도 알고 있다.

나래가 갑자기 침울해진 건, 지금 이 평화가 곰의 일족의 무력을 통해 얻어 냈다는 사실을 다시금 자각했기 때문이 아닌.

내가 그 사실을 깨달았을 때 무슨 생각을 할지 걱정했기 때문이라는 걸.

"나는 괜찮으니까 걱정할 거 없어."

저도 그렇게 어린애는 아닙니다.

……정확히 말하면 어린애가 아니게 되었지.

세상 풍파에 시달린 끝에 반강제로 어른이 돼 버린 나를 돌아보며 살짝 마음속으로 눈물 흘리고 있자니.

"그럼 지금 표정부터 어떻게 해 봐."

나래가 허벅지 바깥쪽을 툭 치며 밀었다.

그래서 나는 유명한 영화의 주인공처럼 손가락으로 양쪽 입가를 쓰윽 올렸다.

"……"

"……"

나래와 랑이의 반응을 보고 바로 그만뒀지만.

그래도 기분이 많이 풀어진 것 같아서 다행이네.

그 모습을 잠시 곁눈질로 훔쳐본 랑이는 이내 고개를 휙휙 가로젓더니 환히 웃으며 길가에 세워진 노점상을 가리키며 말했다.

"성훈아, 성훈! 저거! 저거 맛있어 보이느니라!"

그래, 그래.

지금껏 어떻게 버텼는지 모르겠구나.

랑이가 손가락으로 가리킨 곳을 보니, [도깨비 방망이 핫도그]라고 적힌 간판이 붙은 푸드 트럭이 있었다.

아, 감자 핫도그군.

동네의 특성상 일부러 도깨비 방망이라고 적어 놓은 것 같다. 원래 그런 이름으로도 불리고 말이야.

"저거! 저거 먹고 싶으니라!"

랑이는 내가 허락만 하면 지금 당장이라도 섬광처럼 달려가서 핫도그 하나 달라고 외칠 것 같아 보였다.

랑이는 워낙 잘 먹는 아이니까 핫도그 정도야 간식으로 괜찮겠지.

저는 그렇게 생각합니다만, 나래 님께서는 어떻게 생각하십니까? 설마, 길거리에서 파는 음식은 건강에 안 좋으니까 집에 가서 직접 해 주신다고 하실 건 아니죠?

그렇게 눈빛으로 내 생각을 보내자 나래 또한 눈빛으로 대답했다.

저런 건 길거리에서 먹어야 제 맛인 거 몰라?

그렇습니다.

세계적인 기업의 따님답지 않게 나래 님께서는 친구들과 어울리며 군것질도 종종 하시곤 했죠. 그러면서 슬쩍 제게 은혜를 베푸시기도 했고요.

나래 님께서 한 입 먹고 주신 핫도그의 맛, 평생 잊지 않겠습니다!

"저녁 먹어야 하니까 하나만이야?"

"응!"

아, 그리운 옛날 생각에 잠겨 있을 때가 아니구나. 나래가 어느새 랑이의 손을 잡고 핫도그 집으로 걸어가며 말하고 있었으니까.

나도 따라가자.

"어서 오렴, 꼬마 아가씨! 뭐가 먹고 싶니?"

위생모와 투명 마스크를 낀 인상 좋은 아저씨가 미소와 함께 나래와 랑이를 맞이해 줬다.

"잠깐만요, 아저씨."

나래는 그렇게 대답하고서는 랑이에게 말했다.

"뭐 먹고 싶어?"

"어, 어?"

랑이가 눈을 동그랗게 뜨고서는 나래와 아저씨를 번갈아 바라봤다.

그 모습을 보고 있자니 저절로 입가에 흐뭇한 미소가 떠오른다.

그런 나와 달리 나래는 푸드 트럭에 달려 있는 메뉴판을 손가락으로 가리키며 랑이를 도와줬지만.

"메뉴판에서 고르면 돼, 랑이야."

그제야 랑이는 있는 힘껏 고개를 뒤로 젖혀 메뉴판을 올려다보고선.

"어, 그러니까, 으, 으냐아~"

어찌할 바를 몰라 울상이 되었다.

"다, 다 맛있어 보이느니라!"

해석. 다 먹고 싶다.

"그래도 하나만 먹기로 했지?"

나래는 딱 잘라 말했지만.

"으냐아아~"

풀이 죽은 랑이의 엉덩이에 지금은 없는 꼬리가 아래로 축 내려간 게 보이는 것 같단 말이지.

"하하하! 뭐든 맛있으니까 걱정 말고 고르렴!"

아저씨는 그 모습을 보고서는 웃었다.

"그, 그러면!"

아저씨의 말에 용기를 냈는지 랑이가 손가락을 번쩍 들고서는 메뉴판을 가리키며 말했다.

"도깨비 방망이 핫도그로 하겠느니라!"

정석 중의 정석이군.

아저씨도 마음에 들었는지 고개를 끄덕이고서는 고개를 돌려 나래를 바라보며 말했다.

"꼬마 아가씨는 어떻게 하겠니?"

"저는 트리플 치즈 핫도그로 주세요."

내가 먹었다가는 운동량이 늘어날 것 같은 이름이군.

머릿속으로 현재의 즐거움과 미래의 고통 중 뭐가 좋을지 저울질하고 있을 때, 나래와 랑이가 약속이라도 한 듯이 동시에 뒤를 돌아보며 말했다.

"성훈이도 고르거라!"

"그래. 칼로리 걱정하지 말고."

나래의 무시무시한 속뜻을 담긴 말을 들으면서도, 나는 보았다. 나를 향한 핫도그 아저씨의 표정이 살짝 굳는 것을.

경계심.

그건 확실한 경계심이었다.

나만을 향한.

하지만 세희의 무표정으로 단련된 내가 아니었다면 놓쳤을 정도의 순간적인 변화였고, 아저씨는 다시금 사람 좋은 미소를 지은 채 말을 걸었다.

"동생 분들과 놀러 나오셨나 봅니다?"

강아지 귀가 달린 나와 곰의 귀가 달린 나래. 그리고 평범한 인간 아이……

조금도 평범하지 않지만 다른 사람들 눈에는 평범하게 보이는 랑이라는 기묘한 조합을, 아저씨는 그렇게 판단하기로 한 것 같다.

내가 생각하기에도 가장 그럴듯한 관계로 보여서 나는 살짝 고개를 숙이며 말했다.

"아, 예."

그리고 이곳에는 저만 있는 게 아닙니다.

"아니니라!"

세상에서 나를 가장 사랑하는 랑이 님께서도 같이 계시죠.

"나는 성훈이의 동생이 아니니라!"

그것도 그 사랑을 때와 장소, 그리고 사람을 가리지 않고 자랑하고 싶어 하는 랑이 님도 말이죠!

"……그러면 저 요괴 오빠하고 무슨 관계니?"

살짝 눈빛이 달라진 아저씨의 말에 랑이가 가슴을 펴며 자랑스럽게 외쳤다.

"성훈이는 내 오빠가 아닌 낭군님이니라!"

어디선가 삐뽀삐뽀 소리가 들려오는 것 같습니다.

랑이가 틀린 말을 한 건 아닌데 말이죠.

그래도, 뭐랄까.

세간의 인식이라는 게 있거든요?

성인 요괴로 보이는 나와 철없는 어린아이로 보이는 랑이. 그리고 어린아이이긴 하지만 곰의 귀를 달고 있는 나래.

평소보다 오해받기 더 좋은 상황이라는 거지.

예를 들면, 같은 아이라는 이유로 나래를 이용해 랑이의 경계심을 무너뜨린 뒤 잘 구워삶아 먹…….

"……."

지금 이런 생각할 때가 아니다!

아저씨가 날카로워진 눈매를 숨길 생각도 하지 않잖아! 거기다 왠지 모르게 아저씨의 손이 은행 강도가 침입했을 때처럼 아래로 내려갔다고!

버튼? 거기에 버튼이라도 있습니까?

곰의 일족을 부르는 버튼이라도 거기 있는 거예요?!

"아, 아니, 그게 아니라요!"

나는 소동이 일어나는 걸 막기 위해 잽싸게 변명을 했지만, 아저씨의 표정은 풀리지 않았다.

"서, 성훈아?"

아니, 상황은 더욱 악화되었다.

가장 믿었던 사람에게 배신당한 현실을 믿지 못한 비련의 여주인공 같은 표정으로 랑이가 나를 올려다보며 말했으니까.

"그, 그게 아니라니. 무, 무, 무슨 뜻이느냐? 서, 설마 부끄러운 것이느냐? 내가 네 지어미라는 것이 부끄러워서 남들에게는 숨기고 싶은 것이느냐?"

이러다 울겠다!

어, 어쩌지? 어떻게 해야 합니까?

그래, 나래라면!

나래라면 지금 이 상황을 어떻게든 해 주겠지!

……간절한 바람을 싣고 고개를 돌려 보니, 나래 님께서는 나를 한심하다는 듯이 올려다보고 계셨습니다.

왜인지는 모르겠지만, 마치 내가 잘못했다는 것 같네.

"하아……."

그래서 나도 각오를 다졌다.

랑이가 우는 것보다는 작은 소동이 일어나는 게 훨씬 나으니까.

"그럴 리가 있냐."

나는 랑이의 허리를 잡고서 들어 올려 소중히 품에 안고서는 말했다.

"그냥 농담이었어, 농담."

"농담? 진짜 농담이었느냐?"

"그래."

"……정말!"

그제야 얼굴이 밝아진 랑이가 앙증맞은 두 손으로 내 어깨를 아프지 않게 두드리며 말을 이었다.

"깜짝 놀라지 않았느냐! 성훈이는 너무 장난을 많이 치느니라!"

"그래, 그래. 미안하다."

평소에 장난을 많이 쳐서 다행이라고 생각하는 건 이번이 처음이 아닐까 싶네.

안심한 랑이가 볼을 비벼 오는 걸 받아 주고 있자니, 옆에서 나지막한 한숨을 쉰 나래가 아직도 날카로운 시선을 거두지 못한 아저씨에게 말했다.

"신경 써 주셔서 고마워요, 아저씨. 랑이가 워낙 오빠를 좋아해서요."

"……정말이니?"

"예. 뭘 걱정하시는지 알겠지만, 이 동네에서 그런 짓을 벌일 간 큰 요괴는 없는 걸요."

"……그렇구나."

그제야 시선이 누그러진 아저씨는 내게 고개를 숙이고서 사과했다.

"죄송합니다. 제가 오해를 했군요."

"아니요, 괜찮습니다."

고개를 저으며 대답한 내 허리를 나래가 툭 치며 말했다.

"오빠도 별거 아닌 일에 너무 당황하지 말고."

아. 그렇구나.

왜 나래가 나를 한심하게 바라봤는지 알 것 같다.

처음부터 당당하게 대답했다면 어린 아이가 '나 커서 아빠하고 결혼할래!' 같은 상황으로 만들 수 있었는데 내가 일을 복잡하게 만든 거였어.

그 복잡, 미묘한 분위기는 아저씨가 핫도그를 건네줄 때까지 계속되었다.

아니, 정확히 말하면 내가 마지막으로 핫도그를 건네받을 때까지만이었다.

"그쪽이 저보다 훨씬 더 잘 알고 계시겠지만."

아저씨가 나에게만 들릴 정도로 작은 목소리로 말했으니까.

"어린 요괴들은 감정이 격해지면 자기 힘을 조절하지 못하는 경우가 종종 있다고 들었습니다. 그러니 만에 하나라도 사고가 일어나지 않도록 어른인 그쪽이 신경 써 주시기 바랍니다."

……좋은 사람이네, 이 아저씨.

이런 충고까지 해 주는 걸 보면.

"신경 써 주셔서 감사합니다."

그렇기에 나는 아저씨에게 허리를 깊이 숙였다.

사람의 선의라는 것은 귀한 거니까.

그것이 모르는 사람을 향한 거라면 더욱 더.

"엉웅아? 와 으어으양?"

……'성훈아, 왜 그러느냐?'라고 말하고 싶은 건 알겠는데 입에 뭘 넣고서 말하지 마라.

내가 아니면 못 알아들을 것 같으니까.

그보다 순수한 선의 그 자체인 랑이에게 이런 이야기를 했다가는 왜 그렇게 생각했는지 설명해 주느라 핫도그 먹을 틈도 없을 것 같으니 질문은 슬쩍 넘기자.

"아니, 아무것도 아니야. 어디서부터 먹어야 할지 고민하고 있었어."

정석대로 위부터 먹을지, 아래부터 먹을지, 케첩부터 핥아 먹을지, 겉의 튀김부터 먹고 소시지는 나중에 먹을지, 등등.

핫도그를 먹는 방법은 취향 따라 다르니까 말이다.

참고로 아래부터 먹는 나와 달리, 나래와 랑이는 위부터 먹는 걸 좋아하는 것 같다.

……핫도그로부터 쭉 늘어진 치즈를 먹는 나래가 어린 모습이어서 정말 다행이야.

그런 얼빠진 생각을 하고 있자니, 꿀꺽, 입안에 든 핫도그를 삼킨 랑이가 말했다.

"그러하느냐? 난 또 나하고 같은 생각을 하고 있는 줄 알았느니라."

"같은 생각?"

핫도그를 한 입 베어 물고서 오랜만에 느껴 보는 길거리 음식의 단맛에 흠뻑 빠져 있는 내게, 랑이가 말했다.

"다른 사람들이 우리 사이를 오해하는 것 말이니라."

……그게 마음에 걸렸구나.

"왜 너와 같이 있으면 매번 그런 소리를 듣는지 모르겠느니라."

한 뼘 가까이 입술이 튀어나온 랑이가 말을 이었다.

"한눈에 봐도 알 수 있지 않느냐. 우리 둘이 서로를 사랑하는 사이라는 것을 말이니라."

아니, 그건 아니지.

나와 너를 처음 보고서 둘이 사랑하는 사이라고 생각하는 사람이 있다면 한번 진지하게 자신의 사고방식과 성적 가치관에 대해 고심해 봐야 한다고.

하지만 그것과는 달리, 랑이의 불만을 이해 못 할 것도 아니다.

"뭘 그런 걸 가지고 그래?"

어느새 핫도그를 몽땅 해치운 나래가, 랑이의 입가에 묻은 케첩을 손수건으로 닦아 주며 말했다.

"나는 예전에 성훈이하고 같이 다니면 남자 친구가 아니라 빵…… 아니, 부하로 생각하는 애들도 많았는데."

눈이 동그랗게 변할 정도로 깜짝 놀란 랑이가 나를 올려다보며 말했다.

"저, 정말이느냐?"

"응."

내가 하는 일도 나래의 셔…… 아니, 부하와 크게 다를 것
도 없었고.

매점에서 간식거리 좀 대신 사 와 달라고 하면서, 남는 돈
으로 내가 먹고 싶은 빵이나 과자를 사 오라고 했으니까.

캔 커피 하나를 사 오라면서 만 원짜리 한 장을 주면서 말
입니다.

내가 성장기 때 충분한 영양소를 섭취할 수 있었던 건 나래
의 온정 덕분이었다.

"알 것 같으니라."

하지만 랑이는 조금 다르게 받아들인 듯, 팔짱을 끼고서
응, 응, 하고 고개를 끄덕인 뒤.

반쯤 먹은 핫도그를 용사의 검처럼 하늘 높이 들며 너무나
밝은 목소리로 말했다.

"나래는 종종 성훈이를 엉덩이로 깔아뭉개니까 말이니라!"

……뭔가 가만히 듣고 넘길 수 없는 이야기가 랑이의 입에
서 나온 것 같지만, 나는 식기 전에 남은 핫도그를 마저 먹기
로 했다.

"랑이야?"

나래의 눈썹이 살짝 위로 올라가는 걸 봤거든.

"히끽?"

스산하게 깔린 나래의 목소리에 겁먹은 랑이에게서 혹시나 모를 참극을 방지하기 위해 핫도그를 빼앗듯이 받아 들었을 때.

"지금 한 말, 누구한테 들은 거야?"

나래가 진범을 추궁하기 시작했다.

다들 알겠지만, 저런 말을 랑이가 알고서 했을 리가 없으니까 말이지. 분명 다른 누군가가 나래의 성격에 대해 이야기했을 때 그 말을 기억해 두고서, 그대로 입 밖에 낸 게 틀림없다.

지금까지 이런 일이 몇 번 있었기에, 상황을 순식간에 파악한 랑이가 오들오들 떨면서 나래에게 말했다.

"아, 아, 안 좋은 말이었느냐?"

나래가 잠깐 고민한 뒤, 고개를 저었다.

"좋은 말은 아니지만, 그렇다고 해서 안 될 말은 아니야. 하지만 랑이가 쓰기에는 아직 이르고, 그걸 다른 사람한테 말하는 건 안 좋은 일이 맞고."

랑이는 바로 허리를 90도로 숙였다.

"몰랐느니라, 나래야. 미안하느니라."

"응, 응. 괜찮아, 랑이야."

그제야 몸을 바로 한 랑이의 머리를 나래가 싱냥해 보이는 미소를 지으며 쓰다듬었다.

다시 말하지만, 상냥해 보이는 미소다.

"헤, 헤헷, 다행이니라."

살포시 눈을 감고서 나래의 손길을 만끽하고 있는 랑이는 모르는 것 같지만.

"그래서, 누구니?"

부드러운 나래의 손길에 안심한 랑이가 말했다.

"페이이니라."

음.

명복을 빈다, 페이야.

* * *

나래와 랑이와 함께한 시찰 겸 데이트는 그렇게 페이의 앞날이 살짝 어두워진 것 말고는 큰 문제없이 끝났다.

랑이에게 이끌려 이곳저곳을 돌아다니면서 느낀 점이라면, 인간과 요괴는 내 생각보다 더 잘 어울리며 살고 있었다는 거다.

물론 인간이 요괴를 경계하는 시선은 핫도그 팔던 아저씨를 제외하고도 몇 번 느끼긴 했다.

하지만 그것뿐.

랑이가 진심으로 나를 따르고, 나래와 웃으며 돌아다니는 것을 확인한 후에는 사라지곤 했으니까.

자.

그렇다면 지금부터 전요협에게 한 방 먹일 준비를 해야겠다.

저녁을 먹으려면 한 시간 정도 남았고.

데이트하는 동안 무슨 일이 있었는지는 모르겠지만, 집에 남아 있던 아이들도 배터리가 방전된 인형처럼 축 늘어져 있었으니까 지금이 딱 좋지.

그렇게 생각하고 따듯한 방바닥에서 억지로 일어나려 하자니.

"지금은 할 일이 있으니 그건 나중으로 미루시지요."

나를 가만히 놔두지 않으려는 녀석이 어느새 내 앞에 앉아 있었다.

"……아니, 왜."

"주인님께서는 아직 준비가 안 되셨습니다."

"그렇다고 만 년 동안 기다릴까."

세희가 눈썹을 꿈틀거리며 말했다.

"그건 또 어떻게 아십니다?"

"나라고 놀고 있는 건 아니니까."

세희의 알 수 없는 비유를 이해하기 위해, 인터넷을 돌아다니며 여러 가지 글을 봤으니까.

정말 유익한 시간이었다.

"그런 걸 세간에서는 '놀고 있네.'라고 합니다, 주인님."

그런 의미로 받아들일 수도 있겠지.

응, 응.

나는 태산과 같이 마음이 넓으니까 넘어가 주자.

"그래서?"

내게 불리한 화제와 함께 말이지.

"이번엔 또 뭔데? 오늘 해야 할 일은 다 한 거 아니었어?"

이제 와서 요괴의 왕 업무를 다시 시키려는 건 아니겠지?

그럴 가능성이 없는 건 아니라서 살짝 불안해하고 있자니.

"하아……."

세희가 과장되게 한숨을 쉬고서는 말을 이었다.

"그러니 주인님께서 친구가 없는 겁니다."

"있거든요?!"

목소리가 조금 커진 건 이해해 주시기 바랍니다.

조금 아픈 곳을 찔렸거든요.

물론 내가 친구가 적은 건······.

"잠깐, 친구?"

친구라는 단어와 오늘 예정했던 일. 세희의 할 일이 있다는 말과 태도. 마지막으로 카페에서 휴대폰을 만지작거렸던 모습을 하나로 잇자 머릿속에서 한 가지 번뜩이는 것이 있었다.

"너, 설마?"

그리고 우리 집만큼 설마가 사람 잡는다는 말이 잘 통하는 곳이 없지.

"주인님께서 뵙고 싶어 하셨던 친우분을 자택에 초대했습니다."

세희는 그렇게 말하고서는 자리에서 일어나 살짝 허리를 굽히고선 공손하게 방문을 가리키며 말했다.

"조금 전에 사랑방에 모셨으니 걸음을 옮기시지요."

뭐야? 벌써 우리 집에 와 있다고?!

"야, 잠깐, 너, 왜?"

당황해서 제대로 말도 못하고 있는 내게 세희가 한쪽 입 꼬리를 슬쩍 올리며 말했다.

"주인님께서 생각하시지 않으셨습니까? 집에 가서 안주인님을 끌어안고 뱃살을 만지작거리며 쉬지 않으면 다른 일을 할 수 없을 정도로 지쳤다고 말이죠."

"야! 아무리 내 생각을 막 읽는다 해도 거기까지 가는 건 좀 아니지 않냐?!"

"어찌되었건."

그렇게 세희는 내 영혼의 외침을 무시하고 자기 할 말만을 했다.

"깍두기를 대동한 안주인님과 즐거운 데이트를 보내고 오셨으니, 주인님께서 말씀하신 조건은 충족되었다 생각합니다."

"그런 문제가 아니잖아."

나는 갑자기 지끈거리기 시작하는 머리를 부여잡고서 세희에게 말했다.

"내가 직접 갈 생각이었다고……."

그 녀석한테는 제대로 얼굴을 마주 보고 사과할 일이 있었으니까.

그런데 우리 집에 데리고 오다니, 입장이 반대잖아.

"세상 풍파에 시달리고 있는 요괴의 왕과 집에서 빈둥거리며 성인용 게임이나 하고 있는 고등학생. 어느 쪽의 시간을 중시해야 힐지는 머릿속에 든 뇌를 설거지할 때 수세미 대용으로 사용하시는 주인님께서도 쉽게 알 수 있을 거라 생각합니다."

나는 즉답했다.

"그야 후자지."

게임을 하면서 무슨 일을 하고 있을지 모르니까.

"……."

"······."

"농담이다, 농담."

나를 노려보던 세희가 작은 한숨을 쉬고서는 말했다.

"무엇보다."

세희어 해석.

지금부터 말하는 게 진짜 이유입니다.

모든 신경을 귀에 집중하고 있는 내게 세희가 말했다.

"이제 슬슬 주인님을 짐짝 취급하며 서울로 모셔 가는 건 그만두고 싶다는 점 역시 이해해 주셨으면 합니다."

"······그렇게 싫냐?"

이해 못 할 건 아니다.

서울에는 사람들이 많은데다가, 세희는 랑이하고 떨어지는 걸 많이 싫어하니까.

"그런 게 아닙니다."

하지만 세희는 조용히 고개를 젓고는 평소와 같은 표정과 목소리로 말했다.

"남자다운 구석을 찾아보기 힘들다고는 하나, 어엿한 남성인 주인님을 짐짝처럼 들고 다니는 것은 한 명의 여성으로서······."

"풉!!"

어이쿠, 나도 모르게 뿜었네.

나는 급히 입가를 손등으로 닦으며 세희에게 사과했다.

"미안. 나도 모르게 그만."

"……."

안 그러면 죽을 것 같거든.

진심으로.

농담이 아니라.

만약 죽이진 않아도 눈 덮인 산에 알몸으로 30분 정도는 버티는 고문 정도는 할 것 같은 분위기야.

"진짜 미안하다니까."

"……."

나는 세희의 차가운 시선을 힘겹게 받아넘기며 말했다.

"내가 설마 그걸 모르겠냐? 응? 그걸 네가 직접 말할 거라곤 상상도 못해서 당황했던 거야. 화 풀어."

두 손을 모아 비는 나를 차가운 눈빛으로 내려 보는 것도 잠시.

"이번에는 제가 당했군요."

세희는 장성한 자식을 보는 어머니와 같은 시선으로 나를 바라보며 말했다.

"주인님께서 어느새 제 실없는 말을 비웃을 정도로 성장하셨으니, 저도 그에 맞춰 깜짝 놀랄 만한 수위로 농을 건네도록 하겠습니다."

나는 기겁해서 말했다.

"넌 내가 심장 마비로 죽거나 실어증에 걸리는 꼴을 보고 싫냐."

"걱정하실 것 없습니다. 지리산의 의료 기술은 세계 제일이
니까 말이죠."

"그걸 나보다 더 잘 아는 녀석은 없으리라 보지만, 그 끔찍
한 일을 다시 겪는 건 다른 일이라고."

"끔찍하기만 한 일이었습니까?"

……아니, 뭐, 그렇게 말하면 할 말은 없지만.

"그것보다."

나는 불리한 화제에서 도망치기 위해 자리에서 일어나며 말
했다.

"세현은 어디 있어?"

"사랑방으로 모셨다고 말씀드린 지 3분 지났습니다."

"……미안."

나는 뜨끈한 방바닥을 잠깐 뒤로하고 밖으로 나왔다.

"크다아아아아!!"

……그래.

세희는 사랑방에 모셔 왔지, 사랑방에서 기다리고 있다고
는 하지 않았지.

"이 크기면 이누견사 실사화, 아니, 원령옹주도 되겠는데?!"

내 하나뿐인 친구 녀석은 마당에서 헛소리를 하고 있었다.

"그게 뭐예요?"

개의 모습으로 변해 있는 바둑이에게.

……내가 할 말은 아니지만 말이야.

버스만큼 큰 바둑이를 아무렇지 않게 대하는 모습을 보니, 저 녀석도 역시 평범한 인간은 아니라니까.

"이누견사도 몰라? 아, 하긴. 그 자식은 만화 별로 안 좋아하지? 여기 앉아 봐라, 내가 개 쩌는 이야기를 들려줄 테니까."

"전 이미 앉아 있는데요?"

"아, 그러네? 그러면 엎드려!"

세현의 말에 바둑이는 살짝 이를 드러내며 말했다.

"아무리 도련님하고 친구분이라고 해도 저한테 명령하면 안 돼요. 한 번만 더 그런 말을 하면 아프지 않게 냠! 해 버릴 거예요."

경고하는 듯한 바둑이의 말에.

"제발 부디 엎드려 주세요!"

세현은 자신이 먼저 땅바닥에 엎드려 빌었다.

"부탁합니다!"

"부탁이면 괜찮아요!"

그렇게 저는 개의 요괴와 반쯤 정신이 나간 인간이 우리 집 마당에서 사이좋게 엎드린 모습을 보게 되었다.

하, 개 같네.

"보고만 계실 겁니까?"

"아니."

근묵자흑이라고, 순진하고 순박한 바둑이를 위해서라도 슬슬 저 녀석을 격리해야겠다.

"야, 너 뭐 하냐?"

세희가 내려놓은 따끈한 신발을 신고 마루에서 내려오며 말을 걸자, 둘의 시선이 내 쪽으로 향했다.

"도련님!"

그리고 바둑이는 바로 인간 모습으로 변하고서는 외출했다가 돌아온 주인을 맞이하는 강아지처럼 꼬리를 쉴 새 없이 흔들며 내 앞에 달려와서 말했다.

"도련님 친구분하고 놀아 드렸어요! 칭찬해 주세요!"

"그래, 그래. 잘했어."

그제야 바둑이는 내 허리를 꼬옥 끌어안으며 내 품에 안겼다.

"헤헤헤헷."

나는 습관적으로 바둑이의 머리를 쓰다듬어 주려다가, 이내 정신을 차렸다.

그러다가는 시간이 어떻게 흘러갈지 모를 테니까.

세현이 나를 향해 원망 섞인 시선을 보내고 있는 것도 있고.

……내가 뭘 했다고 저러냐.

"이, 인생에 도움이 안 되는 놈 같으니라고!"

욕까지 먹는 이유도 모르겠다.

"도련님께 그런 말 하면 안 돼요!"

"아이고, 여부가 있겠습니까! 요놈의 주둥아리가 문제입죠! 주둥아리가!"

바둑이에게 저자세인 것도 말이지.

나는 바둑이의 머리를, 아니, 등을 툭툭 두드려 주고서는 이 상황을 관망하고 있는 세희에게 시선을 돌렸다.

……제가 바둑이를 떼 놔야 하는데, 품에서 느껴지는 포근한 온기와 천진난만한 모습 때문에 그럴 수가 없거든요.

내 시선을 받은 세희가 바둑이에게 손을 내밀며 말했다.

"주인님께서는 친구분과 나누실 중요한 이야기가 있으시니 그만 떨어지시지요."

바둑이는 내 품에 안긴 채 고개만 옆으로 빼고서 말했지만.

"그래도 바둑이는 도련님하고 같이 놀고 싶어요! 오랜만이 니까요!"

아니, 오랜만은 아니지.

성의 누나하고 성린도 있었지만 같이 눈사람 만들면서 놀았 잖아?

물론 저도 기분 탓인지 먼 옛날의 일처럼 느껴져서 저녁 먹 을 때까지 바둑이와 놀고 싶기도 하지만…….

"그르르르."

바둑이보다 더 개 같은 놈이 우리 집 마당에 있으니 그럴 수는 없어 보인다.

그래서 나는 강철 같은 자제심을 발휘해 바둑이를 품에서 떨어뜨린 뒤, 볼을 쓰다듬어 주며 말했다.

"지금은 안 되고, 나중에 같이 놀아 줄게, 바둑아."

"알겠어요, 도련님! 약속이에요!"

"그래."

내가 고개를 끄덕이자 바둑이는 환하게 웃고는 이내 세희에 게 달려가 품에 폭 안겼다.

세희는 어쩔 수 없다는 듯 바둑이의 머리를 쓰다듬어 줬고.

……부럽군.

나도 언젠가는 바둑이의 머리를 쓰다듬으면서도 자제력을 유지할 수 있겠지.

"컹! 컹컹!"

그전에 일단 자제력을 모두 상실해서 들개가 된 인간 놈부터 어떻게 하자.

"애들 교육에 안 좋으니까 그만해."

그제야 세현은 두 발로 일어나 서서는 손에 묻은 흙먼지를 털어 내며 말했다.

"언제부터 그런 거 신경 썼다고 그러냐?"

지금 이 순간이라고 답하려는데, 그보다 먼저 세현이 고개를 젓고는 진지한 목소리로 말했다.

"아니, 신경 써야겠네. 우리 같은 병신은 되면 안 되니까."

"……."

"……."

아프잖아, 새끼야.

"됐으니까 들어가서 이야기하자. 춥다."

해도 거의 다 저물어 가고 있는데다가.

"우리 집 아이들도 소개시켜 줄 겸."

그래도 명색이 내 하나뿐인 친구니까 말이지.

"아니, 됐어."

하지만 세현은 고개를 가로저었다.

"여자애들은 불편하니까."

세현의 사정은 알고 잇지만, 그래도 나는 인상을 찌푸릴 수밖에 없었다.

"그러면 바둑이는 뭔데?"

세현이 드물게 난감한 표정을 지으며 말했다.

"······나도 모르겠다. 이상하게 쟤는 괜찮더라고."

······바둑이의 친화력이 대단하긴 하구나.

"다른 아이들도 바둑이만큼 좋은 애들이니까 한번 만나 보기라도 해라."

"너 같은 변태 로리콘 옆에 있어 주는 애들이니까 당연히 좋은 애들이겠지."

이 자식이?

"하지만 그거와는 별개다. 알고 있잖아?"

뭐라 한마디 해 주고 싶었지만, 저물어 가는 햇빛 아래에서도 확연히 보일 정도로 세현이 굳어 있었기에 나는 말을 아꼈다.

"맘대로 해."

"그러면 추우니까 좀 들어가서 이야기하자."

그거 아까 내가 했던 말이잖아.

*   *   *

나는 내 방이 아닌 사랑방으로 걸음을 옮겼다.

내 방은 언제 아이들이 들이닥칠지 모르니까 말이지.

아, 말해 두는데 에레나의 방으로 변한 사랑방이 아니다. 거기는 지금도 그대로 나둔 채 종종 청소 해 두고 있으니까.

언제 돌아와도 반갑게 맞이해 줄 수 있도록.

"방이 을씨년스럽구나, 허허허허. 손님을 맞이하는 방이 이래서야 되겠느냐, 허허허허."

그래서 이 자식에게 이런 소리나 듣고 있습니다.

"이 정도면 충분한데 무슨 헛소리야."

방석도 있고, 다과상도 있고, 장롱이나 옷걸이, 거울 같은 가구도 있구만.

하지만 세현은 갑자기 방석에서 일어나 과장되게 절을 하며 외쳤다.

"저어어언하아아아아~! 요게에에에에의 와아아아아앙으로서 소오오오온님을 맞이이이하는 겨어어어어억을 지키십시오오오오~!"

"⋯⋯거기 누구 없느냐! 이 건방진 놈의 목을 쳐라!"

세현이 고개만 들어 나를 보며 말했다.

"야."

"왜."

"그런 말 함부로 하지 마. 혹시 모르지만, 너한테 잘 보이고 싶어 하는 간신배가 쥐도 새도 모르게 내 목을 칠 수도 있으니까."

하하하, 그럴 리는 없겠지.

왠지 모르게 세현의 뒤에 서양의 사신 같은 후드를 뒤집어

쓰고 낫을 쥔 세희가 보이는 것 같지만 말이야.

세희는 간신배가 아니라 그저 인간을 무지하게 싫어하는 귀신일 뿐이니까.

……나는 저리 가라는 듯, 손을 휘저으며 말했다.

"그래. 혹시 모르니까 말이지."

세희의 환영이 아지랑이처럼 사라지는 것과 동시에 세현이 다시 제대로 앉고서는 말했다.

"그래서 뭔데?"

"바로 본론이야."

내 말에 세현이 상쾌한 미소를 짓고는 손을 내밀며 말했다.

"야! 정말 오랜만이다! 잘 지냈냐?"

나도 지지 않고 환한 미소를 짓고는 손을 맞잡으며 말했다.

"아! 그래! 야! 오랜만이다! 나야 잘 지냈지! 원래는 지금 바닥에 누워서 쉬려고 했던 것만 빼고 말이지! 그러는 너는?"

"하하하, 누구 덕분에 나도 잘 지내지! 오늘 하루 종일 집에서 에로 게임을 할 생각이었는데 강제로 지리산까지 오게 된 거나! 겨우 썸 좀 타고 있는 선배하고 헤어진 거 빼고는!"

"이야, 그거 안 됐네! 뭐, 그래도 어쩔 수 없잖아? 그러려니 하고 살아야지! 안 그래? 그게 싫었으면 내가 요괴의 왕이 되기 전에 회장하고 사귀든가!"

"그러게 말이다! 내가 나중에 TV 인터뷰에 요괴의 왕의 친구로 나와서 별의별 소리를 다 해도 어쩔 수 없는 거 아니겠어? 안 그래?"

"하하하하!"

"하하하하!"

그리고 주먹이 오갔다.

"이 새끼가 뒈질라고! 그게 네가 할 말이냐?! 적어도 선배 일은 사과해야지!"

"네가 전에 괜찮다고 했잖아, 새꺄! 남자가 한 입으로 두말하기냐?!"

"너 혼자 미소녀들 사이에서 잘 지내는 거 보니까 빡쳐서 안 괜찮아졌다!"

"억울하면 너도 회장 따라 미국 가든가!"

"뭐?! 나보고 뒈지라고?!"

"뭔 개소리야?!"

잠시 후.

얼간이들의 주먹다짐은 얼굴과 사타구니만은 때리지 않는 선에서 결국 끝을 맞이했습니다.

아야야야, 아파 죽겠네.

나는 온몸에서 느껴지는 고통을 억지로 참으며 세현에게 말했다.

"야."

"왜."

"미안하다."

"괜찮아."

"조금 전까지 사람을 쥐어박았던 네가 할 말은 아닌 것 같은데."

"삐뚤어진 성적 가치관이라도 말은 바로 해야지. 나만 팼냐? 너도 팼지."

"네가 먼저 때렸잖아."

세현이 갑자기 안색을 굳히며 말했다.

"형제여, 이럴 때는 선빵을 쳤다고 해야 한다네. 어찌 그리 나이에 맞지 않은 어투로 말하는가."

나는 인상을 찌푸리며 말했다.

"우리 집에 애들이 좀 많아서 말이다."

살짝 놀란 기색의 세현이 말했다.

"……진짜 신경 쓰고 있나 보다?"

"그럼 가짜로 신경 쓰겠냐."

"중곡동의 불타는 아가리도 이젠 다 옛말이구만?"

"그런 별명으로 불린 적 없다."

진짜로.

"그건 그렇고 말이야."

으다다다~!

쭈욱 기지개를 켠 세현이 말을 이었다.

"나도 너한테 할 말 있었는데 마침 잘 불러 줬다."

"……응?"

이놈도 나한테 할 말이 있었다고?

회장과 관련된 일은 조금 전에 사과했으니까 아니겠고.

뭐지?

"사실 회장한테 부탁받은 게 있어서…… 뭐 하냐?"

나는 이마를 부여잡고 있는 손을 휘저으며 말했다.

"자기반성의 시간."

"자기 발전의 시간 같은 건 시시하니까 내 이야기를 들어."

역시 아이들이 오지 않을 사랑방에서 이야기하도록 결정한 건 내 최고의 선택이었다.

"아, 이왕 말이 나와서 말인데. 너, 여기 와서는 제대로 1일 1따……."

"회장이 뭘 부탁했는데?"

더 이상 듣다가는 내 귀가 썩을 것 같아서 회장과 관련된 일로 화제를 돌리니, 천둥벌거숭이 같은 세현도 이내 거만한 자세를 하며 말했다.

"너, 나하고 사업 하나 하자."

영화에서 나왔었나, 저 말.

"아니면, 너, 내 동료가 되라."

세현과 세희의 이름이 비슷한 건 우연일까.

곰의 일족 같이 'ㅅㅎ'의 일족 같은 것도 있는 거 아니야?

……아니, 그러면 나도 그 안에 들어가게 되잖아?

나는 그런 얼빠진 생각을 하며 세현에게 말했다.

"중요한 일인 것 같은데 지금 농담이 나오냐?"

"난 선배가 미국 갈 때도 농담했는데."

"자랑이다."

"자랑이지."

나는 장난은 여기까지 하라는 뜻으로 손을 휘젓고는 세현에게 말했다.

"그러니까 회장이 나하고……."

아니, 아니지.

"좀 더 정확히 말하면, 요괴의 왕하고 무슨 일을 같이하고 싶다고 이해하면 되는 거냐?"

"그래."

……뭔가 신기하군.

나도 세현에게 만나 부탁하려고 했던 일 역시 회장과 연관이 있었으니까.

나는 먼저 내 용건은 나중에 말하기로 하고 세현에게 말했다.

"무슨 일인데?"

"크흠!"

거창하게 헛기침을 한 세현이 말했다.

"이 편지는 미국에서 시작되었으며……."

"아니, 됐고, 짧고 간단하게 부탁한다."

"풍류도, 운치도, 낭만도, 오컬트도 모르는 새끼."

세현은 요괴 아이들과 지내고 있는 내게 헛소리를 지껄이고서는 본론으로 넘어갔다.

"너, 인간하고 요괴가 같이 다닐 수 있는 학교 만들 거지?"

……헐?

가족들이 아니라면 누구에게도 말한 적 없는 이야기가 세현의 입에서 흘러나오자 나는 당황하고 말았다.

아니, 비밀로 삼을 만한 건 아니지만, 그래도!

내일 기자 회견을 통해 발표할 예정이지만 그래도 말이죠!

이 녀석이 그걸 왜 알고 있는 거야?!

"……진짜네."

문제는 정작 그 이야기를 한 세현도 살짝 놀란 기색이었다는 거지.

"어떻게 안 거야?"

세현이 손을 내저으며 말했다.

"선배가 전요협인지 뭔지가 발표한 걸 보고, 네 성격이라면 대충 그런 식으로 나올 거라고 알려 주더라."

나는 잠시 할 말을 잃었지만, 머리를 흔들어 정신을 차리고서는 입을 열었다.

"나, 회장하고 만난 적 거의 없는데?"

"아, 그게 말이야."

흠흠, 하고 목을 다듬은 세현이 말했다.

"아이고, 그 여편네 틈만 나면 자기 남편이 이러니 저러니, 한두 번 이야기하는 게 아니에요~! 깨가 쏟아지는 건 알겠는데 좀 적당히 했으면 얼마나 좋아! 듣는 입장에선 지겨워서 죽겠어!"

어설프기 그지없는 성대모사였지만, 내 속을 긁는 데는 더할 나위 없는 효과가 있었습니다.

"그렇게 된 거다."

"……나래가 회장한테 내 이야기를 자주 했다는 거지?"

"하루도 쉬지 않고 염장을 질렀다는데?"

나는 세현의 이야기를 한 귀로 듣고 한 귀로 흘리며 말했다.

"그래도 그렇지. 그 정도로 내가 무슨 일을 벌일지 예상한다는 건 이해가 안 되는데?"

세현이 일부러 과장되게 표정을 굳히고서 말했다.

"그게 진짜 천재라는 족속들이야."

설득력이…… 있어!

세희를 떠올리며 진지하게 고개를 끄덕이고 있자니.

"그래서."

세현은 보기 드물게 약간 초조한 기색이 느껴지는 목소리로 내게 말했다.

"선배가 나한테 부탁하더라."

"뭘?"

"아까 말했잖아. 자기하고 사업 하나 하지 않겠냐고."

"그렇게 말하면 내가 어떻게……."

알아 버렸다.

말하는 도중에 알아 버렸다.

왜냐하면, 나 역시 회장에게 권유하고 싶었던 일이 있었으니까.

어째서 세현이 초조한 기색을 드러냈는지 이해했으니까.

하지만.

"내가 어떻게 아냐?"

나는 천재가 아니다.

조금 전에도 넘겨짚었다가 틀렸잖아?

그러니까 확실하게 하는 게 좋겠지.

"자세하게 말해 봐."

고개를 끄덕인 세현이 말했다.

"귀찮아."

"……너 혹시 언행일치라고 아냐?"

"나하곤 삼만 오천 광년 정도 관계없는 사자성어라는 건 안다."

아, 그러십니까.

일부러 팔짱을 끼고 인상을 찌푸리고 있자니, 이 자식은 콧
방귀 한 번 뀌고는 주머니 속에서 휴대폰을 꺼냈다.

흠?

이 녀석이 아무리 예의범절을 삼도천에 버려두고 온 녀석이
라곤 하지만, 둘이서만 이야기를 나누는 도중에 휴대폰을 꺼
내서 자기만의 세상으로 떠난 적은 없었다.

그래서 나는 아무 말 않고 기다렸고, 세현은 화면을 몇 번
만지고서는 휴대폰을 내게 건넸다.

"자."

지금껏 이 녀석을 통해 여러 가지 신물문을 접해 왔던 나는
습관적으로 주위를 둘러봤다가, 이내 아무 의미도 없다는 사
실을 깨닫고는 세현에게 손바닥을 보이며 말했다.

"아니, 괜찮은데. 우리 집에서 그런 거 함부로 보면 걸린다고."

세현이 흰 눈으로 나를 보며 말했다.

"뭐라는 거야, 이 미친놈이. 뇌가 성욕에 절어버리셨나."

······아무래도 내가 생각한 그런 게 아니었나 보다.

나는 머쓱함을 숨기기 위해 머리를 긁적이며 다른 손으로 휴대폰을 받아서 화면을 보았다.

그 안에는.

"······야."

재생 버튼을 눌러 주기를 기다리고 있는 영상이 있었습니다.

그것도 을씨년스러운 곳에 침대 하나만 놓여 있는 게, 지금부터 거사를 치르기 위한 남녀 한 쌍이 등장하면 딱일 것 같은 분위기다.

"나 왜 욕먹은 거냐?"

드물게도 세현이 난감한 표정을 지으며 말했다.

"······그런 거 아니니까 일단 틀어 봐."

그렇단 말이지.

나는 혹시나 모를 참극을 방지하기 위해 음량을 최소로 놓은 다음, 재생 버튼을 눌렀다.

그러자.

[안녕, 강성훈?]

언젠가 들은 기억이 있는 목소리와 함께 회장이 화면 저편에서 안쪽으로 걸어왔다.

······음.

나는 일단 화면을 멈추고서 세현을 보았다.

세현은 아무 반응도 보이지 않았기에 나는 직접 말할 수밖에 없었다.

"회장, 옷이 왜 이래?"

하늘은 회장에게 뛰어난 두뇌를 줬지만 그 대가로 성장기를 빼앗아 갔다. 아마, 우리 집 아이들과 체형 자체는 크게 차이 없을걸?

그런 회장이, 화면 속에서 엉덩이나 제대로 가릴 수 있을지 의심스러운 핫팬츠와 한 여름의 해수욕장에서나 어울릴 법한 수영복 상의를 입고, 그 위에 흰색 가운을 걸치고 있었다.

이게 도대체 어떻게 된 일인지 내게 설명해 줄 세현은 인상만 찌푸리고 투덜거리듯 말 한마디를 툭 내뱉었다.

"저게 미국에서 유행하고 있는 패션이라고 하더라."

미국이 아니라 성인용 만화겠지.

그렇게 말하고 싶었지만 세현의 표정이 그다지 좋지 않기에 나는 최대한 회장의 옷차림은 신경 쓰지 않기로 결심하고, 음량을 키운 뒤 다시 재생 버튼을 눌렀다.

화면 속의 회장이 침대를 뒤로 하고서 이쪽을 바라보며 입을 열었다.

[아니면 요괴의 왕이라고 해야 하나? 아무래도 네 성격에 그렇게 부르는 건 별로 좋아하지 않을 것 같아서, 성훈이라고 편하게 부를게.]

화면 속의 회장은 잠시 뜸을 들인 뒤, 정중하게 허리를 숙여 인사하고서는 말을 이었다.

[만약 요괴의 왕께서 제가 편하게 말씀을 올리는 게 싫으시다면, 세현에게 말씀해 줬으면 좋겠어요. 예법에 맞는 영상 역시 동봉했습니다.]

"필요 없지?"

회장의 말이 끝나기를 기다렸다는 듯이 세현이 끼어들었고, 나는 고개를 끄덕였다.

화면 속의 회장은 다시 시간을 들인 뒤, 말했다.

[다행이네. 네가 권위에 집착하는 사람이 아니라서. 하긴, 그런 애였다면 나래가 너를 그렇게 좋아할 리가 없고, 세현과 친구가 될 수 있을 리가 없으니 당연하다면 당연한 건가?]

"서두가 너무 길다고요, 선배."

[이런 말을 하면 세현은 서두가 너무 길다고 투덜거리겠지만.]

나는 화면을 정지시키고 세현을 보며 말했다.

"일부러 그런 거냐?"

"나도 이건 처음 본다."

"근데 말이 돼?"

"천재라고, 저 사람."

그 말에 설득력이 있는 건, 우리 집에도 내 생각을 자유자재로 읽는 녀석이 있기 때문이다.

요술을 쓰지 않아도 말이지.

"……무섭네, 천재."

"……무섭지, 천재."

나는 영상을 다시 틀었다.

[아마 천재 무서워~ 같은 말도 했을 것 같아. 후훗. 정말 귀엽다니까?]

나는 고개를 들어 세현을 보았다.

"아무 말도 하지 마라."

나는 아무 말도 하지 않았다.

[그럼 내 남친 자랑은 여기까지 할게.]

"고백했더니 걷어차고 미국 간 사람이 뭐라는 거야."

[나도 널 두고 가기는 싫었어.]

"……칫."

……진짜 무서운데요.

평범하게 대화가 이어지는 게 말이죠.

[그럼 다시 본론으로 넘어가서 말이야.]

회장이 중요한 이야기를 할 것처럼 뜸을 들이기에 나도 잡생각을 머릿속에서 지워 버리고 화면에 집중했다.

그렇게 5초 정도 지난 뒤.

회장이 말했다.

[나는 다른 동영상에서 세현에게, 만약 네가 내 예상대로 요괴까지 섭렵하는 학교를 새로 세울 생각이년 이 영상을 보여 주라고 말했어. 내가 아는 너는, 정확하게 말하면 세현과 나래를 통해 알게 된 성훈이라는 사람은 자신이 한 일에 책임을 지려고 하고, 손이 닿는 범위의 사람이라면 자신이 할 수 있는 한에서 도움을 주고 싶어 하는 사람이니까.]

그냥 단순히 오지랖이…….

[너는 단순히 오지랖이 넓다고 생각하겠지만.]

진짜 무섭다고요!

[그런 네가 자신 때문에, 사실은 나와 세현의 선택 때문이지만 너는 그렇게 생각할 거야. 그런 상냥한 성격을 가진 네가 자신 때문에 생이별을 하게 된 연인들을 위해 무언가를 하고 싶어 할 거라는 건 충분히 짐작할 수 있어.]

나는 그래 봤자 화면 속의 회장이 알 수 없다고 생각하면서도 고개를 끄덕였다.

[그래서 말인데. 어디까지나 내 예상이지만 너는 그 학교의 회장, 혹은 이사장, 또는 양쪽의 역할을 내게 맡길 예정일 거야.]

……이번에는 내 짐작이 맞았다.

내가 회장에게 권유하고 싶었던 게 바로 그거였으니까.

내가 서울 인요학교의 첫 번째 학생회장 겸 이사장이 돼 줬으면 하는 것.

그렇게 되면 회장이 다시 한국으로 돌아올 수 있을 테니까.

단순히 나 때문에 원거리 연애…… 확실하지는 않지만, 원거리 연애를 하게 된 세현과 회장을 위해서 그런 생각을 한건 아니다.

물론 그런 이유도 있다는 건 부정하지 않겠어.

하지만 나는 그보다 누구도 길들이지 못했던 야생 동물의 목에 족쇄를 채운 회장의 능력을 더 높이 샀다.

하루가 멀다 하고 사고를 치던 세현의 뒷수습을 능수능란하게 하면서, 결국 저 짐승 새끼를 사람 비슷한 것으로 만든 건 회장이 유일했으니까.

그런 회장이니만큼, 인요 학교의 회장을 맡았을 때 그 실력을 십분 발휘해서 서로 다른 인간과 요괴가 서로를 이해할 수 있는 환경을 조성하는 데 큰 도움이 되지 않을까 하는 기대감.

그게 내가 하나 회장을 인요학교의 회장이나 이사장으로 임명하려 한 이유다.

그를 위해 회장과 회장의 부모님을 설득하기 위한 방법도 얼추 생각해 뒀다.

[하지만 내가 부모님을 설득하기 위해서는 두 가지 조건이 필요해.]

회장이 주먹을 쥔 뒤 검지를 펴며 말했다.

[첫 번째는 내 신변의 안전.]

회장이 미국에 간 것 자체가 그 당시의 한국의 정세는 상당히 불안했기 때문이었으니까.

그쪽은 나래와 세희에게 부탁할 생각이다.

[두 번째는, 내가 부모님을 설득할 수 있는 명분.]

……이쪽은 '요괴의 왕의 부탁이다.' 정도로만 생각해 두고 있었다.

너무 대충이라고요?

어, 어쩔 수 없잖아! 그분들이 내 부모님도 아니고!

회장의 부모님에 대해 가장 잘 알고 있는 건 회장이니까! 회장이 내 제안을 받아들이면 그때 다시 세부 사항을 조정할 예정이었다고!

절대 아무 생각도 없었던 게 아닙니다!

……내 생각을 읽을 수 있는 애들도 없는데 나는 지금 누구에게 변명하고 있는가.

[그래서 네게 제안하고 싶은 게 있어.]

그러는 사이 화면 속의 회장이 다시금 말했다.

[사실, 나는 지금 부모님을 도와 미국 로렌스 리버모어 국립연구소에서 차세대 에너지원으로 각광받고 있는 요력에 대해 연구를 하고 있거든?]

뭔가 엄청난 이야기가 튀어나온 것 같은데.

[안타깝게도 연구는 난항 중이지만. 미국 자체가 동양의 요괴들보다는 자유롭게 사는 것을 즐기는 정령들의 수가 많아서 협력을 구하는 것부터가 힘들다고 할까?]

그렇게 말한 회장은 입가를 가리며 웃었다.

[요괴 때문에 한국을 떠났는데, 도와줄 요괴가 없어서 힘들다니 조금 재미있지 않아?]

"하나도 재미없습니다, 선배."

나도 옆에서 투덜거리는 세현과 같은 생각이다.

[하지만 지금부터는 재미있어질 거야.]

내 앞의 세현은 입을 다물었고, 화면 속의 회장은 이 상황이 즐겁다는 듯 미소를 지으며 말했다.

[우리 부모님을 설득할 명분과 세계에서 인정받은 천재라해도 난관에 마주칠 수밖에 없었던 연구가 관계있으니까.]

회장은 화면에 가까이 다가와서는 마치 비밀 이야기라도 하듯이 손을 세우고서 말했다.

[사실 우리 부모님도 뼛속까지 과학자시거든. 그러니까 네가, 아니, 요괴의 왕이 요괴와 요력을 연구하는 시설을 만들고 우리 부모님과 함께 나를 초청한다면.]

회장이 눈을 빛내며 말을 이었다.

[분명히 난 한국에 돌아갈 수 있어.]

하지만 회장과 나는 달리 인상을 찌푸릴 수밖에 없었다.

왜냐하면, 나는 요괴의 왕이니까.

랑이를 대신해서 요괴들을 보살피고 보호해야 할 책임이 있다.

그런데 그들을 연구 대상으로 삼는다는 건⋯⋯.

[물론!]

회장의 힘 있는 목소리에 생각이 끊겼다.

[나는, 아니, 우리들은 연구를 함에 비인도적인 행동은 하지 않을 거야.]

내 생각을 이미 짐작했던 화면 속의 회장이 말을 이었다.

[무엇보다 난 과거에 같은 인간을 대상으로 행했던 그런 끔찍한 실험 같은 건 인류의 수치라고 생각하고 있어. 그런데도 만약, 네가 우려했던 일이 벌어진다면 그에 대한 처벌은 전적으로 네게 맡길게. 그에 대한 조항도 문서로 작성할 거야.]

단언하는 회장의 모습을 보고 나서야 나는 마음이 놓였다.

회장을 믿지 못하는 건 아니지만, 그렇다 해서 최악의 상황을 상정하지 않는 건 어리석은 짓이니까.

[물론 그런 조항 같은 게 없어도 내가 그런 끔찍한 짓에 관

여하거나 묵인하는 일은 없을 거라고 약속할게. 믿어도 돼. 무엇보다, 그런 짓을 했다가는 세현이 나한테 실망해서 내 곁을 떠날 테니까. 그러느니 차라리 죽고 말겠어.]

……아, 조금 이해가 된다.

왜 예전부터 세현이 나와 나래만 보면 가만히 있지 못하고 날뛰었는지.

잠깐 동안 자기반성의 시간을 가지고 있는 도중에도 선배의 말은 끊임없이 이어졌다.

[아, 그것과는 별개로 물론 연구소를 짓는 게 쉬운 일이 아니라는 건 나도 알아. 시간도 오래 걸리고. 그러니까 일단은 한국 과학 기술 연구원 쪽에 신세를 지면서 새 연구소를 짓는 쪽으로 생각하고 있어. 그 부분에 대한 건 내가 맡도록 할게. 그쪽에는 아는 교수님들도 많이 계시고, 꽤 쓸 만한 특허권도 몇 개 있어. 내 사비로 연구소를 세워도 남편 손에 평생 물 묻히지 않고 살 수 있는 돈 정도는 남을 거야.]

뭐랄까, 이 일을 성사시키기 위해 필사적이기까지 해 보인다.

나는 그 원인이 되는 녀석에게 농담처럼 말을 걸었다.

"그렇다고 하는데?"

"닥쳐."

바보와 멍청이가 대화를 나누고 있는 사이.

[그러니까.]

화면 속의 회장은 뒤로 물러나서 정중하게, 정말로 정중하게 허리를 숙이며 말했다.

[부디 저와 세현이 서로 만나 다시 사랑할 수 있도록 제 간절한 부탁을 들어주세요.]

비록 휴대폰의 스피커를 통해서였지만, 회장의 진심은 내게 전해지고도 남을 정도였다.

덕분에 내 얼굴이 화끈거리네.

영상은 그렇게 끝이 났고, 나는 세현에게 휴대폰을 건네며 말했다.

"넌 어떻게 생각하냐?"

"뭐, 나한테도 선배한테도 나쁜 이야기는 아니네."

"연구소 짓는 데 돈 쓴다는데?"

"그게 선배 돈이지 내 돈이냐?"

"아깝지 않아?"

"전혀."

"그러면 다행이고."

"그 전에."

오랜만인 것 같다.

세현이 진심을 드러내는 건.

"뭔데."

그렇기에 나도 마음을 바로잡았을 때.

"만약 네가 선배의 부탁을 들어줄 생각이라면."

무거워진 분위기 속에서 세현이 말했다.

"선배가 먼저 약속을 어기지 않는 한, 안전은 확실하게 보장해 준다고 약속해. 무슨 일이 있더라도."

나는 요괴의 왕으로서 세현에게 답했다.

"약속한다."

"그래."

세현이 흐느적거리며 시선을 돌리고서야 방 안의 분위기가
가벼워졌다.

"……그러면."

얼마나 가벼워졌는지 세현이 자리에서 일어날 정도로.

"난 이만 가 본다."

"벌써? 온 지 얼마나 됐다고?"

저녁이라도 먹고 가라고 말하려고 하는 내게, 세현이 먼저
선수를 쳤다.

"지금 출발 안 하면 차 끊겨, 인마."

전혀 예상 못 한 이유로.

"……응?"

"뭐가 응, 인데?"

"아니. 잠깐만. 너 어떻게 온 거야?"

"어떻게 오긴, 버스 타고 왔지."

"……너 데리러 차 같은 거 안 갔냐?"

"여기 주소하고. 알아서 찾아오라는 휴대폰 문자 하나 딸랑
오더라."

그렇습니다.

종종 깜빡하곤 하는데 세희는 인간을 싫어합니다.

나는 머리를 부여잡으며 세현에게 말했다.

"나래한테 부탁해서 차편 마련해 줄 테니까 밥이라도 먹고
가라."

나래라면 정부나 곰의 일족을 통해, 최악의 경우 택시를 불
러서라도 세현을 늦지 않게 집에 데려다줄 수 있을 거다.

세희요?

뭘 준비할지 무서우니까 염두에 두지 않겠습니다.

"밥은 됐고 차나 준비해 줘."

하지만 세현은 내 호의를 단칼에 거절했다.

"집에 가서 조금이라도 빨리 선배한테 이야기해 주고 싶거든."

그렇다면 말릴 수도 없지…… 가 아니라.

"휴대폰은 뒀다 어디 쓰려고?"

"……"

"……"

"……칫."

잠깐 동안 이어진 적막은 그렇게 깨졌다.

"미소녀들하고 물고 빨고 만지면서 행복하게 사는 너하고
있으면 선배하고 같이 못 있는 내 신세가 더 엿같이 느껴져서
그런다. 왜, 됐냐?"

아니, 세현의 말도 안 되는 폭언으로 깨졌다.

물고 빨고 만진 건 사실이지만!

그래도 폭언이다!

"……집까지 편안하게 모셔다 드리도록 신경 쓰겠습니다. 선
생님."

하지만 지은 죄가 있어서 저자세로 나갈 수밖에 없었습니다.

"잘 부탁하네, 강 비서."

흑흑, 내가 서러워서 진짜.

* * *

고급 승용차를 타고 떠난 덕분에 세현은 먹지 못한 진수성찬으로 배를 가득 채운 후.

나는 생각을 정리해야 하니 혼자 있게 해 달라고 가족들에게 부탁하고 내 방에 틀어박혔다.

솔직한 마음이야, 아이들과 즐거운 시간을 보내고 싶긴 한데.

그러기에는 지금이 비상 상태여서 말이야.

요괴의 왕으로서 첫 정책인 학교를 세운다는 결정을 내리자마자 아이들이 들고 일어났고.

겨우 진정시키고 보니 전요협에서 언론에 성명을 발표하며 대대적인 시위를 벌였다.

그에 화가 난 아이들은 자기들끼리 전요협의 성명에 반박하는 영상을 찍었지.

나 역시 머리를 굴리고 있을 때 밤하늘이 찾아와 천부인을 넘기고, 한 번 더 찾아와서는 내게 인간과 요괴 사이의 불임 문제를 해결해 달라는 부탁을 해 왔다.

그러는 와중에 아버지가 겁도 없이 어머니의 뜻을 무시하고 정부의 요직에 앉게 되었고.

알리사르라는 지금 세태에 불만을 품은 요괴들이 실은 궁지에 몰려 있다는 이야기를 하며, 그들의 죄는 모두 자기가 지겠다는 이야기까지 했다.

그리고 조금 전에는 회장이 나와 같은 생각을 하고 있다는 것을 세현에게 듣기까지 했지.

……이런데 마음 편히 아이들하고 같이 놀며 시간을 보낼 수 있겠냐고요.

아이들도 내 마음을 이해해 줬는지 투정 한 번 부리지 않고 힘내라고 응원해 줬다.

자. 그러면 해야 할 일을 해볼까.

어제와 오늘. 단 이틀 만에 정말 많은 일이 있었지만 가장 급한 일은 전요협의 성명 발표에 대처해야 한다는 거다.

그걸 위해서, 정신없이 지냈던 거고.

그래서 방법은 있냐고?

응.

눈에는 눈, 이에는 이라고.

나도 전요협이 그러했듯이 기자 회견을 열어서 그들의 주장에 반론을 펼칠 생각이다.

그들이 주장했넌, 내가 아무것도 안 하면서 놀고 지냈다는 이야기는 간단하게 페이가 발설지옥에서 찍어 요괴넷에 올렸던 영상만으로도 논파가 가능하다.

미래의 청사진을 바란다고?

내가 세울 인요학교와 회장에게 권유받은 연구소 설립 건을 이야기하면 된다.

그것만으로 부족하다면, 밤하늘이 내게 빌려준 천부인을 보여 주는 것도 괜찮겠군. 이것들을 통해 좀 더 나은 세상을 만들 거라는 이야기와 함께.

물론, 천부인의 힘을 어느 정도는 숨기면서.

천부인의 힘은 너무 위험하니까.

그렇게 내가 인간과 요괴가 서로를 이해하며 함께 살 수 있는 세상을 만들기 위해 노력하고 있으며, 믿고 따라와 달라는 이야기를 하면 그들이 대외적으로 표출한 불만은 어느 정도 가라앉을 수밖에 없을 거다.

논리와 명분이 이쪽에 있으니까.

그들이 논리와 명분을 무기로 삼았으니까.

하지만.

"……이건 아니야."

문제는 그곳에 남는 게 논리와 명분으로 이루어진 논쟁으로 얻은 승리뿐이라는 것이다.

전요협이 요괴답지 않은 방법으로 내게 불만을 표출했으니까 말이지.

하늘과 밤하늘이 인간과 요괴가 함께 살아가는 세상을 원한다거나.

믿을 수 없지만, 내가 지금까지 걸어온 길이 너무너무 대단해서 함부로 덤빌 수 없게 되었다거나.

나를 도와주고 있는 우리 가족들의 힘이 무시무시하다든가.

그 이유는 중요하지 않다.

중요한 건, 그들이 마지막 저항조차 자신들이 원하는 대로 할 수 없었다는 거지.

그 기회조차 사전에 박탈당했으니까.

그 순간.

머릿속에서 번개가 튀어 올랐다.

……아. 그렇게 된 거였구나.

이제야 알겠네.

알리사르라가 내게 불만을 가지고 있는 요괴들이 왜 평화로운 방식을 선택해야만 했는지 이야기해 줬을 때.

어째서 내가 속이 콱 막힌 기분이 들었는지, 그 이유를 이제야 알 것 같았다.

나는 마음에 들지 않았던 거다.

이 상황 자체가.

내가 지금껏 살아왔던 삶을 정면으로 부정하는 이 상황 자체가.

이 상황을 만든 것에 나 역시 관여했다는 것이.

모든 것이 마음에 들지 않았던 거다.

그래, 그러니까 속이 거북할 수밖에 없지.

그도 그렇잖아?

나는 언제나 내 마음이 향하는 대로 살아왔으니까.

그런 내가, 스스로의 삶을 부정하는 듯한 이 상황을 받아들이려고 하니 속이 꼬일 수밖에 없지.

그렇다면…….

나는 어떻게 해야 하는 걸까?

"평소처럼 야바위를 치시면 됩니다."

"우라앗!"

깜짝이야!

나는 가슴에 손을 얹고서는 천장에 거꾸로 서서는 얼굴을 확 들이민 세희에게 소리 질렀다.

"야!"

세희가 천장에서 발을 떼고는 휘리릭 공중제비를 돌고서 깃털처럼 가볍게 책상에 앉아 다리를 꼬며 말했다.

"무언가에 깊이 집중하고 계실 때는 아직도 제 장난이 통하는군요."

세희의 목소리가 살짝 기쁜 것처럼 들리는 건 단순히 내 기분 탓이 아닐 거다.

봐, 한쪽 입꼬리가 보란 듯이 올라가 있잖아.

"지금 장난칠 때냐?!"

너 때문에 머릿속이 텅 비어 버렸단 말이야!

"그래도 어쩔 수 없지 않습니까?"

"뭐가 어쩔 수 없는데?"

세희가 말했다.

"천 개가 넘는 뇌를 직렬로 연결시킨다 해도 제 것 하나만도 못한 주인님의 대가리, 실례, 성능 나쁜 두뇌만을 믿고 혼자서 끙끙 앓고 계시니까 말이죠."

"……"

나는 속에서 울컥하고 솟아오른 화를 가라앉혔다.

세희가 하고 싶은 말이 무엇인지 깨달았으니까.

"혼자서 고민하지 말고 가족들하고 같이 방법을 찾으라는 거지?"

세희가 손을 들어 문을 가리키며 말했다.

"나가시는 문은 저쪽입니다."

하지만 나는 고개를 저었다.

"나라고 그럴 생각을 안 했겠냐."

당장 어제만 해도 가족회의를 열었던 게 난데.

"실천하지 않은 지식은 죽은 것이나 다름없다는 이야기, 못들어 보셨습니까?"

나도 그 정도는 안다.

아는데.

"……일리사르라가 말했삲아."

이건 전요협의, 내게 대항하는 요괴들의 마지막 저항이라고.

"그렇다면 효율이야 어떻든, 좀 더 편한 길이 있다 한들 나는 이게 맞다고 생각해."

바보 같다고 생각할지 모르겠지만, 내 나름대로의 예의라고 생각한다.

요괴의 왕으로서.

그리고 남자로서.

이런 걸 그들이 알아줄 거라 생각하지 않지만, 적어도 내 안에 후회는 남지 않을 테니까.

"그러니까 방해하지 마라."

세희는 아무 말 없이 나를 내려다보다가, 이내 고개를 흔들면서 한심하다는 듯 말했다.

"마치 AOS 게임에서 서로 빨피일 때 상대가 궁까지 쓰며 너 죽고 나 죽자 식으로 싸움을 걸어오는데 피하지 않고 영혼의 맞다이를 뜨다가 쉽게 이길 수 있는 판을 어렵게 만드는 바보 같은 짓을 포장도 잘하시는군요."

두 번은 넘어갔지만, 세 번은 안 된다.

"바른말 고운 말 쓰자. 야바위도 그렇고 맞다이가 뭐냐, 맞다이가."

"이런, 저도 모르게 프로게이머의 혼이 전문 용어를 쓰게 만들었군요."

살짝 고개를 숙였던 세희가 다시 나를 내려다보며 말했다.

"그보다 부정은 안 하시는 겁니까?"

"……그야, 뭐, 사실이니까."

가족들과 함께 고민하고 해결법을 찾는 게 아니라, 나 혼자 방구석에 틀어박혀서 생각을 정리하고 답을 내려는 것 자체가 바보 같은 짓이니까.

하지만, 사람은 바보 같은 짓이라는 걸 알면서도 해야 할 때가 있는 법이다.

"주인님의 뜻이 정녕 그러하시다면."

세희가 일부러 폴짝, 책상에서 뛰어내리고서는 소매에서 공책 한 권을 꺼내며 말했다.

"세 살 먹은 주인님도 쉽고 간단하게 모든 문제를 해결할 수 있는 방법이 적혀 있는 이 공략집은 필요 없으시겠군요."

……살아오면서 이렇게 강렬한 유혹을 느껴본 적이 있었던가.

나는 나도 모르게 뻗어 나가려는 오른손을 왼손으로 잡아내린 뒤, 세희에게 말했다.

"피, 필요 없습니다요."

세희는 감탄했다는 듯 살짝 벌어진 입을 공략집으로 가리며 말했다.

"실리와 이익 같은 건 계산하지 않고 언제나 자기 마음 가는 대로 행동하시는 주인님다운 말씀, 잘 들었습니다."

나는 지금이라도 공략집으로 향하려고 부들부들 떨리는 손을 억누르며 말했다.

"귀신아, 물렀거라! 나는 그런 유혹에 굴복하지 않는다!"

"보통 그런 분들이 나중에 가서는 공략집 없이 살던 인생 손해 봤어, 같은 말씀이나 하시죠."

시, 시끄러!

"농담은 그만하면 됐고, 두대체 왜 온 거야?"

이 녀석이 단순히 나를 놀리기 위해서 이 늦은 밤에 내 방에 찾아올 리가 없다.

그것도 내일 있을 일에 대해서 진지하게 고민하고 있는데 말이야.

"요즘 들어서 주인님께서 제 성격과 그에 따른 행동거지를 조금이나마 예측하시는 것 같아 조금 기분이 나빠지고 있으니 조심해 주시기 바랍니다."

하!

"모르면 모르는 대로 머리도 나쁘고 눈치도 없는 녀석이라고 할 녀석이 말은 잘한다."

세희는 빙긋 웃고는 소매에 손을 집어넣었다.

불안한데.

아무리 세희의 행동 패턴에 익숙해졌다 한들, 대형 마트보다 다양한 물건이 들어 있을 저 소매에서 뭐가 튀어나올지는 예상하기 힘들다.

그리고 이번에도 세희의 소매에서 나온 건 내가 상상하지도 못한 물건이었다.

"웬 USB?"

"정확히 말씀드리면, OTG USB입니다."

"……그게 뭔데."

"……휴대폰에 바로 연결할 수 있는 USB입니다."

아, 그런 게 있구나.

몰랐다.

"주인님. 지금은 21세기입니다."

"그런 이야기는 치이한테나 하고."

나는 혹시나 몰라 휴대폰을 꺼내며 말했다.

"안에 뭐가 있는데?"

혹시나 데이터화된 공략집이면 거절하려고 물어본 내게 세희가 말했다.

"휴대폰에 꽂아 보시면 알게 되실 겁니다."

뭔가 좀 불안하긴 했지만, 나는 세희에게서 USB를 받아 휴대폰과 연결했다.

그러자 안내문이 적힌 창이 팝업창이 떠오르지 않고…….

"어?"

바로 영상이 재생됐다.

나는 고개를 들고 뭘 어떻게 했기에 이런 게 가능하냐고 물으려고 했지만.

[아, 아. 마이크 테스트이니라.]

천사 같은 목소리가 휴대폰에서 흘러나와서 나는 바로 휴대폰으로 화면을 돌렸다.

"주인님께서 까맣게 잊고 계시던 물건입니다."

그런 내 귓가에 성격 나쁜 귀신의 목소리도 들려왔지만, 그다지 신경이 쓰이지 않았던 건.

"아……."

화면 속에, 성린의 정성 어린 화장을 받은 랑이가 보였기 때문이다.

그래.

세희의 말대로 까맣게 잊고 있었다.

랑이와 치이와 페이와 아야와 성린이 힘을 모아 촬영했던 영상을.

나는 고개를 들어 세희를 보며 고맙다고 말하려 했다.

"집중하시지요, 주인님."

하지만 세희의 말에 나는 다시 고개를 숙이고 화면 속의 랑이에게 집중……

"픕!"

다시 봐도 웃깁니다요!

"……"

내가 세희의 매서운 시선을 받으며 웃음을 참으려는 순간.

[이제 말해도 되느냐?]

화면 속의 랑이가 말했다.

[스탠바이 오케이라잖아, 이 밥보야.]

[그, 그게 무슨 뜻인 줄 내가 어떻게 아느냐?]

[페이도 영어는 쓰지 마는 거예요!]

정확히는 아이들이.

페이는 'stan by ok'라고 썼나 보구나.

나도 모르게 그 광경이 머릿속에서 그려져 미소가 지어진다.

화면 속의 랑이는 그 어느 때보다 진지하게 정면을 응시하며 말했지만.

[아해들아, 다들 잘 지내고 있었느냐? 나는 잘 지내고 있느니라. 맛있는 것도 많이 먹고, 감기도 걸리지 않고 말이니라.

아, 요즘 날이 추우니 너희들도 감기 조심해야 하느니라?]

친구에게 쓰는 영상 편지 같은 느낌으로.

[이런 방식으로 너희들에게 이야기를 전하는 것은 처음인 것 같으니라. 예전에는 내가 너희들에게 하고 싶은 이야기가 있으면 큰 소리로 외치고 다니곤 했으니까 말이니라.]

하지만 그건 어디까지나 처음의 인사까지만 이었다.

[아해들아. 너희들의 왕이었던, 그리고 누구보다 너희들의 심정을 잘 이해하고 있는 이 호랑이는 너희들에게 부탁하고 싶은 일이 있어서 이런 자리를 마련했느니라.]

랑이는 정말 진지하게 이야기를 하기 시작했으니까.

[너희들이 불안해하고 있는 것은 나도 잘 알고 있느니라. 그렇지 않겠느냐? 갑자기 내가 요괴의 왕을 그만두는 것으로 모자라 낭군님이, 요괴가 아닌 내 낭군님이 왕의 자리에 오르셨으니 말이니라. 아무리 하늘의 인정을 받았다 한들, 불안하지 않으면 그게 더 이상하지 않겠느냐. 그렇기에 불만을 품고, 목소리를 낼 수 있다고 생각하느니라.]

랑이는 자신의 가슴에 손을 대며 말했다.

[하지만 아해들아. 내 낭군님은 너희들이 믿고 따라도 되는 분이시니라. 내가 내 언니와 함께 있을 수 있는 것도 내 낭군님 덕분이니라. 내가 곰의 일족의 수장인 나래와 함께 지낼 수 있는 것도 내 낭군님 덕분이고, 내 창귀, 세희를 구하기 위해 염라대왕 앞에서도 당당히 섰던 것도 내 낭군님이셨느니라. 무엇보다.]

랑이가 나를, 아니, 요괴들을 향해 말했다.

[우리들과 아무런 관계가 없이 평범한 인간으로 자라 왔음에도, 나를 위해. 그리고 너희들을 위해 요괴의 왕의 자리에 오르기로 스스로 결정하신 분이 내 낭군님이시니라.]

갑자기.

[그런 내 낭군님을, 조금만 더 믿어 주면 안 되겠느냐? 앞날이 어찌될지 몰라 불안하여도, 조금만 더 낭군님과 나를 믿어 주면 안 되겠느냐?]

너무나 갑자기 속에서 울컥하고 솟아오르는 게 있었다.

[낭군님은 내게 약속하였느니라. 내가 질 책임을 내 낭군님이 대신 지겠다고. 나를 대신하여 너희들을 책임져 주겠다고. 그리고 내 낭군님은 나와 한 약속은 절대, 무슨 일이 있어도 어기지 않는 분이니라.]

솟아오른 것이 있으면 떨어지는 것도 있기 마련.

[이는 하늘이 점지해 준 내 이름에 걸고 맹세할 수 있느니라.]

화면 속의 랑이의 얼굴이 뿌옇게 번졌다.

[나를 믿고 기다려 준 것처럼, 부디 내 낭군님을 믿고 기다려 주었으면 하느니라.]

그렇게 랑이의 진심으로 가득 찬 영상은 끝을 맞이했다.

하지만 나는 고개를 들 수 없었고, 휴대폰을 손에서 놓을 수도 없었다.

나도 갑자기 왜 눈물이 솟구쳐 올랐는지 잘 모르겠다.

아니.

한 가지 이유가 아니기에 뭐라 말할 수 없었다.

"무슨 시집보내는 딸이 부모에게 보내는 영상 편지를 보는 것처럼 반응하십니까, 주인님."

……하지만, 적어도 그런 이유는 아니라고 생각해.

나는 소매로 눈가를 쓱쓱 닦고는 세희를 올려다보며 말했다.

"고맙다, 이 자식아."

여운에 잠길 시간도 주지 않아서 말이야.

"그런 건 나중에, 안주인님과 얼굴을 마주하신 뒤에도 늦지 않은 일이니까 말이죠."

왜 세희는 맞는 말을 해도 저렇게 사람을 열 받게 만드는 걸까요.

……그럴 때마다 내가 할 말이 없어져서 그런 거겠지.

"알았어."

나는 USB를 빼내서 세희에게 건네주며 말했다.

"신경 써 줘서 고맙다."

감사의 인사를.

하지만 세희는 그저 무표정의 가면을 쓴 채, 내게 USB를 받아 들고 과하지 않게 고개를 숙이며 말했다.

"안주인님의 응원을 받으면 자신의 한계를 초월하는 힘을 내시는 주인님이시니, 이번 문제 또한 언제나처럼 제가 예상 치 못한 방법으로 최선의 결과를 내실 거라, 반쯤은 믿고 있습니다."

나는 눈을 가늘게 뜨며 말했다.

"······남은 반은 뭔데?"

세희가 한쪽 입꼬리를 살짝 올리며 말했다.

"주인님께서 이번에는 또 어떤 사고를 치실지 기대하고 있지요."

"야."

세희는 내 불만을 들어 줄 생각이 없는지, 방에 나타났을 때처럼 소리 없이 사라졌다.

······완전 나를 가지고 노는군.

나는 고개를 흔들어 기분을 새롭게 한 뒤, 공책에 적힌 내 글을 다시 한번 읽어 봤다.

그렇다고 답이 나오겠냐만······.

랑이의 진심 어린 부탁이 담긴 영상 때문일까?

나는 지금까지 내가 너무 복잡하게 생각하고 있었다는 생각이 들었다.

단 이틀 만에 너무 많은 일이 있었다보니 일의 본질을 놓치고 있었을지도 모르겠어.

나는 전요협이, 아니, 요괴들이 지금 어떤 마음으로 있을지에 대한 것에 더 무게를 두고 생각해야만 했다.

랑이가 말했듯, 그들이 불안해하고 있든.

알리사르라가 말했듯, 원한을 가지고 있든.

이건 결국 감정의 문제다.

"······감정."

전요협의 기자 회견이든.

내가 펼칠 정책이든.

밤하늘의 부탁이든.

내 선택이 어떤 결과를 불러일으키든.

모든 걸 머릿속 저편으로 치워 버리고, 오로지 한 가지만
생각한다.

그들의 감정을, 5천 년 동안 응어리진 감정을 풀어 줄 수 있
는 방법만을.

주변의 상황 같은 건 신경 쓰지 말고.

내가 얻을 수 있는 실리와 이득은 상관하지 말고.

내가 걸어갈 가시밭길조차 염두에 두지 않고.

오로지 그것만을 바라본 순간.

"하."

거짓말처럼 멈춰 있던 펜이 움직이기 시작했다.

뻐꾸기 소리만이 들리는 지리산의 겨울밤은, 그렇게 깊어져
만 갔다.

끝마치는 이야기

아침······ 이라고 하기에는 너무 이른 새벽 6시.

잠든 지 얼마 되지 않았지만, 거짓말 같이 눈이 떠졌다.

한 3시간 잤나?

정말 최소한의 수면만 취했다는 느낌이다.

육체는 좀 더 긴 수면 시간을 요구하고 있지만 정신이 그걸 받아들이지 않는 느낌이라고 해야 하나?

평소와 달리 일어나자마자 정신이 또렷한 게, 뇌는 조금도 쉬지 못한 기분이다.

······긴장 때문이죠.

"으다다다닷!!"

그러거나 말거나, 나는 늘어지게 기지개를 켜고서 이불 속에서 나왔다.

"······."

다시 들어가고 싶어집니다.

아무리 보일러를 틀어 놨다 해도, 이불 속하고 밖은 다르지.

하지만 나는 이를 악물고!

이불 속으로 다시 들어갔다.

"깼어?"

문밖에서 들려오는 나래의 목소리에 정신이 번쩍 들었지만.

"어, 어?"

그걸 어떻게 아셨습니까?

"들어간다?"

"어, 어."

아무 생각 없이 입에서 나온 소리에 문이 열렸고, 나래가 안으로 들어왔다.

나래를 보는 순간 내 입에서는 또 다시 얼빠진 소리가 튀어 나왔다.

"어?"

어둑어둑 하늘을 뒤로하고 문턱에 서 있는 나래가 살짝 고개를 갸웃거리며 말했다.

"아까부터 왜 그래?"

"아니, 그게."

그도 그럴 게, 나래는 평소의 편한 복장이 아닌 정장을 입고 있었으니까.

정미 누나가 입고 다니는 정장 말이다.

다른 게 있다면, 겨울이기 때문에 그 위에 코트를 걸치고 있다고 할까?

……그 모습이 마치, 무슨 만화에서 나올 것 같은 마피아 여 두목 같다는 건 아직 죽고 싶지 않으니 말하지 않겠습니다.

"왜? 이상해?"

하지만 방문을 닫고 안으로 들어온 나래는 내 침묵을 다르 게 생각했는지 살짝 걱정스러운 표정을 지었다.

"아니, 잘 어울려. 응."

거짓말은 아니다, 거짓말은.

지금 당장 자동 소총을 연사해도 이상하지 않을 정도로 잘 어울리니까.

"그보다 아침부터 왜 그렇게 차려입었어?"

나는 아직도 이불 속에서 잠옷을 입고 굼벵이처럼 움츠리 고 있는데 말이죠.

그런 나를 내려다보며 나래가 말했다.

"너, 오늘 기자 회견 할 거잖아."

"……어떻게 아셨습니까?"

아직 말한 적 없는 것 같은데.

아무 말 없이 가슴팍에 집어넣다 뺀 나래의 손에는 눈에 익 숙한 공책이 보였다.

나는 화들짝 놀라서 나래에게 말했다.

"그게 왜 너한테 있는데?!"

"네가 자고 있는 동안에 슬쩍해서 읽어 봤어."

내가 자고 있는 동안에?

세상에, 나래 님. 주무시긴 했습니까?

……아니, 이게 아니지.

아무리 그래도 사생활은 조금 보장해 줘야 하는 거 아니냐
는 말을 하려 했던 내게 나래가 이어 말했다.

"세희가."

그 녀석이이이이이!!

"아니, 아무리 그래도……."

"공책에 꽤 재밌는 생각이 적혀 있던데, 성훈아."

"……."

갑자기 할 말이 없어진 나를 내려다보며 나래가 말했다.

"진짜 할 거야?"

나는 말했다.

"응."

나래가 살짝 곤란한 기색을 보이며 말했다.

"뒷수습, 할 자신 있어?"

나는 먼 산을 바라보았다.

"성훈아."

바로 내 이름을 부르는 나래의 얼굴로 시선을 돌려야 했지만.

"어떻게든 되지 않을까?"

"……."

나는 불안한 기색을 숨기지 못하는 나래에게 말했다.

"걱정할 거 없어. 아무 생각도 없는 건 아니니까."

내가 선택한 방법이 기능할 거라는 최소한의 근거는 있다.

"하아……."

그리고 그 근거가 적힌 공책을 읽어 본 나래는 깊은 한숨을 쉬고는 말했다.

"뭐, 괜찮겠지. 세희도 확인해 보고서 큰 문제는 없을 것 같다고 했으니까."

작은 문제는 반드시 일어난다는 말과 다를 게 없지만, 아무 말도 하지 말자.

내가 아는 걸 나래가 모를 리가 없으니까.

"그건 그렇고."

나래가 양손을 허리에 대고 나를 내려다보며 말했다.

"그런 꼴로 말해 봤자 설득력 없는 거 알아?"

굼벵이 말이죠.

"하지만 나가기 싫은걸."

잠이 깬 거하고 이불 속의 온기에서 벗어나고 싶지 않은 거 하곤 다른 거야!

그런 뜻이 가득 담긴 내 시선을 받은 나래는 절레절레 고개를 흔들며 말했다.

"정말, 아무 준비도 안 해 놓은 것 치곤 태평하네."

"……그래서 일찍 일어난 거 아니겠습니까."

나래가 살짝 눈살을 찌푸리며 말했다.

"들킬 게 뻔한 거짓말은 왜 하는 거야?"

그러게요.

할 말을 잃어 다시금 한 마리의 굼벵이가 되어 꿈틀거리며 애교 아닌 애교를 부리고 있자니.

"하아……."

나래가 깊은 한숨을 내쉬고서는 말했다.

"기자 회견 준비는 세희가 해 준다고 했어."

고맙다, 세희야.

내 공책을 가져가서 나래와 함께 읽은 건 모르는 척해 줄게.

"그래도 일어나. 일정이 그리 여유롭지 않으니까."

그러면 당장 일어나야겠군!

"……5분만 더 이렇게 있으면 안 되겠습니까."

하지만 그런 생각과 달리 내 입에서는 한심하기 그지없는 소리가 튀어나왔다.

전 자신의 욕망에 솔직한 인간이라서 말이죠.

"알았어."

그렇게 말한 나래는 뭔가 장난꾸러기 같은 미소를 지으며 내게 다가왔다.

아니, 다가오는 거에서 끝나지 않고 무릎을 굽혀 앉고서는…….

"저, 저기, 나래 님?!"

마치 공주님을 안아 들 듯 이불 채로 나를 들어 올렸다!

나는 굼벵이지만!

"응? 왜?"

"뭐 하시는 겁니까?"

"뭘 하긴."

고개를 숙여 코가 닿을 정도로 거리를 좁힌 나래가 말했다.

"우리 성훈이가 이불 속에 있고 싶다고 했으니까, 이대로 안

방까지 모셔다 드리려고 하는 거죠."

……가장의 권위 이전에 인간으로서의 존엄성을 지키기 위해서는 제 발로 걸어가겠다.

그런 이유로 나래에게 항복 선언을 하려고 할 때.

"읍?"

갑자기 따듯하고 부드러운, 그러면서 뭔가 달콤한 막이 덮인 살결이 내 입을 막아왔다.

그것이 나래의 입술이었다는 것을 깨닫는 데는 그리 오랜 시간이 걸리지 않았다.

설왕설래(舌往舌來)하는 그런 키스가 아닌, 단순히 입술을 붙였다 떼는 그런 종류였지만…….

나는 내 정신이 초롱초롱하다고 생각했는데, 그게 아니었나 보다.

"굿모닝 키스는 운송비야."

이제야 잠에서 깨어난 기분이 들었으니까.

* * *

깨끗하게 씻고 나서 세희가 준비해 놓은 정장을 입고 나왔을 때도, 아이들은 잠들어 있는지 안방은 썰렁하기 그지없었다.

"준비는 다 끝났나요?"

하지만 성의 누나는 아이가 아니죠.

평소와 다를 게 없는 모습으로 소파에 앉아 있는 성의 누나에게 나는 미소를 지으며 말했다.

"응."

성의 누나 역시 미소로 답해 주고서 시선을 돌려 자신의 옆을 바라보며 말했다.

"잠깐 하고 싶은 이야기가 있어요, 성훈."

나는 고개를 끄덕이고 성의 누나의 옆에 앉았다.

아주 가까이.

엉덩이가 마주 닿을 정도로.

"……."

성의 누나의 볼이 살짝 붉어졌기에, 장난기가 돋은 나는 슬쩍 허리에 손을 둘렀다.

"정말, 성훈은……."

성의 누나는 뭔가 말하고 싶은데 단어가 떠오르지 않는 것 같다.

장난기는 아니겠고.

"스킨십?"

성의 누나가 한결 밝아진 표정으로 고개를 끄덕였다.

"그래요. 스킨십을 정말 좋아하는군요?"

"응."

내 말을 증명하기 위해서는 아니지만, 나는 살짝 고개를 숙여 성의 누나의 볼에 입을 맞췄다.

"……히으으."

무슨 일이 있어도 평정심을 잃지 않는 성의 누나가 부끄러

위하는 모습을 보고 있자면 상당히 기쁘다니까?

그만큼 나를 소중히 여겨 주는 것 같아서 말이야.

하지만 언제 세희가 튀어나와서 '주인님께서 장래에 자식분들로 미식축구 팀을 이루시고 싶으시다면 때와 장소와 상황을 고려하지 않고 애정 표현을 하시는 것도 좋겠지만 안타깝게도 지금은 그럴 때가 아닙니다.' 같은 말을 할지 모르니 이 정도로 참자.

……그건 그렇고 저런 말이 바로 떠오를 정도라니, 나도 세희에게 많이 당하긴 했구나.

"그래서 하고 싶은 말이 뭐야, 누나?"

살구 빛처럼 붉게 물든 성의 누나가 고개를 숙이며 말했다.

"……한 번 더 해 주면, 기억날 것 같아요."

누나, 너무 귀엽잖아!

그래서 이번에는 볼에서 살짝 방향을 틀어 입을 맞췄다.

너무 길지 않은, 하지만 그렇게 짧지 않은 입맞춤 뒤.

성의 누나가 사과처럼 붉어진 얼굴을 두 손으로 가리며 말했다.

"이런 건 치사해요."

볼이 아니라 입술에 한 걸 말하는 거겠지.

하지만 나는 딱 잡아떼고 말했다.

"누나가 해 달라고 했잖아."

성의 누나가 손을 살짝 내려 두 눈으로 나를 바라보…… 려다가 다시 고개를 숙인 뒤 말했다.

"성훈은 제 심장을 터트려 버릴 생각인가요?"

그건 제가 할 말인 것 같습니다만.

이대로 있다가는 오늘 새벽까지 정리해 뒀던 모든 생각들이 견우성까지 가 버릴 것 같다.

"그건 안타깝지만 다음 기회에 해야 할 것 같아."

그래서 나는 슬프게도 그렇게 말해야만 했다.

"그래요."

다행이 성의 누나도 내 심정을 이해해 준 것 같고.

"성훈은 언제나 저보다 일이 우선이니까요."

"……."

예상치 못한 성의 누나의 강력한 공격!

강성훈은 정신이 혼미해졌다!

"놀랐나요?"

하지만 이내 기대감에 어린 눈으로 나를 바라보는 성의 누나 덕분에 정신을 차릴 수 있었다.

"……어, 응."

"성공했네요."

성의 누나가 두 주먹을 불끈 쥐며 파이팅 포즈를 취했다.

내가 그 귀여운 모습과 예상치 못한 농담에 할 말을 잃고 있을 때, 성의 누나가 말을 이었다.

"세희가 가르쳐 줬어요. 성훈이 저를 놀리면, 그렇게 말해 보라고요."

……그 망할 자식.

"다음에는 그런 농담은 하지 말아 줘. 정신 건강에 안 좋으니까."

성의 누나가 몸을 살짝 숙여 고개를 기울인 뒤 내 두 눈을 올려다보며 말했다.

"괜찮아요, 성훈. 제가 있으니까요."

뭔가 아픈 기억이 떠오를 것 같습니다만.

물리적으로.

하지만 성의 누나가 말하고픈 건 그런 게 아니었다는 사실을.

"그러니까 성훈은 하고 싶은 걸 해요. 성훈이 원한다면 제 모든 힘을 다해 도울 거니까요."

연이어 말한 성의 누나 덕분에 깨달을 수 있었다.

"그러니까 마음 편히 다녀오세요."

"고마워, 누나."

나는 진심으로 그렇게 말하고 다시 한번 성의 누나의 입술에……

"아침부터 성욕이 왕성하신 건 알겠습니다만, 안타깝게도 출발하실 시간입니다, 주인님."

입을 맞추는 건 다음 기회에!

"그, 그래요."

성의 누나도 살짝 부끄러워졌는지 고개를 돌렸으니까 말이지.

나는 원한을 가득 담아 세희를 노려보았다.

"뭡니까, 주인님. 기자들에게 연락을 돌리고, 광화문 광장에 자리를 마련하고, 교통편까지 준비한 제게 하실 말씀이라도 있으십니까?"

저는 소파에서 일어나 90도로 허리를 굽히며 말했습니다.

"감사합니다!"

＊　＊　＊

아이들의 마중을 받지 못하는 것과 아침을 먹을 시간도 없어서 샌드위치로 때워야 했던 건 조금 아쉬웠지만 어쩔 수 없었다.

"왜 차로 가는데?"

평소와 다른 방법으로 서울에 가야 했으니까.

내 불평불만에 **맞은편**에 앉은 세희가 말했다.

"이번이 공식적인 요괴의 왕의 첫 번째 행사(行事)이기 때문입니다."

무슨 말인지 모르겠다.

"이해하기 쉽게 대답해 줘라."

"하아……."

"어느 정도는 사람들한테 보여 줄 필요가 있다는 거야. 일종의 생색내기 같은 거라고 생각하면 편해."

한숨을 쉬며 고개만 절레절레 흔든 세희 대신 내게 친절하게 설명해 준 건 옆에 앉아 있는 나래였다.

"필요한 거야?"

이번에는 나래도 어쩔 수 없다는 듯 고개를 흔들었다.

그래요.

제가 이런 건 잘 몰라서 말이죠.

그래도 가끔 뉴스 같은 거 보면, 대통령들이 차 타고 다니는 것도 방송하곤 했으니까 뭔가 이유가 있는 거겠지.

OH~ 정치는 너무 어려워Yo~

"그러니까 안주인님의 마중 인사를 못 받아서, 실례, 가족 분들의 마중을 받지 못한 것이 불만이라는 표정은 그만 지어주시기 바랍니다."

"……아니, 뭐, 불만까지는 아니고."

나 서울 갔다 온다고 잘 자고 있는 아이들을 깨울 수는 없잖아?

볼에 뽀뽀는 했지만.

그걸 기억하지 못할 아이들이, 내가 집에 돌아가면 왜 깨우지 않았냐고 불만을 말할지도 모르겠지만…….

아마 그런 일은 없을 거다.

응.

그때는 그런 게 문제가 아닐 테니까.

"그러면 왜 그렇게 불평불만이 가득한 표정이신 겁니까."

"야, 그걸 몰라서 묻냐?"

혹시나 해서 말해 두는데 승차감이 나빠서 그런 건 아니다.

세희가, 예전에 지리산에서 서울로 올라갔을 때 탄 고급 승용차보다 더 좋은 차를 준비해 놨으니까.

……리무진을 말이죠.

그래서 마주 보고 앉아 있을 수 있는 거고.

내가 불편한 건 다른 거다.

뭐냐고?

"아무리 그래도 경호가 너무 거창하잖아!"

지리산에서 나와서 대로로 나올 때까지는 곰의 일족분들이 주변을 날아다니며 경호해 주셨다.

과장이 아니다.

축지법이라도 쓰시는지 달리는 차와 나란히 달리고 계시니까.

그 덕분에 창문 밖으로 시선을 돌리면 출렁출렁이는…….

"……성훈아? 지금 무슨 생각해?"

"아니, 아무것도 아닙니다."

그건 넘어가고.

이 추운 날에 휭휭 날아다니셔도 괜찮을까 조금 걱정이 들었지만, 그래도 거기까지는 받아들일 수 있었다.

하지만 대로로 나온 다음이 문제였지.

상공에는 무장 헬기가 날아다니고, 전후좌우로 검은색 호위 차량까지 붙었으니까 말이죠.

"이 정도까지 할 필요가 있을까?"

요괴의 왕이 되었지만 근본 자체가 소시민인 저로서는 상당히 부담된다고요!

"이 정도는 해야지."

하지만 재벌 집 외동딸로 태어난 나래 님은 조금 생각이 다르신 것 같습니다.

"저로서는 저런 못미더운 호위는 물러나게 하고 제 식신(式神)들, 실례, 인형들을 쓰고 싶지만 말이죠."

와! 그것 참 동화 속 이야기 같겠다!

작은 검은색 인형들에게 경호를 받으며 달리는 리무진이라니!

백마 탄 왕자님의 현대식 재해석이냐?

"……말을 말자."

나는 대화를 포기하고 좌석에 푸욱 몸을 묻었다.

생각하면 지는 거다.

딴죽을 걸어도 지는 거고.

"그보다 주인님."

하지만 세희는 나를 가만둘 생각이 없는 것 같다.

"왜."

"지금 주변에 신경 쓸 여유가 있으십니까?"

"내 말이."

나래까지 한 손 거들 줄은 상상도 못했지만.

나는 다시 몸을 일으킨 뒤 나래와 세희를 번갈아 본 뒤 말했다.

"왜?"

세희가 말했다.

"기자 회견에서 발표하실 내용, 이런 시간에 한 번이라도 더 확인해 보셔야 하는 것 아닙니까?"

"혀가 꼬이거나 말이라도 더듬으면, 두고두고 후회할걸?"

……그러게.

밤새도록 생각을 정리해 두긴 했지만, 그걸 직접 말하는 건 별개의 문제다.

하지만.

"뭐, 어떻게든 되지 않겠어?"

저는 실전에 강하니까요!

"⋯⋯."

"⋯⋯."

내리꽂히는 나래와 세희의 시선이 아플 지경이다.

"하아⋯⋯."

나래가 깊은 한숨을 쉬고는 가슴골에서 글씨가 빽빽이 적힌 몇 장의 종이를 꺼내 흔들며 말했다.

"그럴 줄 알고 미리 준비해 놨어."

"그게 뭔데?"

"연설문."

연설문(演說文).

연설할 내용을 미리 적어 놓은 글을 뜻합니다.

나래의 마음은 고맙지만 나는 그 종이에 쉽사리 손이 가지 않았다.

그건 아마도⋯⋯.

"이름을 적는 것만으로도 하렘의 일원이 되는 주인님의 공책, 실례, 주인님의 난잡한 생각들로 가득 차 있던 공책을 제가 사람에게 들려줄 만한 수준으로 정리해 놓은 것인데 잘도 그런 식으로 공을 훔치려 하시는군요."

세희가 쓴 거였기 때문이구나!

아니지만.

"사람들을 비꼬고 비웃는 말투를 고치느라 내가 얼마나 고생했는지 알면서 잘도 그런 말은 하네?"

"역사에 남을 만한 명문을 흔해 빠지고 지루한 교장선생님 훈화 방송 수준으로 낮춘 것을 뭘 그리 자랑스럽게 말씀하십니까."

나도 하고 싶은 이야기는 있지만, 그 전에 나를 위해 노력해 준 둘의 마음이 먼저다.

"명문? 선전 포고문이 아니라?"

"이상, 남의 글에 멋대로 손을 댄 나래 님의 말씀이셨습니다."

……둘 사이에 싸움이 일어나기 전에 끼어들기도 해야겠고.

"한번 읽어 봐도 될까?"

"……자."

내 진화 작업이 살짝 불만스러웠는지, 나래는 조금 퉁명스러운 표정으로 내게 연설문을 건네주었다.

"고마워."

나는 살짝 고개를 끄덕여 감사를 표한 뒤, 연설문을 읽어 봤다.

그렇게 길지는 않고, 내 말투를 생각해서 써 준 덕분일까.

연설문은 읽기 편했고, 정독하는 것도 그리 오래 걸리지 않았다.

흠.

내가 생각했던 것들을 최대한 건드리지 않고 다듬는 선에서 끝나 있네.

나도 이렇게는 정리 못하겠다.

하지만…….

응, 역시 이걸 읽지는 못하겠지.

이런 건 내 방식이 아니니까.

서울에 도착하기 전에 어디까지나 다시 한번 생각을 정리하는 수준에서 참고삼아 읽어야겠군.

그렇게 마음을 정하고 연설문에서 시선을 떼자, 이쪽을 바라보고 있던 세희가 말했다.

"마음에 드셨습니까?"

"응."

만약, 오늘 새벽. 내 안에서 모든 결론이 나지 않았다면, 이 연설문을 받아들였을 정도로.

그만큼 잘 정리가 되어 있었으니까.

"하지만, 이걸 그대로 읽는 건 좀 아닌 것 같아."

세희가 살짝 눈살을 찌푸리며 말했다.

"1분 전에 주인님께서 뭐라고 말씀하셨는지, 혹시 기억하고 계십니까?"

날 뭘로 보는 거냐, 이놈아.

"마음에 안 든다는 건 아닌데, 뭐랄까."

나는 머리를 긁적이며 밀했다.

"역시 난 내 방식대로 **아이들**을 마주하는 게 좋을 것 같아서 말이야."

이건 생각이 아니다.

느낌이다.

다른 말로 하면, 감이라고나 할까.

"……."

"……."

그런데 이상하네.

놀란 눈으로 나를 보고 있는 나래는 몰라도, 한순간이라도 딴죽을 걸지 않으면 입에 바늘이 돋는 세희조차 아무 말도 하지 않고 있으니 말이야.

갑자기 불안해진 나는 조심스럽게 둘에게 물었다.

"……갑자기 왜 그래?"

그제야 정신을 차린 듯, 나래가 고개를 흔들며 말했다.

"자각도 없나 보네."

"그런 것 같습니다."

"좋은 건지 나쁜 건지 잘 모르겠어."

"주인님의 하렘 멤버가 앞으로도 더 늘어날 수 있다는 복선으로 받아들인다면 나래 님께는 나쁜 일이겠죠."

"너, 끔찍한 소리 좀 하지 말아 줄래? 여기서 더 늘어날 것 같으면, 나 정말 성훈을 덮쳐 버릴거야."

"그렇다는 건 지금은 괜찮다는 겁니까?"

"누, 누가 그렇데?!"

뭐냐.

왜 갑자기 그런 이야기가 나오는 거야?

하지만 나래와 세희는 의도하고 있는 건지 아닌 건지는 잘 모르겠지만, 내가 말을 거는 걸 거부하는 분위기를 조성하고 있었다.

"너, 한마디만 더 해 봐."

"두 마디라고 못 하겠습니까."

정확히 말하면 공포 분위기를 말이죠.

거기다 이곳은 달리는 차 안. 도망칠 곳도 없다는 뜻입니다.

그런 상황에서 내가 선택할 수 있는 방법은!

"그, 그럼 저는 혹시 모르니까 연설문이라도 몇 번 더 읽도록 하겠습니다!"

현실 도피였습니다!

그렇게 나는 연설문을 다시 한번 읽기 시작했고!

어째서인지 도중에 의식이 끊어지고 말았습니다.

……뒤늦게 찾아온 수마라는 녀석 때문에 말이죠.

* * *

"핫!"

정신이 들었을 때.

나는 내가 문자와의 싸움에서 패배해 잠들어 버렸다는 것을 깨달을 수 있었디.

"……."

"……."

그런 나를 맞이해 준 건 할 말을 잃어버리고 나를 한심하게 바라보고 있는 나래와 세희였다.

나는 문뜩 머쓱해서 머리를 긁적이며 말했다.

"헤헤헷, 어젯밤에 잠을 별로 못 자서 말입니다."

"……."

"……."

침묵이 아프니 화제를 돌리자.

"그래서 얼마나 왔어? 아직 시간 많이 남았지?"

체감상으로는 잠든 지 한 20분 정도 지난 것 같은데.

"밖에 보면 알 거야."

나래의 말에 나는 선탠 된 창문을 통해 밖을 내다봤다.

"……."

이번에는 내가 할 말을 잃어버렸다.

요괴와 사람의 인파로 가득 찬 거리와 카메라를 들고 있는 기자들. 준비된 무대 뒤의 이순신 장군 동상과 그 주변을 빙 둘러싼 채 경계하고 있는 곰의 일족 누님들, 의경 아저씨들이 보였으니까.

즉, 벌써 광화문 광장이라는 이야기다.

나는 재빠르게 고개를 돌려 나래와 세희를 보며 말했다.

"깨, 깨우지 그랬어?"

나래는 아무 말 없이 가슴골에서 휴대폰을 꺼내 화면을 몇 번 만지더니 내게 보여 줬다.

거기에는…….

[성훈아, 이제 곧 서울이니까 그만 일어나.]

[으으…….]

[주인님, 안주인님께서 전화를 걸으셨습니다만 계속 주무시고 있으셔도 괜찮으시겠습니까?]

[받아야…… 하는 쿠우우울…….]

나를 깨우려고 하는 나래와 세희의 노력과 그 모든 걸 허투루 돌리고 있는 내가 있었다.

"……죄송합니다."

"알면 됐어."

"이럴 때는 주인님께서 담이 센 건지, 아니면 개념이 없는 건지 저도 잘 모르겠습니다."

할 말이 없어진 내가 창밖을 바라보고 있자니.

"내릴 준비해."

인정하고 싶지 않은 나래의 말과 함께 점점 풍경이 스쳐 지나가는 속도가 줄어들었다.

"주인님이 꿈나라에서 기자 회견의 준비를 하는 동안 도착했으니까 말이죠."

……죽고 싶어졌습니다.

하지만 그런다고 해서 내가 죽을 수 있는 것도 아니고, 차는 결국 완전히 멈춰 버렸다.

현실이 눈앞에 닥친 순간.

나는 세희에게 광화문 광장에 장소를 마련해 두었다고 했지만, 정확하게 '어디서' 기자 회견을 여는지는 듣지 못했다는 것을 깨달았다.

내가 정말 정신이 하나도 없었구나.

"그보다 궁금한 게 있는데."

"왜 그러십니까, 주인님."

"기자 회견은 어디서 하는 거야?"

방송국? 아니면 강당?

설마 청와대는 아니겠지?

그런 생각을 하고 있는 내게.

"그거야 당연하지 않습니까."

세희는 세상이, 아니, 자신이 그렇게 상냥하지 않다는 것을 내게 가르쳐 줬다.

"저곳입니다."

나는 두 눈을 지그시 감았다 뜬 뒤.

다시 한 번 창문 밖을 내다봤다.

그러자 세상이 다르게 보였다.

어째서 이순신 장군님 동상 앞에 사람이 서서 연설하기 좋아 보이는 무대가 마련되어 있는지.

그 앞에 카메라를 들고 있는 기자분들이 보였는지.

곰의 일족 누님들과 의경 아저씨들이 경계를 서고 있는지.

그 이유를 확실하게 알게 되었으니까.

나는 심호흡을 한 뒤, 세희에게 말했다.

"왜?!"

조금 거친 목소리로!

"주인님께서 자신의 백성, 실례, 국민들과 소통을 하지 않는다는 욕을 처먹어서 그렇습니다."

"내 잘못이다, 이거냐?!"

"알리사르라처럼 기자들만 부르는 방법도 있긴 했지만, 이쪽이 더 효과가 좋으니까 나도 찬성했어."

"제 의견은요?!"

참으로 드물게 나래와 세희가 입을 맞춰 말했다.

"관심 없는 거 아니었어?"

"신경 안 쓰신 거 아니었습니까?"

그래요.

기자 회견을 열 거란 생각만 하고서 아무 신경도 쓰지 않고, 세희가 장소를 준비한다는 말에 아무런 질문도 하지 않았던 제가 무슨 말을 하겠습니까.

이렇게라도 떠먹여 주시는 건 감사하게 생각해야죠.

그래도! 그래도 말이야!

일만 연달아 터지지 않았다면!

조금의 여유가 있었다면!

이렇게 되지는 않았을 거라고!

이건 내 잘못이······.

"몇 시간 전에 말씀하셨다면 장소를 옮길 수도 있었겠지만 말이죠."

맞네요!

젠장!

그렇게 마음속에서 치솟던 분노가 순식간에 사라졌다.

그 자리를 대신한 건, 수많은 대중들 앞에서 이야기를 해야 한다는 사실에서 비롯한 긴장감과 부담감이었다.

아무리 각오를 다졌다 한들 말이지.

문제는 세상이 내 사정 같은 건 신경 써 주지 않는 다는 거다.

어느새 곰의 일족 누님이 차 문에 가까이 다가와서는 귀에다 손을 대고 뭔가를 말하고 있었거든.

방음이 잘 되어 있어서 안 들렸지만, 나는 그게 무슨 뜻인지 알 수 있었다.

"준비됐습니다."

세희가 대답했으니까.

나는 화들짝 놀라서 비명 같은 소리를 내질렀다.

"되긴 뭐가 돼?!"

조금 더 시간이 필요하다고!

"괜찮아."

"괜찮습니다."

하지만 나래와 세희는 서로 다른, 하지만 같은 뜻이 담긴 말을 했다.

"너, 아까 말했잖아. 실전에 강하다고."

"저는 주인님께서 스스로 하신 말씀을 지키시는 분이라 믿고 있습니다."

입이 모든 문제의 **시발**점이죠.

과거의 자신을 욕하는 사이에 열리지 않기를 바라던 차문이 열리고, 나는 밖으로 떠밀리듯 나와야만 했다.

밖에 나와서 처음 느낀 건, 오늘은 평소보다 좀 따듯하다는 거였다.

서울이라서 그런 걸까.

아니면, 광화문 광장이 한겨울의 한파조차 느끼질 못할 정도로 사람과 요괴로 가득 찼기 때문일까.

그래도 춥긴 춥지만.

사실 그런데 신경 쓸 시간 같은 건 없었다.

"요괴의 왕은 물러나라! 물러나라!"

"민심을 무시하는 강성훈은 하야하라!"

"독재 타도! 요괴 해방!"

시위대의 구호 소리가 들려왔으니까.

목청도 좋아라.

재밌는, 그리고 조금 잔혹한 문구가 적혀 있는 플래카드들도 보인다.

저건 나를 본떠 만든 인형인데, 왜 몸에 이런저런 것들이 많이 꽂혀 있냐.

전에 냥이가 요괴 아이들을 데리고 와서 벌인 시위는 애들 장난처럼 보일 정도다.

……실제로 그때는 요괴 아이들이 많이 왔지만, 지금은 어

른들이 대다수니까 말이죠.

"안전은 확실하니까 걱정하실 것 없습니다."

어느새 나래와 함께 내 뒤에 선 세희가 말했다.

"수상스러운 행동을 하는 순간 목이 날아갈 테니까 말이죠."

"하지 마."

여길 피바다로 만들 생각이냐.

"그래. 그런 것보다는 먼 곳으로 전이시킨 뒤 손을 쓰는 게 더 이미지 관리에 좋으니까."

하하하, 나래야. 너까지 그러니까 농담이 농담처럼 들리지 않잖아?

그래도 다행인 건, 그 무시무시한 이야기에 조금은 긴장이 풀어졌다는 거다.

"그렇다면 허리를 펴십시오, 주인님. 싸우기도 전에 패배한 개처럼 굴지 마시고."

"네가 주눅 든 모습을 보여도 되는 건 우리들 앞뿐이야. 고개 들어. 내가 사랑하는 남자답게 남들 앞에서 꼴사나운 모습 보이지 마."

그래.

나를 보고 있는 많은 이들에게 주눅 든 모습을 보여 줘서야 되겠냐.

나는 여기에 요괴의 왕으로서 온 거니까 말이야.

"후우……."

그래서 나는 크게 심호흡을 한 뒤.

마음을 다잡았다.

그리고 다시 한번.

마음을 다잡았다.

그리고 또 다시.

마음을 다잡았다.

그래.

지금까지 있었던 일들을 떠올리면, 이 정도는 정말 아무것도 아니다.

멀게는 동산만 한 호랑이 앞에서도 할 말을 했고.

가깝게는 염라대왕 앞에서도 할 말을 했다.

그런 내가 이 정도에 긴장을 하는 건 웃기지 않겠어?

무엇보다, 나는 요괴의 왕이다.

랑이의 뒤를 이은 요괴의 왕.

그런 내가 이런 인파 정도에 겁을 먹고, 부담감을 느끼고, 긴장하는 것은 말도 안 되는 일이다.

나는 그렇게 자신을 세뇌하듯 **마음가짐을 바꾼 뒤.**

당당히 인파 속을 걸어 나갔다.

나를 향한 시선을 가볍게 받아 넘기며, 허리를 쭉 펴고, 계단을 올랐다.

높진 않지만, 사람들의 시선을 한 몸에 받고 있기 때문일까.

예전에 랑이를 만나기 위해서 올랐던 하늘 계단이 생각난다.

그때는 지금과 다르게 세희가 도와줘야 했었지.

나는 옛날 일을 피식 웃어넘기고서 무대 위에 올랐다.

무대 가운데에는 마이크가 몇 개나 달려 있는 단상이 있었고, 나는 그 앞에 섰다.

눈앞에 보이는 건 수많은 인파와 방송용 카메라들.

기자들이 터트리는 번쩍이는 플래시.

머릿속을 차갑게 식혀 주는 바람.

나는 그 모든 것에게서 시선을 돌려 잠깐 하늘을 올려다보았다.

구름 한 점 없이 맑은 하늘이 보인다.

나는 시선을 돌려 아래를 내려다보았다.

나를 향한 수많은 눈동자가 보인다.

나는 고개를 돌려 뒤를 보았다.

나래와 세희가 있었다.

나는 눈을 감고 가족들을 떠올렸다.

지금의 나를 TV를 통해 바라보며, 두 손을 꼬옥 쥐고 있을 아이들이 **보인다**.

나는 두 눈을 떴다.

"여기 있습니다, 요괴의 왕님."

나는 격식을 차리며 말하는 세희에게서 연설문을 받았다.

내가 필요 없다고 했음에도 불구하고 가지고 온 건, 아마도 다른 이들의 시선을 신경 썼기 때문이겠지.

아무것도 준비하지 않은 채 이야기를 하면 사람들이 오해할 수도 있으니까.

나는 연설문을 단상 위에 내려놓은 뒤.

톡.

마이크를 두드렸다.

큰 소리가 울려 퍼졌고, 거짓말 같이 주변이 조용해졌다.

조금 전까지 광화문 광장을 가득 채운 구호 소리가 한순간에 사라진 거다.

……혹시 전과 같은 일이 벌어졌나 싶어서 슬쩍 하늘을 봤지만, 알 수 없는 빛이 내려오고 있지는 않았습니다.

나는 잘 모르겠지만, 아마도 내가 단상 앞에 서면 조용해지도록 사전에 준비를 해 놨나 보다.

그건 밤하늘일까, 세희일까, 나래일까, 그것도 아니라면 알리사르라일까.

아무래도 상관없는 이야기지.

나는 마음속으로 그리 생각하며, 아마도 역사에 남을 연설을 시작했다.

"아, 아. 마이크 테스트."

그전에 확인 좀 해 보고.

혹시 모르니 마이크를 손마디로 몇 번 두드려도 보고.

둔탁한 소리뿐만 아니라 노이즈가 울리는 동시에, 등 뒤에서 무시무시한 시선이 이쪽을 향하고 있는 느낌이 들었지만……

내 착각이겠지.

나는 그 시선을 모르는 칙하며 입을 열었나.

"아, 더럽게 춥네."

장내가 술렁이건 말건, 나는 계속해서 말했다.

"이런 추운 날에 나 하나 보자고 와 줘서 고맙긴 한데, 그래도 TV로 보는 게 좋지 않았을까? 나도 알리사르라가 기자 회견하는 건 TV로 봤거든."

등 뒤에서 한숨 소리가 들리는 건 좀 신경 쓰였지만.

"으~! 진짜 추워! 여기 올라오니까 바람도 불고 말이야. 지금 입고 있는 게 겨울용 양복이긴 한데, 그런다고 이 날씨에 따듯하겠어? 그러니까 잠깐만 기다려 봐."

나는 뒤를 돌아보았다.

이마를 짚고 있는 나래와 어깨를 부들부들 떨며 있는 힘껏 웃음을 참고 있는 세희가 있었다.

"혹시 패딩 있냐?"

"여기, 푸흡, 있습니다, 주인님."

"아, 고마워."

나는 결국 웃음이 터진 세희에게서 패딩을 받아서 위에 걸쳐 입고 다시 앞을 향해 섰다.

뭐랄까.

정말 하고 싶은 이야기는 많은데, 할 수 없어서 속 터진다는 시선이 나를 향해 있다.

그래서 나는 일부러 어깨를 으쓱한 뒤, 그들에게 말했다.

"뭘 그렇게 한심하다는 듯이 보냐. 내가 감기라도 걸리면 너희들이 책임질 거야? 이 정도는 이해해 줘야지. 아, 그리고 편하게 말하는 것도. 내가 요괴의 왕의 입장으로 온 거라, 누구한테도 말을 높일 수가 없거든."

내가 말을 높인 상대가 요괴의 왕, 다시 말하면 세상의 모든 요괴들보다 위에 있다고 공언하는 거나 다름없으니까.

……어, 어머니 앞에서는 조금 다를지도 모르겠지만, 어쨌든!

"뭐, 만나서 반갑다는 인사는 이 정도면 됐고."

나는 크흠, 하고 헛기침을 한 뒤.

"며칠 전에 있었던 너희들의 이야기는 잘 들었다. 정말 내 심금을 울리는 명연설이더군. 덕분에 나 역시 이번 일을 가벼이 생각하지 않고 깊은 고뇌와 고심 끝에 해답을 찾아보았다."

나래가 준 연설문을 높이 들어 올리며 말했다.

"그 결과가 이것. 여기에 너희들의 요구 사항과 불평불만에 대한 나의 대답이 적혀있다."

다시 한번 이야기하자면.

내가 지금까지 놀고 있었다는 전요협의 발언에 대한 반박은, 페이가 찍어 요괴넷에 올린 발설지옥의 영상.

곰의 일족이 자치권을 보장해 주면서도 서로 간의 원만한 관계를 유지한 것.

요괴들의 존경을 받는 냥이를 보호하기로 결정한 것.

그것들로도 충분히 논파 가능하다.

미래에 대한 청사진이 필요하다는 요구는, 인요학교를 건립할 예정이라는 것.

요권을 해치지 않는 선에서 요술과 요괴를 관찰 및 연구하는 연구소를 세워 신소재 개발과 삶의 질 향상 및 인간들이 본질적으로 가지고 있는 '과학으로 증명할 수 없는 힘을 가진 요괴들에 대한 두려움'을 해소할 것.

이 모든 일은 인간 정부와 긴밀한 협조하에 이루어질 것.

아직은 이 정도의 정책밖에 정해지지 않았지만, 파장이 큰 사업이기 때문에 쉽게 결정할 수 없다는 것.

그리고 이 모든 일과 앞으로 있을 사업과 정책은 세희와 냥이의 조언을 중시해 결정될 것.

이런 이야기를 하는 것으로 충분할 것이다.

마지막으로.

이제 와서 요괴들이 예전처럼 인간들과 따로 살게 된다는 건 하늘의 뜻에 정면으로 반박하는 것이기 때문에 불가하다고 하면 된다.

그 모든 대답을 나는 준비해 뒀다.

"근데 말이다."

하지만.

"사실 이런 건 필요 없잖아?"

너희들이 바라는 건 이런 빛 좋은 개살구 같은 대답이 아니니까 말이지.

"너희들이 그토록 나와 소통하는 걸 원했으니까 솔직하게 이야기해 보자고."

나는 일부러 목을 푼 뒤 말을 이었다.

"나도 바보는 아니라서 말이야. 내가 무슨 정책을 피든, 무슨 대답을 하든, 너희들이 내 바짓가랑이를 잡고 늘어질 생각이라는 건 이미 알고 있다. 왜?"

요괴에게도 감정이 있으니까.

"내가 마음에 안 드니까. 인간의 몸으로 요괴의 왕이 된 것도 모자라, 인간과 요괴가 함께 살아가는 세상을 열려고 하는 내가 죽도록 싫으니까."

시선만으로 사람을 죽일 수 있다면 나는 이곳에서 몇 번이나 죽었을까.

그래 봤자 내게는 살짝 삐친 랑이의 귀여운 눈 흘김보다 두렵지 않지만.

"그걸 알면서도 시간을 들여서 너희들의 바보 같은 요구 사항에 대한 답변을 준비해 놓은 건, 너희들이 그걸 바랐기 때문이다. 나는 요괴의 왕이니까. 왕이라면 백성들의 목소리에 귀를 기울여야 하지 않겠어?"

나는 손에 들고 있는 연설문을 흔들며 말을 이었다.

"여기 적힌 건 나중에 인터넷이나 요괴넷에 올려놓을 테니까 궁금한 사람이 있으면 찾아서 봐라."

나는 뒤로 돌아 나래에게 연설문을 돌려주고서 다시 마이크에 대고 말했다.

"그러니까 지금은 우리 속 터놓고 이야기해 보자고. 정확히는, 나만 이야기히는 거지만."

나는 피식 웃었지만, 광장의 분위기는 변하지 않았다.

상관없지.

"나는."

아니, 내게는 오히려 좋은 상황이다.

"요괴의 왕은, 너희들에게 실망했다."

지금부터 내가 하는 이야기를 위해서는.

"내가 처음에 랑이와, 아, 선대 요괴의 왕이었던 호랑이를 말하는 거다. 랑이와 처음 만났을 때는, 나를 싫어하는 녀석들 때문에 죽을 고비를 몇 번이나 넘겨야만 했다."

……지금은 내 가족들이 된 애들한테 말이죠.

아, 한 녀석은 제외하고.

그 녀석은 잘 지내고 있을지 모르겠다. 건실한 메이드가 되었을까. 한국 땅을 다시 밟을 날이 오기는 할까.

"……."

나는 뒤통수에서 느껴지는 세희의 매서운 시선에 잡생각을 머릿속에서 털어 버리고 말했다.

"그래서 나는 요괴들을, 안 좋은 의미로 말하면 말보다 주먹이 앞서고 좋게 말하면 자기 감정에 충실한 녀석들로 생각하게 됐다. 그리고 그게 틀린 인식은 아니더라고."

우리 집에서 가장 새침데기 같은 성격의 치이와 아야도 가만히 보고 있자면 자기감정을 숨기지 못한다.

속에 능구렁이를 몇 마리나 품고 있는 냥이도 지금 어떤 기분인지 한눈에 알아볼 수 있을 정도고.

심지어 어른 요괴인 아라조차도 내가 아줌마라고 부른 거

에 대한 걸 잊지 못하고, 나이에 맞지 않게 교복을 빌려 입고
오기까지 했잖아?

……남편의 일에 대한 복수를 하기 위해 왔다는 걸 예로 들
어야 했나?

어쨌든.

"그런데 말이야. 나는 요즘 들어 요괴에 대한 내 인식이 틀
렸다는 생각이 들고 있다. 너희들 때문에 말이야."

나는 저절로 인상이 찌푸려지는 것을 느끼며 말했다.

"한 가지만 물어보자."

나는 이 자리에 모인 요괴들을 내려다봤다.

"이런 게 정말 요괴들의 방식이냐?"

단상의 양쪽을 움켜쥐고 몸을 앞으로 내밀며 말했다.

"내가 요괴의 왕이 된 게 마음에 들지 않는다고 업무량을
늘리는 찌질한 짓거리를 하는 것으로도 모자라서, 평화적인
시위를 벌여 명분을 찾고, 명분을 통해 여론을 등에 업고 정
치적인 우위를 점해 상대를 압박하는 방식을 택해서 내게 시
비를 거는 게, 요괴들의 방식이냐고 묻는 거다."

나는 세희를 흉내내며 말했다.

정확히 말하면, 힘껏 나를 이죽이며 비웃는 세희를.

"뭐, 이해한다. 너희들 입장에서야 그럴 수밖에 없는 이유
가 있겠지. 하늘과 밤하늘이 나의 뜻을 지지해 주는 것 같고,
랑이가 나와 함께하고, 뭔가 일을 꾸미려자니 냥이와 세희가
가만히 있지를 않고, 지금껏 너희들을 억압하고 관리한 곰의

일족 또한 가볍게 볼 수 없다. 뭐, 이런 거 말이야. 이런 상황에서 옛날처럼 날뛰지 못한다고 말하는 건 너무할지도 몰라. 그 모든 일의 원흉이나 다름없는 내가 말이지."

알리사르라가 말했잖아.

요괴들은 더 이상 나를 함부로 건드리기 힘들어졌다고.

이건 내 입장에서 정말 좋은 일이다.

옛날처럼 목숨의 위험을 느끼는 일이 없다는 것 하나만으로도 말이지.

하지만.

하지만 말이야.

그건 요괴들의 입장에서 생각해 봤을 때, 자신들의 마음속에 쌓인 감정을 온전히 드러내지 못하다는 이야기다.

그리고 나는 자신의 마음을 솔직하게 표현하지 못한 세희 덕분에 온갖 개고생을 했던 경험이 있다.

뭐, 백성들의 불만에 귀를 기울이지 않은 왕이 어떻게 되는지에 대한 지식도 있고.

나는 호미로 막을 일은 호미로 막고 싶어.

그래서 나는 숨을 크게 들이마셔서 뜸을 들인 뒤.

"그런데 말이야."

말했다.

"그렇게 하늘이 무섭냐?"

그들의 숨이 멈추는 게 느껴진다.

"아니면, 랑이와 냥이, 그리고 세희와 곰의 일족이 그렇게 무서워? 그래서 이런 요괴답지 않은, 시답잖은 방법밖에 선택할 수 없었어?"

그와 달리 내 혀는 멈추지 않았다.

"실망스럽네. 정말로. 이래서야 너희들은 힘을 숭상하는 게 아니라, 그저 커다란 힘 앞에 머리를 숙이는 것에 익숙해져 있다고 밖에 생각할 수 없잖아. 안 그래?"

이제야 다시금 익숙한 시선이 내게 향해진다.

아마도 그 시선들을 내 마음대로 해석하자면, '네가 도대체 뭐라고 그딴 소리를 지껄이는데?'정도겠지.

다시 말하지만, 내 마음대로다.

하지만 나는 내 마음대로 살아온 인간이기에, 그 마음에 따라 입을 열었다.

"뭘 그렇게 건방지게 꼬나봐?"

상당히 거만하게.

"왜, 내가 이런 말 하면 안 되냐? 나는 그럴 수 있는 충분한 자격이 있다고 생각하는데? 난 너희들이 손 한 번 휘두르면 죽일 수 있는 평범한 인간이었을 때부터 제정신이 아닌 선대 요괴의 왕을 맨 몸으로 설득하러 갔고, 구렁이 요괴와 싸웠으며, 흑호의 강대한 요술을 부서뜨렸고, 웅녀와 대면해서 논쟁을 벌인 저도 있으니까. 그뿐인 줄 알아? 곰의 일족 수상하고 피 터지는 사투도 벌였고, 얼마 전에는 너희들이 그토록 무서워하는 세희를 구하기 위해서 염라대왕과 신수 기린 앞에서도 내 할 말은 했어."

따가워.

뒤통수가 따가워.

그 이야기는 안 해도 되지 않냐고 노려보는 나래와 세희의 눈빛이 따가워.

하지만 나는 그 시선을 애써 무시하며 말했다.

"요괴의 왕인 나는 그렇게 살아왔다. 자신의 마음에 부끄럽지 않게. 힘 앞에 내 뜻을 꺾은 적 없고, 내 마음을 숨기지 않고, 누가 봐도 무모한 도전을 해왔고, 내가 원하는 것을 쟁취하기 위해 단 한 번도 현실과 타협을 한 적이 없다."

덕분에 정말 많은…….

정말 많은 일이 있었지.

정말 많은 것을 얻었고.

그렇기에.

"그런데 너희는 뭐냐?"

나는 말할 수 있다.

"너희들은 도대체 뭘 하고 있냐?"

그들에게 물을 수 있다.

"겨우 **그까짓 게** 무서워서 꼬리를 내려?! 너희들이 그러고도 요괴냐! 산천을 호령하고! 두려움의 상징이었으며! 한 때는 세상을 지배했던 요괴들의 본 모습이 겨우 그딴 겁쟁이라고?!"

나는 주먹으로 단상을 내리쳤다.

"아니! 나는 그렇게 생각하지 않는다! 그렇다면, 내 앞에 섰던 아이들 또한 그래야만 했으니까!"

주먹이 얼얼할 정도로 다시 한 번 내리쳤다.

"그저 너희는 어떻게 자신의 목소리를 내야 하는 지를 잊어버렸을 뿐이다! 그 방식이 비록 거칠지라도! 세상에 혼란을 가져올지라도! 너희들은 스스로에게 솔직해져야 할 필요가 있다!"

나래와 세희를 보면 알겠지만, **속으로 삼킨 불만이 쌓여 가면 언젠가 터질 수밖에 없다.**

그리고 난 더 이상 언제 터질지 모르는 시한폭탄은 사절이다.

내 시대에 터지지 않는다 해도, 내 후손들에게 폭탄을 넘겨 줄 생각도 없다.

내게 지울 수 없는 상처가 남는다 해도, 내 손으로 해체하고 말지.

나는 가장(家長)이니까.

내 아이들에게 떳떳하고 싶은 어른이니까!

"그렇기에 나는 너희들의 족쇄를 풀어 주기 위해, 이 자리에 섰다!"

나는 숨을 힘껏 들이마신 뒤.

내 마음을 담아 외쳤다!

"듣거라! 이는 짐의 어명이다!"

"네놈들 중에 짐의 치세에 불만이 있는 자! 요괴의 왕이 짐

과 같은 인간인 것을 받아들일 수 없는 자! 스스로 요괴들만의 세상을 열고 싶은 자! 자신만의 큰 뜻을 품고 있는 자가 있다면!"

"짐에게 도전하라! 짐이 손수 응해 주마! 이는 하늘과 밤하늘, 호랑이와 흑호, 호랑이의 창귀인 세희와 곰의 일족과 같은 타인의 간섭을 용납하지 않을 것이며! 오롯이 당사자들만의 승부가 될 것이다!"

그 마음을 온전히 드러낼 수 있는 기회를 주겠다고!

"이는 세상의 모든 이를 향한 짐의 선전포고다!"

작가의 끼적끼적

안녕하세요. 이번 권의 분위기상 후기가 없는 게 좋을 것 같다는 생각이 들었지만, 그럴 수 없다는 사실을 깨닫고 스스로의 잘못을 돌아본 카넬입니다.

잘 지내고 계셨나요.

저번 권이 작년 8월에 나왔으니……

거의 1년 가까운 시간이 지나고서야 다시 뵙게 되었습니다.

너무나 늦게 되어서 죄송합니다. 정말 드릴 말씀이 없습니다. 그럼에도 다음 권 원고를 한 줄이라도 더 써야 하는 시간에 후기를 적고 있는 것은, 작가로서 출간이 늦게 된 사정, 변명으로밖에 들리지 않는 제 사정을 나와 호랑이님을 사랑해 주시는 독자님들께 전해 드려야 할 의무가 있다고 생각했기 때문입니다.

먼저, 지금은 건강에 아무 이상 없으니 걱정하실 것 없다는 말씀을 드리고 나서 사정을 말씀드리자면.

전에 했던 수술 부위가 다시 도져서 재수술을 해야만 했습니다.

큰 수술은 아니었고, 한 달가량 통원 치료를 받을 정도의 일이었습니다.

다만, 수술을 받은 시기가 한여름이었다는 것과 컨디션이 엉망이 되어서 한동안 글을 쓸 수 없었다는 게 문제였습니다.

앞으로는 건강 관리에 힘쓰고, 구체적으로 술을 줄여서, 조금이라도 더 독자님들의 기다림의 시간을 줄일 수 있도록 노력하겠습니다.

분위기를 전환해서.

영인 님의 임신을 진심으로 축하드립니다. 소식을 들었을 때, 잘됐네! 잘됐어! 라는 말이 육성으로 나오더라고요.

하지만 아기를 가진다는 게 얼마나 힘든 일인지 다들 아실 겁니다. 저도 어머니께 슬쩍 여쭈어 봤더니, 너 낳느라~ 그렇게 고생했는데~ 넌 지금~ 뭘 하고 있는 거니~ 너도 결혼해서~ 같은 잔소리 콤보를……

아니, 이게 아니라.

제가 드리고 싶은 말씀은, 한 몸 건사하시기도 힘든 상황이실 텐데 삽화 작업을 진행해 주셔서 영인 님께 정말 감사하면서 송구스러운 마음뿐이라는 거였는데 어쩌다 다른 길로 빠졌는지 모르겠네요.

또한, 소식을 전해 들은 독자님들께서도 따듯한 시선과 넓은 아량으로 영인 님을 응원해 주시고 축하해 주셔서 감사합니다.

그런데 작가라는 놈은 진짜 못났다, 못났어…….

그런 못되디 못난 작가와 사랑스러운 아이들을 기다려 주셔서 정말 감사한다는 말씀을 마지막으로, 이만 줄이겠습니다.

───── ◆본 작품의 의견, 감상을 기다리고 있습니다◆ ─────

보내실 곳 _

서울시 구로구 디지털로 26길 111 JnK디지털타워 503호
우편번호 08390
(주) 디앤씨미디어 시드노벨 편집부

카넬 작가님 앞
영인 작가님 앞

카넬 시드노벨 저작 리스트

나와 호랑이님 22

1판 1쇄 발행 2020년 6월 10일
1판 2쇄 발행 2020년 9월 29일

지은이_ 카넬
발행인_ 신현호
편집장_ 이환진
책임편집_ 유석희
편집부_ 유석희 송영규 이호훈
편집디자인_ 한방울
국제부_ 정아라 함려나 전은지
영업·관리_ 김민원 조은걸 조인희

펴낸곳_ (주) 디앤씨미디어
등록_ 2002년 4월 25일 제 20-260호
주소_ 서울시 구로구 디지털로 26길 111 JnK디지털타워 503호
전화_ 02-333-2513(대표)
팩시밀리_ 02-333-2514
E-mail_ seednovel@dncmedia.co.kr
홈페이지 www.seednovel.com

값 7,200원

©카넬, 2020

ISBN 979-11-6145-354-5 04810
ISBN 979-11-956396-9-4 (세트)

반재원 지음
Eika 일러스트

초인동맹에 어서 오세요! 1~19(완결)

초인 엔터테인먼트여, 안녕히!

최초의 초인, 퍼스트 피스메이커는 말한다.
시민과의 소통은 불가능하다고. 초인만이라도 구원해야 한다고.

이에 맞서 최후의 초인, 언데드맨은 말한다.
소통을 포기해선 안 된다고. 우리도 초인이 되기 전엔 시민이었다고.

하지만 교차되지 않는 평행선. 파국으로 치닫는 대단원.
결국 이야기는 모두가 잘 아는 도입부로 돌아간다.
초인들이 시민들과 공존을 결심했던 순간으로.

"초인은 엔터테인먼트다."

초인동맹에 어서 오세요, 대망의 완결!
파괴는 창조의 시작! 지금이 바로 그때다, 언데드맨!